通い猫アルフィーの約束

レイチェル・ウェルズ
中西和美 訳

ALFIE IN THE SNOW
BY RACHEL WELLS
TRANSLATION BY KAZUMI NAKANISHI

ハーパー
BOOKS

Japanese translation rights arranged with
DIANE BANKS ASSOCIATES LTD.
through Japan UNI Agency, Inc., Tokyo

Published by K.K. HarperCollins Japan, 2019

ベッキー、マーティン、ヘレン、
ミーガン、ジャック、
そしてロリーへ。

通い猫アルフィーの約束

おもな登場人物

アルフィー――通い猫
ジョージ――アルフィーと一緒に暮らす猫
ジョナサンとクレア――エドガー・ロードに住む夫婦。アルフィーの本宅住人
サマーとトビー――ジョナサンとクレアの娘と息子
マットとポリー――エドガー・ロードに住む夫婦
ヘンリーとマーサ――ポリーたちの息子と娘
フランチェスカとトーマス――元エドガー・ロードの住人夫婦
アレクセイとトミー――フランチェスカたちの息子
シルビーとコニー――日本からエドガー・ロードに越してきた母娘
ハナ――シルビーたちの猫
ハロルド――エドガー・ロードに住む老人
タイガー――アルフィーのガールフレンド

Chapter 1

ソファのお気に入りの場所で横になって窓から差し込む冬の日差しを浴びていたら、息子のジョージが飛び乗ってきた。うわっ、もう仔猫《こねこ》じゃないのに。押しつぶされて息ができない。

「ジョージ」ぼくは重たいジョージの下から出ようともがいた。「もうこんなことしちゃだめだ、つぶれちゃうだろ」

「ごめん、パパ」ジョージが首を傾《かし》げてにっこりした。それを見たとたん、ぼくはまたとろけてしまった。ジョージはとにかくかわいいのだ。たとえ飛び乗られるには重くなりすぎていても。どんどん成長しているのが誇らしくてたまらない。「でもすごい話があるんだ」ジョージが隣に座って肉球を舐《な》め始めた。話をじらすのが好きなのだ。かなりもったいぶったところがある。ぼくと違って。

「なんだよ、ジョージ。なにがあった?」ぼくはせがんでみせた。どうせ今朝見た変なかたちの雲か、その手のどうでもいい話だろう。

「外に大きな車が停《と》まってるから、隣に誰か越してくるみたい」得意満面なのも無理はない。ぼくの耳がピンと立った。引っ越し！　エドガー・ロードに！　ぼくみたいな通い猫にこれ以上のニュースがあるだろうか。あるとすればイワシでいっぱいの車ぐらいだ。

ぼくの名前はアルフィー。通い猫だ。つまりぼくには複数の家族と家がある。本宅はジョージと暮らしているエドガー・ロードの家で、そこにはクレアとジョナサン夫婦と子どものトビーとサマーが住んでいる。でも同じ通りにほかの家族――ポリーとマットに子どものヘンリーとマーサー――がいるし、少し離れた通りには別の家族――フランチェスカとトーマスに子どものアレクセイとトミー――もいる。変わりはないか注意してなきゃいけない家族や友だちが大勢いるからたいへんだ。みんなとは、辛い旅のあと辿《たど》り着《つ》いたエドガー・ロードで出会った。当時のぼくは前の飼い主のマーガレットを亡くして宿無しだったけれど、いまとなると自分のことじゃない気がする。猫には命が九つあると言われていて、どうやらぼくはこれまでにそのうちいくつか使ってしまったらしい。でもまだたっぷり残ってる。

ぼくが引き合わせた三軒の家族は、ぼくと同じぐらいお互いを大切に思うようになった。デヴォンに〈海風荘《シーブリーズコテージ》〉という別荘まで共有していて、行けるときはそこで過ごす。でも家があるのはロンドンで、たいていはエドガー・ロードで暮らしている。ここではしょっちゅうなにか起きる。退屈する暇はない。そういうときがたまにあっても、長続きしない。

最近はかなり平穏だった。冬が近づいているので日が短くなり、空気も身を切る冷たさになり始めている。ぼくはどちらかと言うと晴れてるほうが好きだから、寒い日や雨の日はあまり外に出たくない。でもジョージはどんな天気だろうが出かけるのが大好きだ。若さとはそういうものだ。寒さなんか感じないらしい。ぼくも健康のための散歩は朝晩しているし、近所に住む仲間の猫やガールフレンドのタイガーに会うためなら寒さもいとわない。だけどいまはもう暗くて寒いから、できれば家でぬくぬくしていたい。

でもこうなると話が別だ。引っ越しの車をチェックしないと。新しい人間を見るといまでもわくわくしてしまう。一度通い猫になると、死ぬまで通い猫なのだ。だからジョージと一緒にようすを見に行くことにした。

隣の家のことはよく知っている。タイガーとつき合う前、最初のガールフレンドだったスノーボールが住んでいたからだ。スノーボールは初恋の相手で、出だしは順調とは言えなかったけれど、めげずに口説きつづけたら、ぼくの気持ちに応えてくれた。勘違いしないでほしい、ぼくは女たらしじゃない。恋をしたのは二度だけだし、一度はスノーボールで、いまのタイガーはジョージの母親みたいな存在になっている。ジョージはもらわれてきた子で本当の息子じゃないけれど、ジョージとタイガーとぼくは家族だ。

長年のあいだに、家族にはいろんなかたちやサイズがあって、同じものはひとつもないと学んだ。でもお互いを愛する心さえあれば、家族になれる。

「見て、パパ」ジョージの目は皿のようにまん丸だ。ぼくたちは歩道から大きな車を見つめた。うしろのドアが開いていて、男の人が箱をおろしている。ぼくはジョージについてくるように合図して、家の中をのぞけるガラスドアがある裏庭へまわった。新しい人間を見るたびにまず考えるのは、パートタイムの通い猫を受け入れてくれるかどうかだ。その次は、犬を飼っていないことを心から祈る。

誰かを（あるいは犬を）驚かせるといけないので、見つからないようにこっそり家の中のようすを窺《うかが》った。人間があわただしく動きまわっている。キッチンにいる女の人はクレアと同年代――たぶん四十代だと思うけど、歳《とし》の話を細かくするのはやめておく――で、箱から中身を出していた。そばに女の子がいる。背が高くほっそりしていて、たぶん十代半ばぐらい。スマホとかいう器械に夢中だ。同じものをアレクセイも持っていて、やむをえないとき以外一時も目を離さない。母親のフランチェスカはあきらめている。弟のトミーもひとつ持っているけれど、スマホよりスポーツに関心があるので問題ない。

そのとき、猫用ベッドらしきものが目に入り、一気に期待が高まった。

「ジョージ、猫がいるみたいだよ」だとすると飼い主はさらに猫を二匹増やしたいとは思わないだろうけど、ぼくたちに新しい友だちができることになるから、そのほうがいい。

友だちは多ければ多いほうがいいに決まってる。ジョージと一緒に首をもう少し伸ばすと、しっぽが見えた。見たことがない変わった柄のしっぽ。猫がこちらへ振り向き、ぼくもジョージも息を呑《の》んだ。白と黒と薄茶が混じった毛色、かわいらしいしっぽ、黒と茶色のとがった耳、エキゾチックな顔立ち。ずいぶん小柄で毛並みがつやつやしている。あんな猫、見たことがない。ものすごく変わってる。すごくかわいいからたぶん女の子だろう。ぼくよりかなり年下で、おそらくジョージと同じぐらいの年齢だ。

「うわあ、かわいいね」ジョージの言葉に、ぼくのひげが立った。まだあの子に夢中になってほしくない。まずはどんな性格か知っておきたい。デヴォンで初めての夏を過ごしたとき、ジョージは一匹の猫に熱をあげた。シャネルはいままでぼくが出会った中でいちばん性格の悪い猫だったのに、ジョージはのぼせあがって夏のあいだずっとシャネルに恋い焦がれていた。ジョージの恋心はやがてシャネルとジョージとジョナサンが溺れかける原因になったけれど、幸いみんな無事だった。あんなことをもう一度経験する心の準備ができているか自信がない、いまはまだ。

「きちんと会うまでようすを見よう」ぼくは言った。「ひとめぼればっかりしてちゃだめだ。性格が大事なんだ」

「心配しないで、パパ。あの子にひとめぼれするつもりはないから。シャネルのことがあったから、もう女の子とは金輪際つき合わないって決めたんだ」

この言葉を信じられたらどんなにいいか。

そのあともしばらく観察をつづけたが、たいして見るものはなかった。箱がいくつも開けられた。女の子が電話を置いて猫を撫《な》でている。どちらも思いつめた表情で、ちょっと悲しそうだ。勘が鋭いぼくにはよくわかる。ぼくたちには誰も気づかず、そのうちジョージが退屈して公園に行こうとせがんできた。だからしぶしぶその場を離れたが、好奇心を刺激されて新しい住人のことをもっと知りたくなっていた。好奇心は猫を殺すと言われているけれど、ぼくには当てはまらない。好奇心はぼくのお家芸《ミドルネーム》だ。厳密には違うけれど。

ジョージはおやつを食べ終えたサマーとトビーと一緒に二階へ遊びに行った。わが家には子どもが三人いるようなものだ。トビーとジョージは特別な絆《きずな》で結ばれている。トビーはある意味ジョージと同じ養子で、ジョージが仔猫だったころ一緒に暮らすようになってから毎晩同じベッドで眠っている。サマーはトビーより年下で、威張り屋で、クレアの言葉を借りれば〝人をあごで使う子〟だけれど、ぼくに言わせれば最高にすてきな子だ。ぼくはどの子も大好きで、彼らの世話をするのがぼくの務めでもある。

夕食の用意ができたかキッチンへ見に行った。クレアが料理をしていて、さっき仕事から帰宅したばかりのジョナサンがテーブルに座ってビールを飲んでいた。ぼくの食器はまだ空っぽだ。

「ああ、ジョナサン、アルフィーたちに夕食を用意してやってくれる?」クレアが声をかけた。「おなかを空《す》かせてるみたい」

「ミャオ」

「いいよ、残り物のローストチキンをやろう」ジョナサンの返事を聞いて、ぼくは舌なめずりした。

「甘やかしすぎよ」クレアがたしなめたが、本気ではない。ジョナサンがチキンをくれてよかった。さもないとパウチ入りのフードで我慢するしかない。パウチ入りフードも悪くないけれど、チキンとはやっぱり違う。ぼくは猫にしてはかなり舌が肥えているので、上質な食べ物に目がないのだ。

そのうちジョージも来るのはわかっていたが、おなかが空いていたので先に食べ始めた。食事をしながら、クレアとジョナサンの何気ない会話に耳を傾けた。

「さっき、クリスマスをどうするか、フランチェスカとポリーと話したの」クレアが切りだした。

「もう?」ジョナサンはクリスマスなんて関心がないふりをしているが、実は大好きで、特に子どもたちと過ごすのを楽しみにしている。ぼくたち家族はみんなクリスマスが大好きだから、ぼくは耳をそばだてた。

「もう二カ月もないし、あっという間にクリスマスになるのは知ってるでしょう。とにかく、ふたりと相談して今年は一緒に過ごすことにしたわ、ここで」

「相談して?」ジョナサンの片方の眉があがっている。

「わかった、認めるわ、言いだしたのはわたし。デヴォンで過ごそうと思ってたけど、マットはクリスマスから新年にかけて仕事があるから、二日しか休めないし、フランチェスカがロンドンでクリスマスを過ごしてみたいって言うのよ」

　ポーランドから来たばかりのころ、トーマスとフランチェスカはあまりお金に余裕がなかったが、一生懸命働き、特にトーマスが頑張ったせいでいまはレストランを四軒持つまでになった。トーマスひとりのものではなく、共同経営者がいて、子どもたちが大きくなってからはフランチェスカも店で働いている。経営は順調で、ぼくはふたりのことが誇らしくてたまらない。イワシを初めて食べさせてくれたのもフランチェスカたちで、今日にいたるまで二番めに好きな魚になっている。

「会社で休暇の相談はまだしてないけど、ロンドンでクリスマスを過ごすのは賛成だ」

「フランチェスカがサイドディッシュは任せてと言ってくれたから、わたしは七面鳥を用意するし、ポリーがプディングをつくってくれるわ」

「買うって意味だろ」とジョナサン。

「まあね。ポリーは料理があまり得意じゃないから。でも少なくとも高級スーパーのプディングよ」

　ぼくは舌なめずりした。クリスマスディナーもぼくの大好物だ。野菜にも好きなものがあって、猫にしてはかなり変わっているとクレアに言われた。でも猫は人間が思うよりはるかに食べ物の好みが広いのだ。

「それに、みんながそろったらきっとすてきだわ」クレアがしみじみつぶやいた。クレアの両親は毎年息子が住むスペインでクリスマスを過ごすし、ジョナサンは家族と疎遠なので、ポリーやフランチェスカたちが家族なのだ。友だちだって立派な家族だ。

「今年はサマーとトビーのはしゃぎぶりがものすごいことになりそうだな」

「あら、サマーはもうなにがほしいか決めてるみたいよ。念のために言っておくけど、赤ちゃんをほしがってる」

「人形の？」

「いいえ、もうひとり赤ちゃんがほしいんですって」

　ジョナサンがビールにむせ、顔がおかしな色になった。「なんだって？」

「わたしたちにはもうすてきな家族がいるし、サンタさんもそれはわかってるから、赤ちゃんをくれることはないだろうって言ったら、おしゃべりするお人形でいいそうよ」

「よかった」ジョナサンの顔色が元に戻り始めた。「サンタの役回りを超えてるよ」

「心配しないで、いまのままで充分幸せだから」クレアがジョナサンに近づいてキスした。幸福感がこみあげ、ほのぼのした気持ちに包まれた。ぼくは夕食の前に肉球をきれいにする時間だとジョージに言いに行った。

親の仕事に終わりはない。

その日の夜、ジョージがトビーとベッドに入ってサマーがぐっすり眠っているあいだに、ガールフレンドのタイガーに会いに行った。エドガー・ロード沿いのすぐそばに住んでいるから、天気が許せば――タイガーはぼくに輪をかけて晴れが好きなのだ――ほとんど毎晩会い、月をながめながらその日にあったことをお互い話す。ジョージに関する心配事を相談することもある。ぼくたちの関係はジョージの親代わりを務めるうちに、友情を超えたものに発展した。

タイガーの家の裏口でミャオと声をかけた。いつもはこうすると出てくるのに、今夜は出てこない。鼻先で猫ドアを押して待ってみたが、やっぱりだめだった。ぼくから中には入れない。タイガーの飼い主はよその猫が家に入ってくるのが好きじゃないのだ。ジョージのことは大目に見ているのに、ぼくは違う。きっともう眠ってしまったんだろう。タイガーは元からあまり行動的なタイプじゃない。

あきらめて帰ろうとしたが、我慢できずに隣の家をもう一度見に行った。昼間のように裏のガラスドアからのぞいてみると、家の中は真っ暗だった。でもキッチンのテーブルに昼間見た女の人が座っていた。ワインを注《つ》いだグラスが前にあり、膝にあの猫が乗っている。猫はこちらに背中を向けているので、ぼくが見ていることには気づいていない。女の人がゆっくりグラスを取ってひとくち飲み、またゆっくりテーブルに戻してから目にかかった髪をかきあげた。下を向いて猫を撫でている。暗闇の中、涙が光ったのが見えた気がした。外にいても悲しみと辛さが伝わってくるようだ。ぼくは家に帰りながら、あの人の問題は、あの家族の問題はなんだろうと、どうして苦しんでいるんだろうと考えた。でもいずれなにかの折りに、自分がその答えを突き止めるのはわかっていた。

ぼくはそういう猫なのだ。

Chapter 2

ないうちに。

「寝ちゃったの」翌朝ジョージと訪ねていくとタイガーが言った。ぼくがまだなにも言わ

「だと思ったよ」

「すごく寒くてうちの人間とソファで丸まっていたら、暖炉の火でぬくぬくしちゃって。わかるでしょ?」

「タイガー、気にしないで。説明なんかしなくていいよ」普段のタイガーは言い訳をしないが、それは言わずにおいた。

「ママ、パパ、公園に行かない?」今朝のジョージは元気があり余っている。うらやましいけど、寒さがこたえた。ぼくにはエドガー・ロードに来たころ負った古傷がある。DV男からクレアを助け、家族を引き合わせるきっかけにもなった顛末《てんまつ》は話せば長くなるが、そのときにぼくは足を痛め、いまでも寒い日や雨の日は症状が悪化してこわばってしまう。たいていのことは差し支えなくできるし、もうすっかり慣れた。それでも冬が来るたびに

思い知らされる。

「いいわよ、ジョージ」タイガーが息子に鼻をこすりつけた。「雨が降ってないから、きっと地面も乾いてるわ」

足取り軽く公園に向かうジョージのうしろを歩きながら、ぼくはタイガーに新しい人間の話をした。

「じゃあ、その猫はすごくかわいいのね？」タイガーが目をせばめた。

「珍しい猫だけど、歳はぼくよりジョージに近いよ」タイガーは焼きもち焼きのところがあるから、ほかの猫の話をするときは慎重に進める必要がある。

「ジョージはどう思ってるの？」一瞬で焼きもちから親心に気持ちが変わったらしい。

「シャネルの一件のあと、女の子とは死ぬまでつき合わないと決めたんだって」笑みが漏れてしまう。

「よかった。あの子に釣り合う相手なんていないもの」それにはぼくも同感だ。

嬉《うれ》しいことに、公園は人気《ひとけ》がなかった。ぼくたちはあちこちで元気いっぱいに遊びつづけるジョージについてまわった。小さな池に映る自分の姿をいつまでも見つめているジョージには注意せずにいられなかった。むかしぼくも同じことをして溺れかけたからだ。そのあとはみんなで茶色くなった落ち葉で山をつくり、少し湿っていても落ち葉で遊ぶのはやっぱり楽しかった。この季節は追いかける蝶《ちょう》はいないけれど、ジョージは低い木にどうにか登ってみせた。ランチを食べに帰るころにはぼくはおなかがぺこぺこで、タイガーは疲れたと言っていたのに――ぜったいどんどん無精になっている――ジョージは相変わらず元気いっぱいだった。あとでエドガー・ロードの反対の端までひとりで行ってもいいと約束すると、ようやく公園をあとにした。

ジョージをひとりで外に出かけさせるのは難しい決断で、フランチェスカも息子たちで同じ思いをしていたから人間の親も同じジレンマを抱えているらしい。思春期に入ったアレクセイはジョージのようにもっと自由を求めていて、でもぼくたち親は外には危険があると知っている。外出を許すのは、親が直面する問題の中でもっとも難しいもののひとつだろう。

初めてジョージがひとりで外出したときは、遠くに行かないと約束させたのに帰ってくるまで不安でたまらなかった。戻ったときはものすごい勢いで出迎えてしまったけれど、あんなにほっとしたことはない。いや、誘拐されたジョージを見つけたときや、シャネルと姿を消したあと見つけたときは別だ……でもそれとこれとは話が違う。行ってきていいと許して出かけさせたのは、あれが初めてだった。

いまはかなり頻繁にひとりで出かけているけど、日中だけだし、長時間留守にしたこともない。どこへ行っているのか聞きだそうとしてみたが、行き先を決めていないこともあるようだ。公園に行くと言うこともあれば、近所の猫を探しに行くと言うこともある。いまのところあとをつけたい気持ちを抑えているものの、あくまでかろうじてだ。かわりにうろうろ歩きまわったり、二階の窓から外をながめたりしてジョージの帰りを待っている。幸い、ジョージはいつも帰ってくるし、出かけている時間も長くない。そうでなければ心配のあまり、もともとは灰色のぼくの毛は白くなってしまっていただろう。

だから、今日の午後は自分のために時間を使うつもりだ。たっぷり時間をかけて丁寧に毛づくろいをしてから――親になると、いつも大急ぎで身ぎれいにしなきゃいけない気がする――ゆっくり考え事をした。関心を引きたがる子どもがいると、なかなか考え事ができない。ジョージのことは心配だけれど、前より自立したから、そろそろぼくも〝自分の時間〟を楽しんだほうがいい。そこでクレアとジョナサンのベッドでくつろぐことにした。ジョナサンはぼくがベッドに乗るのをいやがるが、クレアは気にしないし、すごく寝心地がいいから考え事をするのにうってつけなのだ。

玄関が開く音が聞こえ、子どもたちの大声で考え事がさえぎられた。伸びをしてあくびをしてから階段をおりていくと、キッチンに家族が集まっていて嬉しくなった。みんなのまわりでジョージが飛び跳ねている。

「やあ、アルフィー」トビーが撫でに来てくれた。ダイニングテーブルの上に大きなカボチャがたくさん置いてある。そうか、人間がハロウィンと呼ぶ奇妙なお祭りの飾りだ。

「ひとりでカボチャを彫りたい」サマーが言った。クレアがぞっとしているのも無理はない。サマーにナイフを持たせるのは感心しない。「サマーとマーサはぼくが手伝ってやるよ」トミーがにこやかに申しでた。「おとなに全部やってもらうよりいいだろ?」サマーがいっとき考えてからうなずいた。

「アレクセイ、トビーとヘンリーを手伝ってやってくれる?」フランチェスカが声をかけた。

「やらなきゃだめ?」アレクセイの返事は不機嫌で、アレクセイらしくないが最近はよくこんな言い方をする。「もうそんなことやる歳じゃないよ」

「やらなきゃだめ」フランチェスカがぴしゃりと答え、ポリーとクレアと目配せした。

「手伝ってくれたら助かるわ」ポリーが場の雰囲気をなごませようとした。

「わかったよ」わかったようにはまったく聞こえない。

子どもたちがダイニングテーブルでカボチャを彫り始めると、クレアがおとなに飲み物を用意した。

「ねえ」ヘンリーが言った。「どれがいちばん怖いか競争しようよ」みんなそのアイデアが気に入ったようだが、ぼくの経験から言わせてもらうと、最終的に気に入るのは勝った子だけだ。

「今年はみんな、どんな仮装をするの?」フランチェスカが尋ねた。「うちの子たちが仮装したころが懐かしいわ」

「もう仮装する歳じゃない」トミーとアレクセイが同時に言った。

「サマーは魔女になりたがっていて、トビーはスーパーヒーローがいいと言って聞かないの」クレアが答えた。

「ぼくもスーパーヒーローになるんだ」ヘンリーが言った。トビーとヘンリーは仲が良く、しょっちゅう相手を真似《まね》している。

「あたしは猫になる」マーサが宣言した。

この発言は驚きだった——なにしろここにはもう猫が二匹いるのだ。

「それなら、サマーの猫になればいいわ」フランチェスカが言った。

「ジョージも」とサマー。

「この子、ジョージを黒く染めろって言うの」クレアが説明した。

ぼくのひげがひくつき、ジョージはぞっとしている。ジョージが黒く染められるなんて、冗談じゃない！

「心配しないで、ジョージ。もちろんそんなことしないから。でも、かわりに魔女の小さい帽子をかぶせると約束させられたわ」

「じゃあ、サマーとマーサとジョージでほうきの柄にまたがるんだね」とヘンリー。ほうきの柄がなんの関係があるのかわからないが、そのうちわかるだろう。

「魔女用のほうきなんて、どこで売ってるの？」クレアが心配している。「うちにはキッチン用のほうきしかないわ」

「ちゃんとしたほうきじゃなきゃいや」サマーが言い放った。

「だいじょうぶよ、ネットで注文してあげるから」ポリーがなだめた。ハロウィンはいろいろたいへんらしい。

ジョージはダイニングテーブルに乗っているので、ナイフに近づかないようにしているのか確認できなかった。どうやら自分がさらされている危険をわかっていないらしい。ジョージが変な声をあげたのが聞こえ、不安になった。

「うわっ」トビーが叫んだ。「ジョージにカボチャを吐かれちゃった」全員でそちらへ目をやると、トビーが顔にカボチャを浴びていた。ちらりとぼくを見たジョージの顔にこう書いてある――まずいなんて知らなかったんだ。ぼくはまたひげを立てた。好奇心旺盛な息子は学習というものをしないらしい。トビーの顔を舐めようとしている。

残りの作業は無事に進んだ。四人の子どもが自慢のカボチャを披露し、勝者の選出がおとなに託された。彫ったのはほとんどアレクセイとトミーだから公平じゃない気がしたけど、ふたりとも気にしていないらしく、アレクセイはスマホでなにかをしに行ってしまったし、トミーは冷蔵庫におやつを探しに行った。

「引き分けね」ポリーが如才なく宣言した。

「そうね」とクレア。「どれも見事だわ」

幸い、子どもたちはその結果を受け入れたようだった。帰宅したジョナサンに褒めてもらえるように、サマーとトビーのカボチャは玄関前の階段に置かれ、中に蝋燭《ろうそく》が灯《とも》された。ぼくは近づかないようにジョージに釘《くぎ》を刺した。

誇らしげに自分のカボチャを抱えるヘンリーとマーサの横で別れの挨拶が交わされ、明日の下校後のトリック・オア・トリートの打ち合わせが行われた。

「明日が待ち遠しいな」ぼくたちだけになったとき、ジョージが言った。

「帽子をかぶらなきゃいけないってクレアが言ってたぞ」ぼくは思いださせた。

「うん、帽子はいやだけど、黒く染められることはないもん」たしかにそうだ。

「それはそうと、ジョージ。もうカボチャを食べちゃだめだよ」

「食べないよ。すごく変な味だった」

Chapter 3

さすがのぼくもわくわくしているのを認めざるをえない。ジョージも今日はぼくの我慢の限界を超えていた。トリック・オア・トリートが待ちきれなくて、朝から何度もしつこくいま何時か訊《き》いてくるのだ。かなり時間はかかったけど、きっとタイガーはカボチャを彫ったときの話や今夜の話を聞きたいはずだから会いに行ってきたらと言い聞かせ、なんとか家から追いだせた。これでぼくはいくらか平穏を得られるし、タイガーにはあとで謝ればいい。

ぼくがいちばん楽しみなのは、トリック・オア・トリートでは隣の家にも行くはずだから、新しい住人に会える可能性があることだ。たとえ仮装をしてなにかのふりをしていなくても、ぜったい一緒に行くつもりでいる。

子どもたちが二階で準備しているあいだに、居間で毛づくろいした。フランチェスカ親子が来ないのは残念だが、アレクセイとトミーはもうそんな歳じゃないという理由で素っ気なく参加を拒否した。おとなになるのはたいへんだけど、親にとっても簡単なことじゃないとぼくもジョージで学んだ。大きくなるにつれて親を必要としなくなるだけでなく、親を求めることも減るから悲しくなるときがある。それでもなんとか受け入れるしかなくて、いまぼくとフランチェスカは同じ状況にある。

子どもたちがはしゃぎながら階段をおりてきた。トビーはスパイダーマンで、サマーは黒いマントと黒いとんがり帽子に作り物の鼻をつけている。すごくかわいいけれど、ちょっと怖い。サマーに抱かれたジョージは小さな黒い帽子をかぶって愛くるしい。今年の子どもたちはいつもよりお菓子をもらえるに違いない。クレアがほうきの柄を手に取り、みんなでポリー親子を迎えに行った。

全員が集まると、通りの端から始めることになった。ぼくはちょっとがっかりした。エドガー・ロードは長いから、隣の家までかなり時間がかかりそうだ。

みんなで一軒めに近づいた。玄関先でサマーとマーサとジョージがほうきの柄の上でバランスを取ろうとしたが、柄が傾いてジョージが落ちてしまった。

「ミャッ」お尻から着地している。

「マーサのせいよ！」サマーが叱りつけた。

「違う、サマーのせいよ」マーサが言い返している。怒ったのを初めて見た。サマーとマーサが腕組みしてにらみ合っていると、やさしそうな女性が玄関を開けてお菓子を差しだした。そのとたん、ふたりは喧嘩《けんか》を忘れてほうきの柄にまたがった。ただ、ジョージはトビーが抱っこすることになった。それがいちばん安全な気がする。

通りを横切って向かいの家へ行くと、そこはかなりひどい状態だった。庭は芝生が伸び放題で、外壁のペンキがはがれ、悲しそうに見えた——家に悲しむことができればだが。ポリーとクレアが目配せしている。

「ここはパスしたほうがいいかもしれないわね」クレアはそう言ったが、子どもたちはもう玄関に向かっている。仕方がないのでぼくたちもつづいた。正面に面した部屋に明かりがついていて、トビーがジョージを抱いたままノックした。子どもたちは玄関前の階段に立ち、どんなお菓子をもらえるか期待に胸を膨らませている。窓の向こうに男の人の姿が見えた。歳を取っていて、動きが遅い。ぼくたちを見たおじいさんは、驚いたことに拳を振りあげて「うせろ」と怒鳴り、勢いよくカーテンを閉めてしまった。

「なんであたしたちに会いたくないの?」マーサの目は戸惑いでいっぱいだ。

「きっとお菓子を買い忘れたのよ。行きましょう、まだ家はたくさんあるわ」クレアが子どもたちをせきたてた。通りへ戻る途中で、ぼくはちらりとうしろを振り向いた。どうしてぼくたちに会いたくないのか、ぼくにもわからなかった。

ようやく、すっかり歩き疲れたぼくと、チョコやらお菓子やらを袋いっぱいもらってすっかり満足した子どもたちは、隣の家に辿り着いた。みんなと玄関先で待つあいだ、ぼくは興奮を隠しきれなかった。玄関を開けた女性は悲しそうには見えず、このあいだ見た泣いていた人とは思えなかった。短めの金髪が顔にかかり、長身でほっそりしている。落ち着いたようすで微笑《ほほえ》みながら、不思議そうに首を傾げてぼくたちを見ている。

「トリック・オア・トリート！」子どもたちが声を合わせた。

「まあ、コニー、ちょっと来てごらんなさい」女性に呼ばれ、女の子もやってきた。

「こんばんは、わたしはクレア、こっちはポリー」期待をこめて袋を差しだす子どもたちの横でクレアが挨拶した。「隣に住んでるのよ、ポリーは通りの反対側。本来はきちんとご挨拶に伺うべきなんだけど、ハロウィンだから……」

「よろしく」そう言ってポリーが差しだした手を女性が取った。

「シルビーよ、これは娘のコニー。お会いできて嬉しいわ」一瞬、言葉をとぎらせ、つづけた。「たしかチョコレートがあったはず。ちょっと入っていかない？」子どもたちに迷いはなかったが、ポリーはトビーの腕からすばやくジョージを抱きあげてぼくの横におろした。

「あら、この子たちは？」シルビーが訊いた。

「うちの猫よ」ポリーとクレアが同時に答え、笑い声をあげた。「ここで待っててね」ふたりが子どもたちを追って家に入り、玄関を閉めた。

「仕方ないね、パパ。きっとあとで話してくれるよ」

「そうだね」でもじれったい。新しい家族やあの猫のことを知りたい。それに男の人はいるんだろうか。シルビーと女の子しか見ていない。疑問だらけだ。

じりじりしながら門のところで待っていると、間もなくみんなが出てきた。笑い声をあげ、シルビーも笑顔だ。

「まあ、かわいい。猫ちゃんたちが待ってるわ」

「この子たちもトリック・オア・トリートを楽しんでるの」ポリーが言った。

「おもしろいわね、うちの子とはぜんぜん違う。ハナは室内飼いの猫で、一度も外に出たことがないの。日本ではそれが普通だったわ」

「すごくかわいい猫ね」クレアの言葉に、見たことがあるぼくも同感だった。

「日本語でミケネコというのよ。三色の猫」

「でもハンナは英語の名前でしょう?」とポリー。

「正確にはハナよ。日本語で花《フラワー》という意味」

「すてき。かわいい猫にかわいい名前」クレアが言った。

やった。早くも予想以上の収穫だ。室内飼いの猫。ニホンってなんだろう? それよりも興味をそそられるのは、三色の毛だということ。

「ほんとにそうね、じゃあ、またすぐ会いましょう。夕食の件はあとでメールするわ」ポリーがシルビーに手を振った。ぼくは嬉しくなった。おとなたち三人はもうすっかり仲良くなっている。でも、室内飼いの猫とはどうやって友だちになればいいんだろう？

しばらくして、子どもたちはこっそりお菓子を持って二階へ上がり、ポリーとクレアがソファでワインを飲んでいるとき、シルビーについてさらにわかった。

いまのところ、ふたりともシルビーに好感を持っているようだ。シルビーはイギリス人だが、娘と日本から帰国したばかりで、どうやら日本というところはかなり遠くにあるらしい。一緒に暮らしていた夫はほかの女性のもとへ行ったため、現在離婚手続きが進行中でシルビーはひどく傷ついている。いろんなことにだいぶ筋が通ってきた。クレアもエドガー・ロードに越してきたのは離婚したあとだったから――もちろんまだジョナサンには出会っていなかった――ふたりには共通点がある。いずれにしても、夫と別れただけでなく、長年暮らした場所から引っ越さなきゃいけなかったんだから、さぞ辛いだろう。アレクセイと同い年の十四歳とわかったコニーも、学校や友だちや父親と引き離されて傷ついている。シルビーが夜遅くにキッチンでワインを飲みながら泣いていたのも理解できる気がした。クレアもむかし、よく同じことをしていた。

どうやってシルビーに歓迎している気持ちを伝えるか、同学年に編入するはずのコニーをどうやってアレクセイに会わせるか相談するふたりの会話を聞いているうちに、わくわくしてきた。新しい友だち。あとは直接会えるようにハナを外に出す方法を見つければいい。あるいはこっちから家に入る方法を見つけるか。どうってことない。自分で言うのもなんだけど、ぼくはかなり臨機応変な猫なのだ。

「トリック・オア・トリートに行き損ねたな」ジョナサンの口調はあまりがっかりしているようには聞こえない。

「そうね。今日に限って残業しなきゃいけなかったなんて、不思議よね」クレアがちくりと言う。

「ほんとに残業だったんだよ。それはさておき、子どもたちは楽しんでた？」

「ええ。写真を撮ったわ」携帯を渡している。「ただ、すごく感じの悪い家があったの。通りのはずれの、芝生が伸び放題でペンキがはがれた家。明かりがついてたのに、チャイムを押したら年配の男性がわたしたちを怒鳴りつけてカーテンを閉めたのよ。子どもにそんなことをする？」

「ああ、その人の噂《うわさ》は聞いたことがある。ヴィクとヘザー・グッドウィンがぼやいてた。きれいにするように頼んで、片づけるのを手伝うとまで申し出たのに、帰ってくれと言われたらしい。そこまで丁寧な言い方をしたかどうかはわからないけどね。童話に出てくる人食い鬼みたいで、危険人物かもしれないとふたりは思ってる。ぎょろっとした目やら、こそこそした態度やらで」

「いやだ、じゃあ、そんな危ない人の家に子どもたちを連れていったってこと?」

「だいじょうぶ。あの夫婦が大げさなのは知ってるだろ。たぶん、ただの人間嫌いの気難しいおじいさんだよ。きっとそうだ、いずれぼくもそうなるからわかる」

たしかに。その可能性は否定できない。

Chapter 4

　朝食のあと、学校へ行く子どもたちと一緒に外に出て、ジョージと近所の仲間に会いに行った。ときどき、会いたい人間も猫も多すぎて、時間が足りない気がする。タイガーにも会えればいいと思いながら、通りのはずれの〝たまり場〟と呼んでいる仲間が集まる草地へ向かった。表通りから離れた静かな場所で、いまだにかくれんぼが好きなジョージが潜って遊べる生垣もあるし、木も二本ある。なによりも、仲間がみんな知ってる場所だ。エドガー・ロードに来てから、猫の友だちがたくさんできた。新しく来た猫もいるし、去っていった猫も少しばかりいるけれど、主な顔ぶれは同じだ――かなり高齢になったエルヴィス、ロッキーとネリー。でもタイガーの姿はない。

「よお、アルフィー、ジョージ」ロッキーが声をかけてきた。

「なにしてるの？」

「特になにも。そっちは？」

「隣に新しい猫が来たんだよ」嬉しくて話さずにいられない。「でも外に出ない子なんだ。

少なくとも前の家ではそうだったから、まだ会えてない」

「クレアとポリーが、よその国で暮らしてたって言ってた」とジョージ。「どういう意味？」

ネリーとロッキーとエルヴィスとぼくは顔を見合わせた。ぼくたちはしょせん猫で、地理には詳しくない。

「すごく遠いとこだ」遅まきながら、エルヴィスが知ったかぶりをした。「おれたちはロンドンに住んでて、ほかの人間が住んでるほかの場所のことを国っていうんだ」ぼくたちもエルヴィスも、それが正解かわからない。

「デヴォンみたいに？」ジョージが訊いた。

「そうだ」ぼくはすかさず答えた。どうせどうでもいい問題だ。

「じゃあ、ハナたちが住んでたニホンっていうのは、よその国なんだね」とジョージ。

「そして、そこでは猫は外に出ない」細かいことまでしっかり耳を傾けていたとわかり、ぼくは驚くと同時に嬉しくなった。ジョージが生垣に隠れに行った。

「今日はきみが探すふりをしてやってよ、ネリー」ぼくは頼んだ。ネリーはジョージの伯母さんみたいな存在で、しかもぼくより我慢強い。ジョージはいつも同じ場所に隠れるから、探すふりをするのがめんどくさいのだ。

「いいわよ」ネリーがにんまりした。

「ところで誰か今日タイガーに会った?」ぼくは尋ねた。

「いや。そういえば、最近タイガーの姿をあまり見ないな」とロッキー。

「ぼくもそう言ったんだけど、寒いのがいやみたいだ。でも、今朝はここに来てるかもしれないと思ったんだ」

「来てない、いまのところ。もっとも、まだ朝のうちだけどな」

みんなで腰をおろし、噂話をしたり、遊んでいるジョージを見たり、世の中の動きを観察したりしていると、いくらもしないうちにタイガーがやってきた。よかった。どうして心配なんかしたんだろう。ぼくはいつも心配している。心配性は生まれつきだ。そしていまみたいに何事もない日が続くと、つい余計に心配してしまう。

「やあ」ぼくは夢中で挨拶した。

「落ち着いて、アルフィー」何年も会わなかったわけじゃあるまいし。

「でも、ゆうべは出てこなかったじゃないか」

「ごめんなさい。夕食のあとまた寝てしまって、起きたときはもう遅すぎると思ったの。はっきり言って、冬は好きじゃないのよ」肉球をチェックしている。

「ぼくは冬が大好きだよ。雪が降ればいいのに」ジョージの声に期待がこもっている。去年、生まれて初めて雪を経験し、すっかり夢中になったのだ。ぼくは違う。寒いし、濡《ぬ》れるし、足が沈んでしまうし、あまり好きになれない砂にちょっと似ている。

「そうね、ジョージ。でも歳を取ったら気持ちが変わるかもしれないわよ」タイガーがやさしく応えた。「さあ、そんなに元気なら、木登りしましょ」

一緒にそばの木へ駆けていく。タイガーと跳ねまわるジョージの姿や、ネリーも加わって鬼ごっこをする姿は、いつもの光景だった。ロッキーとエルヴィスとぼくはそれをながめながら、通りの情報交換をつづけた。

「おまえのお隣さんの話は、サーモンもしてた」ロッキーが言った。

「とうぜんだよ、サーモンの飼い主が訪ねていないはずがない」サーモンはいらつく猫で、以前は憎たらしい宿敵だったが、いまは礼儀をわきまえた関係になった。家はうちの向かいで、飼い主のグッドウィン夫妻はエドガー・ロードの自警団を自認している。平たく言えば、とてつもなく詮索好きでおせっかいだから、みんな辟易《へきえき》している。でもジョナサンは、あの夫婦がいるおかげでエドガー・ロードで犯罪が少ないことを認めている。誰もあのふたりの監視の目はくぐれない。「なんて言ってた？」

「ああ、相変わらずさ。知ったかぶりをして、たいしたことは言ってなかった。まあいつものことだけどな。ほかの国に住んでたことすら知らないみたいだったから、あいつよりおまえのとこの人間のほうが詳しいんじゃないか？」

「そう」とはいえ、もっと知りたくてたまらない。そのとき騒ぎ声が聞こえてきて、木に駆けつけるとジョージが高い枝に危なっかしく乗っていた。ぼくの鼓動が跳ねあがった。

「たいへんだ」

「すぐおりてきなさい」タイガーが怒鳴っている。

「ずいぶん高く登ったな」ロッキーが感心している。

「あの枝はあまり丈夫そうに見えないぞ」エルヴィスの声が心配そうだ。

「たいへんだわ、かわいそうに、どうすればいいの？」とネリー。みんないてもたってもいられず、木のまわりをうろうろしながら鳴きつづけた。みんなが足をとめたとき、ぼくはジョージがおり始めていることに気づいた。幹につかまってそろそろおりてくるようすを見て、心臓がとまりそうになった。むかし木からおりられなくなったとき、自分は高いところが苦手だとわかった。それどころか、消防隊員に救出されるという屈辱に耐えるはめになった。すべて愛のためだったけれど、それはまた別の話だ。あれ以来、木はあまり好きになれない。

「なにを大騒ぎしてたの？」地面に着いたジョージは、涼しい顔をしている。

「ああ、よかった」ネリーがへなへなと座り込んだ。

「ジョージ、あんなところまで登ってはだめよ、おりられなくなったらどうするの」タイガーが叱った。

「そんなことないよ。ちゃんとおりてきたでしょ？　おとなって、たまにどうでもいいことで大騒ぎするよね」

あいにく、それには誰も反論できなかった。

タイガーもぼくも今日はもうじゅうぶん刺激を受けたと判断し、ジョージを連れて帰ることにした。もっと遊びたいジョージは気が進まないようだった。でも帰る途中、隣のシルビーとコニーを見かけた。ぼくは自己紹介せずにはいられなかった。

「あら、コニー、お隣の猫ちゃんよ」

「かわいい」コニーがしゃがんでぼくたちを撫でてくれた。

「お邪魔したとき、ゆっくり会えるわ」シルビーが、本当は幸せじゃないときの笑みを浮かべた。作り笑い、あるいは平静を装った表情。おとながよくやるやつだ。

「楽しみね」言葉とは裏腹に、コニーはがっくり肩を落として足取りが重い。明らかに声に覇気がない。

「元気を出して。制服の手配が早くすんだら、かわいい服でも買ってあげるわ」必死で気持ちを盛り立てている。

「うん」コニーが応え、母親と歩き去った。

「あの人たちには、元気が出ることが必要なんだ」ぼくの言葉にタイガーがうなずいた。

「じゃあ、この通りに越してきて正解だね」ジョージが話をしめくくった。

本当にそうだ。

大好きな音でうたた寝から目覚めた――家族の声だ。クレアとジョナサンのベッドにいても、元気に挨拶する大きな声が聞こえる。伸びをして階段を駆けおりると、例によってジョージが注目の的になっていた。大声で声をかけたぼくを、アレクセイとトミーが順番に撫でまわしてくれた。ぼくは嬉しくてふたりに体をこすりつけた。

ベストな状態でも静かとは言えないわが家が、いつも以上に混み合って騒がしくなった。クレアとジョナサンの家はいちばん大きいのでみんなが集まる場所になっている。トーマスとフランチェスカが店の料理を運びこみ、毎回ワインとビールを持ってくるポリーとマットが到着すると、ぼくを含めたおとなはキッチンで食べ物と飲み物の用意に取りかかり、ジョージは子どもたちを追ってリビングへ行った。そこで年上の子たちがゲームの準備をしてやるのだ。最近アレクセイは居間へ行くのを少しためらう。もう子どもじゃないと思っていて、それがどういうことかぼくは警告されていた。アレクセイは別の生き物になったのだ――ティーンエイジャーと呼ばれるものに。

ティーンエイジャーについて教えてくれたのは主にタイガーで、タイガーの飼い主には子どもがいないけれど、子どものいる友人がいる。それにスノーボールとつき合っていたころ、スノーボールの家族の十代の少年が最初はにこりともせず、ひとことでしかしゃべらないのをこの目で見た。エドガー・ロードに来たときから、学校にも通っていなかったころから知っているアレクセイも、それになったのだ。去年の十三歳の誕生日には、ティーンエイジャーになるのをみんな大騒ぎしていたけど、ぼくは祝うことなんてなにもない気がして理解できなかった。どうやら十四歳になっても状況はまったく改善しないらしい。それは大事な親友を失いかけていることを意味していた。ぼくにはいまもやさしくしてくれるけれど、本来のアレクセイに戻ることはあるんだろうか。ティーンエイジャーに具体的な定義はないらしいが、廊下をうろうろしたり、握りしめたスマホから目を離さずにいたり、まわりにいるみんなを無視したりするのは間違いなくティーンエイジャーの証拠だ。

しばらくしてから、ようやくアレクセイもリビングへ行った。

「アレクセイ、秘密基地をつくるのを手伝ってよ」トミーが声をかけた。

「いまは無理」アレクセイがスマホでなにかしながらソファに腰かけた。トビーががっかりしている。

「でも、秘密基地をつくるのがいちばんうまいのに」ヘンリーが訴えた。

「お願い」サマーが大きな青い瞳で見つめている。

「わかったよ、ちょっとだけだぞ」アレクセイがため息をつき、クッションを集めだした。

キッチンへ行くと、ポリーがフランチェスカにシルビーの話をしたところだった。

「もうすぐ来るわ。でも、辛い思いをしてるのを忘れないでね」ポリーがみんなに釘を刺した。

「おい、ぼくはシンガポールに住んでたんだぞ」ジョナサンが言った。「帰国するときは大喜びってわけじゃなかったから、気持ちはわかる」

「そうね」とクレア。「いざとなったら少なくとも外国暮らしの話はできるわね」

「それに、日差しが降り注ぐ楽しい日々に別れを告げなかったら、クレアと出会うこともなかったし、子どもを授かることもなかった話もできる」マットがからかった。

「シンガポールの仕事をクビになってよかったわね」とクレア。

「ミャオ」ぼくは大声で鳴いた。

「それに、アルフィーとも出会えなかった」トーマスが言い、嬉しいことにそれがどれほど耐えがたいことか、みんなにもわかったようだった。


夕食のあいだ、シルビーもコニーも口数が少なかった。年下の子たちは先に食事をすませ、一緒に食べ終えたトミーとリビングでDVDを観《み》ている。アレクセイとコニーはおとなと一緒に食事をしていた。クレアとポリーとフランチェスカは近所や学校について話し、男性陣は愛想よくしているが、誰もあれこれ質問せずにいる。アレクセイとコニーは隣の席に座っているのに、あまりしゃべっていない。別にかまわないが、ささいなことで言い争ったりからかったりするいつもの会話に比べると、ちょっとぎくしゃくした感じだ。ぼくはダイニングテーブルのまわりを歩きながら、雰囲気を明るくするためにできることはないか考えた。そしてひとつ思いついた。怒られるのを承知でテーブルに飛び乗った。

「アルフィー、おりなさい！」クレアが怒鳴った。アレクセイが笑い、それを見たコニーも笑いだした。

「しょうがないやつだな」ジョナサンが笑いをこらえながらぼくをテーブルからおろした。

「ときどきいたずらするの」クレアはぷりぷりしている。

「でも、すごくかわいい」トーマスがにやりとした。

「月曜日からコニーはアレクセイの学校に通うのよ」クレアのひとことが、堅苦しい雰囲気に突破口を開けた。

「そうなの？　何年生？」アレクセイが尋ねた。

「九年生よ」小声で答えたコニーが、顔をあげてつづけた。「イギリスの学校は初めてなの。だからよく知らないの」

「ぼくと同じ学年だ。もしよかったら、迎えに行くから一緒に行こうよ、初日だけでも」

「本当？」ほっとしている。母親のシルビーも。

「うん、同学年の子はほとんど知ってるし、いい学校だから、みんなを紹介するよ」アレクセイが赤くなっている。こんなに長くしゃべるのは久しぶりだ。

「助かるわ。ありがとう、アレクセイ」シルビーが言った。ティーンエイジャーふたりはしゃべりすぎたと思っているように、自分のお皿に視線を落としている。

そのあとはなごんだ雰囲気になった。シルビーはジョナサンとアジアというところの話をして緊張がほぐれたらしい。ジョナサンは日本は未経験だったが、ふたりともいろんな国に行ったことがあったのだ。途中でポリーが子どもたちのようすを見に行き、そのあとアレクセイがコニーと一緒に席を立ち、キッチンのカウンターからスマホをつかんで外に出ていった。ぼくはしばらくおとなたちの会話に耳を傾け、いまはまだ完全じゃなくても、いずれシルビーも仲間に加わりそうだとわかってほっとした。まだ悲しんでいるし、心を許しきってはいないけれど、微笑んだり笑ったりすると魅力的だ。

アレクセイを探しに行くと、玄関前の階段にコニーと座っていた。

「学校のことを考えると、不安で仕方ないの」コニーが打ち明けた。ぼくは初めて近くからしっかり観察した。肩までの褐色の髪、大きな瞳、白い肌。身長はアレクセイと同じぐらいでほっそりしている。着ているゆったりしたパンツとパーカーはアレクセイの服にそっくりだ。どちらもスニーカーを履いている。これがティーンエイジャーの制服らしい。

「日本の学校とは違うかもしれないね。日本語をしゃべれるの？」アレクセイが訊いた。

コニーがぼくたちには理解できない言葉を口にした。

「しゃべれるわ」にっこりするとかわいい。「でも、こっちでそれが役に立つのかな。帰ってきたくなかった」

「ぼくはポーランドで生まれたんだ」アレクセイが言った。

「そのころのこと、覚えてる？」

「ううん、あまり。でも、いまでもときどき遊びに行くよ。ポーランド語も少しならしゃべれる」アレクセイがよくわからない言葉をしゃべったが、フランチェスカとトーマスがポーランド語で話すのを長年聞いてきたから、少しだけ理解できた。「でもいまはここが故郷だと思ってる」

「わたしはまだ日本が故郷の気がするわ。寂しい」悲しそうだ。

本心を打ち明けているのが意外だった。ティーンエイジャーの会話の仕方はティーンエイジャーにしかわからないのだろう。

「きっとうまくいくよ。あれ、それってｉＰｈｏｎｅの最新機種？」コニーのスマホを見ている。

「そうよ。あなたのと同じ」コニーが応え、アレクセイとにんまりした。

家族の集まりは、それから間もなくお開きになった。子どもたちとジョージが二階にあがって静かになると、ぼくはタイガーが外にいるか見に行ったが、雨が降っているので期待はしなかった。思ったとおり、姿がない。降り注ぐ雨に濡れながら、家に帰って温かいベッドに潜り込もうかと思ったが、その前に隣をのぞいてみることにした。

ダイニングテーブルにシルビーが座っていた。今夜は明かりがついていて、膝にまたハナを乗せ、目の前にパソコンがある。誰かと話しているが、表情からすると相手は画面に映る友だちだろう。ぼくは猫にしてはかなりテクノロジーに詳しいのだ。嬉しいことにシルビーは笑顔で、ぼくたちと過ごしたせいでいくらか元気になったのならいいと思った。

雨が強まり、濡れネズミになりそうだったので、いつもやさしく迎えてくれる乾いて暖かい家へ戻った。

Chapter 5

週が明け、ぼくはどうすればハナに会えるか考えていた。コニーは学校に通い始め、シルビーは仕事の面接を受けるとクレアに話していたけれど、ハナはどうしているだろう。短い時間ながらも隣の親子と過ごしたせいで、あのエキゾチックな猫に会いたい気持ちがつのっていた。望めば近くに友だちがいるのを知ってほしいし、家族のようすをどう思っているのか知りたい。

コニーがアレクセイに話した内容によると、ハナは仔猫のころから飼われていて、一度も外に出たことがなく、日本で住んでいたトーキョーという街では室内飼いが普通だったらしい。猫が外に出ない土地があるのは知っているし、外出が嫌いな猫がいるのも知っているが、室内飼いになった自分は想像できなかった。とはいえ、これまで何度か巻き込まれたトラブルを考えると、室内飼いも悪くないかもしれない。それにジョージがそうなれば、ぼくの毎日ははるかに楽になるだろう。いや、やっぱりぼくは通い猫なんだから外に出かけたいし、ハナもいまはイギリスで暮らしているんだから、そうしてみるべきだ。

　そんなことを考えながらタイガーの家の近くをぶらぶら歩いていると――ジョージはネリーと散歩に行った――タイガーの飼い主がキャリーを持って出てくるのが見えた。タイガーをどこへ連れていくんだろう。タイガーの飼い主夫婦はぼくの家族より年上で、あまり出かけない。それなのに、タクシーに乗って走り去った。タイガーは外を見ていなかったから、ぼくに気づかなかった。ハナのことが頭から吹き飛び、タイガーが心配になった。どこへ行ったんだろう？　何事だろう？　なにがあったんだろう？　ぼくは落ち着くように自分に言い聞かせ、仲間を探しに行った。タイガーの飼い主はスーツケースを持っていなかったから、遠くへは行っていないはずだ。たぶんタイガーを連れて友だちに会いに行ったんだろう。たまり場でエルヴィスとロッキーを見つけ、いつもと変わらないようすに慰められた。

「チビすけはネリーと、通りの反対側のはずれに行ったよ」ロッキーが言った。

「ああ、ネリーはぜったいジョージにだめと言わないからな」とエルヴィス。

「ジョージには誰もだめと言わないよ」ぼくは指摘した。「それより訊きたいことがあるんだ。さっきタイガーが出かけるのを見たんだけど、どこへ行ったか知ってる？」知っているとは思えないが、ロッキーたちが答えないうちにサーモンがのっそり現れた。いつものことだ。いつもどこからともなく現れる。

「タイガーを気にしてんのか？」相変わらずの気取った口調。でも情報がほしいから調子を合わせるしかない。

「まあね、飼い主と出かけるのを見た。なにをするつもりなのか、さっぱりだ」無頓着を装った。

「へえ。おれの飼い主が今朝あの家に行ったんだ。隣人監視活動の大事な話でな。タイガーはたぶん獣医に連れてかれたんだ」

「獣医!?」一気にパニックになった。

「落ち着け、アルフィー」やさしいと言えるぐらいの口調でサーモンがつづけた。「ただの健康診断だよ。タイガーは行き先を知りもしないだろうが、今朝は外に出られないように猫ドアがロックされてた」

「ありがとう、サーモン、教えてくれて」ここまで協力的なサーモンは珍しい。

「気にすんな」また気取っている。「おれにはかかわりのないことだ」

「そうだ、ハナを知ってる？ うちの隣に越してきた猫」ぼくはなにかお返しをしたくなった。

「ああ、会ったのか？」興味を隠せずにいる。

「ううん。でもゆうべ飼い主がうちに来た。ハナは室内飼いなんだ。日本って国ではそれが普通らしい」

「聞いたことないな」とロッキー。「室内飼い？」

「うん、家から出ない子をそう呼ぶんだって」教える立場になって、悪い気がしない。

「残念だな」エルヴィスが言った。「外に出ないんじゃ会えないな」

「そんなことないよ」

「どうするつもりだ？」サーモンが目を細めてぼくを見た。

「まだ決めてないけど、なにか考える」

「おれはずっとここでくっちゃべってる暇はないんだ。やることがある。人間を見張らないと」サーモンがにやりとし、悠然と歩き去った。

「驚いたな、歳を取ってあいつもようやく丸くなってきたらしい」しっぽをふりふり遠ざかっていくサーモンを見つめながら、ロッキーがつぶやいた。

タイガーのことはジョージに話さなかった。サーモンはただの健康診断と言っていたが、ジョージに教えるのはタイガーと話して安心してからにしたかった。ランチのあと、ひとりで出かけるように勧められてジョージは驚いていたが、チャンスとばかりに飛びだしていった。

タイガーの家の裏口で待っていると、間もなくタイガーが出てきた。

「よかった」ぼくは鼻をこすりつけた。「心配してたんだよ」

「ごめんなさい。いきなり獣医に連れていかれたの。今朝、外に出ようとしたら、猫ドアに頭をぶつけて痛い思いをしたわ」前足で頭を撫でている。「黙って鍵をかけたのよ。それからわたしをキャリーに押し込んで……いえ、押し込みはしなかったわね、普通に入れて、出かけたの」

「たいへんだったね」獣医が好きな猫はいない。余計なお世話をあれこれしてくるのだ。まあ、それが獣医の仕事だけど、立ち入ったことや差し出がましいことをされるのに違いはない。「なんて言われたの？」ぼくはタイガーをまじまじ観察した。元気そうに見える。

「ああ、特になにも。ただの健康診断だもの。あちこちつつきまわされて、いくつか検査されたけど、なにも問題はないわ。うちの人間が空騒ぎするのは知ってるでしょ。わたしぐらいの歳になると、頻繁に検査したほうがいいんですって。失礼しちゃうわ！」

「ぼくの家族がそれに気づかないように祈るよ。みんなの前では元気いっぱいにしてたほうがよさそうだな」

「それがいいわ、アルフィー。獣医はいい人で、すごくやさしくしてくれたけど、それとこれとは話が別。ところでジョージはどこ？」

「どこかで遊んでる。実は、きみと話したくて出かけさせたんだ。その、悪い話だといけないと思って。すぐ帰ってくるよ」

「アルフィー、あきれた。しょうがないわね、わたしも行くから一緒にジョージを探しましょう」

歩きだしたぼくたちの毛に風があたり、足元を冷たい風が吹き抜けた。なにも話さなくても心地よくいられる関係のタイガーと歩きながら、ぼくは長年のつき合いになる猫がたくさんそばにいることや、みんなをとても大切に思っていること、みんなもぼくを気にかけてくれていることがどれほど幸せか考えずにいられなかった。そしてハナを思いだした。なにがなんでも直接会って、寂しくないか確かめよう。孤独感は最悪で、ぼくが経験したのはずいぶん前だけれど、いまだに忘れられない。

ジョージと一緒にタイガーを家まで送り、そのあと自宅に向かっている途中、コニーを連れたアレクセイにばったり会った。

「やあ」アレクセイが撫でてくれた。

「ミャオ?」ひとりでうちに来るなんて珍しい。

「コニーを送ってきたんだ。でもそろそろ行くよ。帰らないと母さんが心配する。宿題も山ほどあるし、そうだろ、コニー?」にっこりしている。こんなに饒舌《じょうぜつ》なのも、生き生きしているのも久しぶりに見る。スマホにかじりついてもいない。ティーンエイジャーの時期が終わったんだろうか? そうだったらどんなにいいだろう。やさしいアレクセイに戻ってほしい。

「うん、まだ初日だっていうのにね」コニーがくすくす笑った。ぼくはふたりを見つめ、ひげを立てた。もう仲良くなったみたいで、すごく嬉しくなった。だからジョージを連れておやつを食べに家に帰ったときは、なにもかも元どおりになった気がしていた。

Chapter 6

「採用されたの」数日後の夜、シルビーがボトルを持って訪ねてきた。「お邪魔かもしれないけれど、一緒に乾杯してくれたらと思って」肩をすくめている。魅力的で、どことなくコニーと似た大きな瞳がきらめいている。

「まあ、もう？　早かったわね」クレアが言った。

「たいした仕事じゃないし、妹の友だちの紹介だからコネ採用よ。でもずっと海外駐在員の妻をしていて何年も働いていなかったから、どんな仕事でも雇ってもらえただけでありがたいわ」

「おめでとう。入って。そういうことなら乾杯しなくちゃ。子どもたちはもう寝たし、ジョナサンはジムに行ったから、ちょうどいいタイミングよ」クレアがシルビーを招き入れ、ぼくもついていった。キッチンの戸棚からグラスが出され、泡立つボトルの栓が抜かれた。

「ご迷惑じゃないといいんだけど」シルビーが不安そうに唇を噛《か》んだ。「いつもはいきなり誰かを訪ねたりしないのよ」

「なに言ってるの。好きなときにいきなり来てくれてかまわないのよ。手が離せないときはそう言うから、気を悪くしないでね。それがわたしたちのやり方なの、ポリーとフランチェスカとわたしの」

「ありがとう。越してきたのがあなたのお隣で本当によかった」

「わたしもここへ引っ越してきたときは知り合いがひとりもいなかったから、気後れするのはよくわかる。それにね、越してきたのは最初の結婚が悲惨な結末を迎えたあとだったのよ。職場でもターシャという友だちができて、孤独から救われたのは彼女のおかげでもあるの」

「ずっと海外だったから、イギリスの友だちとは疎遠になってしまったの。でも帰国したら、自分の人生がどれだけ彼を中心にまわっていたか気づいて、すごく切ないの。コニーを巻き込まずにすんでよかった」

「なにがあったの？」クレアがたっぷり注がれたグラスをふたつ、自分たちの前に置いた。

「よくある話よ……うん、おいしい」シルビーがグラスに口をつけた。「夫は職場で若い女性と出会ったの。深い関係になって、彼女を愛してるから離婚してくれと言ってきた」

「ひどい話ね。相手の人は日本人？」

「いいえ、アメリカ人よ。言うまでもなく美人で若い。まだ二十代」

「最低ね。つらかったでしょう」クレアの瞳に気遣いが浮かんでいる。

「ごめんなさい」シルビーが涙をぬぐった。「まだお祝いする気分になれないみたい。人生が終わった気がして、わかる？ 彼のために仕事を辞め、忙しい彼に代わって懸命に娘を育て、家族のためだけに生きてきた。いま思えば愚かとしか言いようがないけれど……」

「将来どうなるかなんて、誰にもわからないわ」

「そのあと彼は、向こうに留《とど》まったらどうかと言ってきた。新しい彼女と暮らす姿を目の当たりにさせようとしたのよ。そうすればコニーに会えるから。わたしにはできなかった。そんなの屈辱的すぎる。だから、コニーを連れて帰国したけれど、あの子が父親に会いたがってるのがわかって、引き離してしまったことに罪悪感があるの。でも日本では結婚生活がすべてだったから、それがなければ暮らしていられなかった。惨めな思いをするだけだから、離れるしかなかった」

「ほかにどうしようもなかったのよ」クレアが言った。「平気でいられるわけがない。さっきも言ったとおり、わたしは前の夫と離婚したあとここに越してきたけれど、あくまで国内の移動で、はるかかなたから来たわけじゃない。お友だちに会えなくて寂しいでしょうね」

「ええ。スカイプで話してるけど、以前とは違う。めそめそしてごめんなさい。ただ、コニーがこっちに馴染《なじ》めるか心配で、夜も眠れないのよ」シルビーがグラスを手に持った。

「無理もないわ。でも、とにかく仕事が見つかってよかった——あら、そういえば、どんな仕事なの？」笑っている。「聞きそびれるところだったわ」

「ブティックの店員よ。クラパムにある高級店。すてきな服ばかりで値段も高いけれど、むかしファッション業界で働いていたし、服は大好きなの。ここからあまり遠くないし、多少の収入も得られる」

「それならよかったじゃない。そのうちお店に寄らせてもらうわ。でも値段が高いことはジョナサンに内緒よ」

「約束するわ。それに、妹の友だちのジェシカが、順調にいったら、そのうち買い付けやディスプレイも手伝わせてくれると言ってるから、そうなったらきっとすごく楽しいわ。コニーが学校に行ってるあいだ家にいなくてすむし、前に踏み出すいい機会になると思うの」

「生活にパターンができれば、きっと気持ちも楽になるわよ」

「ええ、目標があると思いたいの。ずっと妻と母親だけをしてきたから」

「あなたは立派にやってきたわ。でも気持ちはわかる。わたしも以前は長時間働いていたけれど、いまは子どもがいるからパートタイムで働いてるの。でも正直に言うと、それほど前の暮らしに戻りたいとは思わない」

「わたしも、むかしに戻りたいと言うつもりはないわ。家事や夫の人づき合いを取り仕切って、コニーの世話をして、しょっちゅう友だちに会っていた。でもいまは、以前とはぜんぜん違うし、コニーも大きくなるにつれて母親を必要としなくなる。駐在暮らしだったせいだと思うの。わたしは働いていなくて、ほとんどの駐在員の奥さんがそうだった。夫のフィリップの毎日が時計みたいに正確に進むように気をつけていた。彼が家にいるときは彼のために料理をして、彼の服を洗濯し、出張の用意をして休暇の手配を整え、要するに彼がくつろげるように気を配って自分のストレスは表に出さなかった。コニーの問題はすべてわたしが引き受けて、夫は楽しいところだけ味わえるようにした。夫はプレッシャーの多い仕事をしていたから、そうしなきゃいけないと思っていたし、わたしはわたしで好きなだけ友だちとランチしたり旅行や買い物をしていたから、ずっとそれで満足してた。娘と夫も満足してると思ってた」

「でもそうじゃなかった?」

「夫はね。それに、コニーが心配で仕方ないの。夫が父親であることに変わりはないし、本当は父親が大好きなのよ」

「そう」クレアもぼくもうなずいた。「コニーもつらいでしょうね、かわいそうに」

「でも、このあたりで立ち直らなきゃ。そろそろ未来に目を向けないとね。それに、幼い娘を……幼いとは言えない歳だとしても、今回のことであまり傷つかないようにしてやりたい」声に決意が聞き取れる。

「コニーは学校に慣れた？」

「それなりに楽しんでるみたい。一流のインターナショナルスクールに慣れてしまっているから、簡単にはいかないのよ。ロンドンの公立の学校とは少し違ったから。私立の学費を夫に出してもらおうとしたんだけど、彼にとってもとんでもない金額で、とりあえずいまの学校をためすことにしたの。でもコニーが馴染めなければ、なんとかお金を調達するか、夫に出させるつもりよ。そのぐらいしてもいいはずだわ」

「その人の話はやめましょうよ。前向きに考えるの。アレクセイなら学校でコニーの面倒を見てくれるし、あなたには仕事が見つかった。先行きは明るいわ」

「ああ、クレア。もう一度言わせて。引っ越してきたのがあなたの隣で本当によかった」

「ミャオ！」

「アルフィーもいるしね」クレアがウィンクした。

「おいおい、クレア、勘弁してくれよ」その夜遅く、ベッドでジョナサンが言った。

「どうして？」とクレア。「誰か心当たりがいないか訊いただけじゃない」

縁結びはぼくが得意なことのひとつだ。ロマンスや友情のために人間を引き合わせ、クレアはそんなぼくをお手本にしている。かなり熱心に。

「前回ぼくの友だちを紹介したきみの友だちは、ドバイに引っ越してしまったじゃないか」ジョナサンが言ってるのはクレアの親友のターシャのことだ。ターシャはぼくの親友でもあった。ぼくもクレアも会えなくなって寂しく思っている。

「ええ、そうよ。でも誰かとつき合えば、シルビーもこっちでの生活に馴染めるんじゃないかと思うのよ」

「そうかもしれないけど、たぶん彼女はまだ男とつき合う気分じゃないよ。人生が大きく変わってしまったばかりなんだ。まずはぼくたちが友だちになってあげるのがいちばんだと思う。実際、すべての女性が男を求めてるわけじゃない」ジョナサンが首を振った。

「自分がこんなことを言うなんて信じられない。フェミニストじゃあるまいし」

ぼくはにんまりしてしまった。ジョナサンは〝今風の男〟とは言えない。そうなろうとしていると本人は言っているが、だらだらして面倒を見てもらうのが好きだ。気持ちはわかる。ぼくもジョナサンと同じで女性に敬意を抱いているけれど、好きでぼくの面倒を見てくれるなら気にしない。とはいえ、ぼくはみんなの面倒を見ているから、〝今風の猫〟なのかもしれない。

「あなたがフェミニストになるころには、地獄も凍りついてるわ。でも、わかった。いまのところは」クレアが言った。ぼくはジョナサンに賛成だ。シルビーは新しい相手をつくる用意ができているようには見えない。でも友情ならかまわないはずだ。

そんなことを考えながら眠りについた。幸せから悲しみに一気に移ってしまうシルビーのようす、エドガー・ロードに越してきたばかりのクレアのことを。シルビーが人生をやり直したい気持ちは痛いほどよくわかるが、簡単なことじゃない。ぼくにも経験がある。大切な存在を何度も失い、心が張り裂けそうな思いもそれなりにしてきたから、シルビーの気持ちは手に取るようにわかった。

Chapter 7

何年もたった気がするころ、ようやくきちんとハナに会うチャンスがめぐってきた。ハナが家から出てこないのは明らかだったので、隣の家を調べて中に入る方法を探した。前のガールフレンドのスノーボールが住んでいたときも猫ドアがなかったが、家族が全員留守になるときは、スノーボールが勝手に出入りできるようにキッチンの窓を開けてあった。それ以外のときは、ガラスドアの前で待って開けてもらっていた。スノーボールはそれで満足していたが、ぼくは好きなときに出入りできる猫ドアのほうが好みだし、窓枠に乗らなきゃいけないのはちょっと面倒だと思う。ハナは室内飼いだから、猫ドアはおろか、寒いいまの時期に開いている窓もなさそうだ。そのせいで苛立《いらだ》ちがつのり、入れないのがわかればわかるほど入りたくなった。

今朝は雨が本降りなのでジョージは外出をいやがり、しかもなぜかいきなりこれまで以上に素っ気なくされてしまったので、ジョージが家でおとなしくしている隙に隣の家に入る方法がないか調べることにした。裏にまわるだけでずぶ濡れになった気がしたが、ついに運がめぐってきた。キッチンの上げ下げ窓の上のほうが、細く開いている。あいにく窓は小さくて幅も狭く、かなり高いところにあるが、ぼくに迷いはなかった。まずどうにか窓枠に飛び乗り、次に窓に飛びつこうとした。一度めは失敗に終わった。見た目より高かったのだ。ぼくは体勢を立て直し、もう一度挑戦した。今度はなんとか爪がかかり、必死で体を引きあげた。すぐに窓は少しさげてあるだけで、思ったより隙間が狭いとわかった。体をねじ込んだとたん、判断ミスに気づいた。まだ半分しかくぐっていないのに下半身がはさまってしまい、ぼくは朝食を食べすぎたことを後悔しながらじたばたもがいた。

「ニャー」少しずつしか動けず、もどかしくて声が漏れた。こんな調子じゃ夜になってしまう。

「なにしてるの？」声が聞こえ、見おろすと床にハナがいた。不思議そうにぼくを見あげている。

「やあ、どうも。ぼくはアルフィー。隣に住んでて、ずっときみにエドガー・ロードによ うこそって言いたかったんだ。でもきみは外に出ないからなかなか会えなくて、ぼくが中に入るしかないと思った。いまそれをやろうとしてるんだ」思い描いていた初対面の挨拶とはかなり違う。

ハナがカウンターに飛び乗った。近くで見ると一層かわいらしく、瞳は明るい緑色だ。こんな猫を見るのは初めてで、ジョージと仲良くなってほしいと心から思った。きっといい友だちになるだろう。エドガー・ロードにはジョージと同年代の猫がいない。

「嬉しい。ほかの猫に会うのは初めてなの」興味津々でぼくを見ている。

「え？　ほんと？　一度もないの？」耳を疑いながら、またお尻をもぞもぞさせた。

「ええ。生まれたときは違うだろうけど覚えてないし、日本でいまの家族と暮らすようになってからは外に出る機会がなくて、あなたみたいに会いに来てくれる猫もいなかったもの」少し戸惑っているが、性格がよさそうで好感が持てる。「でも遊んでくれる人間がいつも大勢いたから、別にかまわなかった」

「この通りには仲間がたくさんいるんだ。外に出たら楽しいかもしれないよ」狭い隙間に体を押し込もうとしているせいで、ちょっと息切れしてしまった。

「出してもらえるかわからないわ。でも、会いに来てくれてありがとう」

「どうやってここまで来たの？」少しだけ体が前に動いたのがわかった。よかった、前進している。

「キャリーに入れられて飛行機に乗ったの。コニーは空を飛ぶ大きな鳥みたいなものだって言ってた。わたしはコニーたちとは別の場所にいなきゃいけなかったけれど、ほとんど眠っていたし、そしたらいきなり――ううん、いきなりじゃないわね、ものすごく長かった――こっちにいて、獣医さんの検査が終わるまで家族にも会えなかったの」

「すごく疲れそうだね」ぼくも大きな鳥に乗ることがあるんだろうか。可能性は低そうだ。

旅行の行き先はたいていデヴォンの別荘だし、車で行く。

「しばらく変な感じがしたけれど、ずいぶん遠くまで来たせいかもしれない。家族の男の人はわたしを連れていかないでと言ってたけど、コニーがわたしを置いて日本を出るつもりはないと言ったのよ。ほっとしたわ、コニーが大好きだから。前の家が懐かしいけど、コニーに会えなくなったらもっと寂しかったと思う」

返事をしようとしたとき、最後のひと押しで窓をほとんどぐぐり抜けたのがわかった。次の瞬間、体が落下し、お尻からシンクに落ちてしまった。

「いたた……」ぼくはなんとか落ち着きを取り戻しながら、シンクが空だったことに感謝した。「やれやれ、少なくともこれで入れた」つねにプラス思考。これがぼくのモットーだ。

「え、ええ。でもどうやってまた外に出るの？」そう言うハナの視線の先に目をやると、くぐり抜けた窓をなにかの拍子に閉めてしまったことに気づいた。どっちみち、同じ場所から外に出る元気はもうないが、厄介なことになったのは間違いない。

こんな展開は初めてだと言いたいところだけど、そうじゃない。ぼくはたまに閉じ込められることで有名なのだ――特に食器棚に。でもいまはそんな心配をしている場合じゃない。こうして目の前にハナがいるんだから、友だちになりたい。

「家の中を案内してくれない？」外に出る方法は、そのうち思いつくだろう。ぼくはなにかを思いつくのが得意なことでも有名なんだから。

ランチタイムが近づき、ぼくは焦りだした。ただ、ハナといるのは楽しくて、かなりいろんな話もできた。家じゅうを案内してもらっただけでなく、エドガー・ロードのことも詳しく説明した。きっといい遊び相手になるはずのジョージの話もしたし、ハナは日本についていろいろ話してくれた。日本で住んでいた家、不思議な言葉、向こうで食べた魚、そして家族がどれだけ幸せに暮らしていたか。ロンドンに来てからはふたりともひどく悲しんでいて、それはぼくにもわかっていた。でもコニーは母親を心配させたくないから、懸命にこちらでの生活に慣れようとしていて、同じことがシルビーにも言える。家族にとってのぼくと同じように、ハナはふたりにとってなんでも話せる親友だった。寝る前のコニーの話に耳を傾け、そのあとはシルビーと深夜のおしゃべりをする。のんびりする暇はない。

「家族の男の人はどうなったの?」

「ああ、いい人だと思ってたのよ」コニーの部屋でハナが言った。明るい黄色に塗られた壁に、人気歌手の大きな写真が何枚も貼ってある。ピンボードはコニーと女の子の写真でいっぱいだ。ハナによると写っているのは日本の友だちで、コニーがしょげているのはそのせいもある――みんなに会えなくて寂しいのだ。その気持ちはよくわかる。「でも、ある日シルビーに言ったの。ほかに好きな人ができたから離婚したいって。シルビーはすっかり打ちのめされて、いまもまだ元気がないから、見た目ほど乗り越えられていない気がするわ」

「かわいそうに」でもまずは目先の問題をどうにかしないと。「悪いけど、すぐ外に出ないとジョージが心配し始めるかもしれない」

「ごめんなさい。わざわざ挨拶しに来てくれたのに、閉じ込められるはめになってしまって」

「気にしないで、会えてよかったよ。でも、きみも外に出て、仲間の猫たちに会えるようになればいいね」次はこの問題をどうするか考えよう。自分がここから出る方法がわかれば、ハナが出る方法もわかるはずだ。

出られそうな場所はないか、ハナと一緒に調べてみたが、お手あげだった。窓はすべて閉まっているし、外に出るのに使えるものはひとつもない。絶望しかけたとき、音がした――鍵をまわす音。

「玄関だわ」ハナのひと声で、ぼくたちは玄関へ駆けつけた。ドアが開き、いまだと思った。ぼくは迷わずコニーの脚のあいだを全速力で駆け抜け、外に出た。歩道に着いたところでようやく足をとめて振り向くと、コニーとアレクセイが驚いた顔でぼくを見ていた。

「どうやって入ったの？」とコニー。「ハナ、だいじょうぶだった？」ぼくはむっとした。

どういう意味だ？　ぼくがハナになにかするとでも？

ハナが甘い声で鳴いている。さっきはさよならを言う暇もなかったけど、ぼくがひげを立てると、ハナもひげを立ててくれた。

「きっと友だちになろうとしただけだよ。アルフィーは頭がいいから、中に入る方法を見つけたんだ」アレクセイが答えた。ジョージのいる自宅へ急ぐぼくのうしろで、玄関が閉まった。

ぼくから隣での冒険の顛末を聞いたジョージは、一緒に連れていってもらえなかったせいですねてしまった。雨だから行きたくないと言ったじゃないかとなだめても、機嫌は直らなかった。次は連れていくと約束したが、果たして次があるかどうか。入るときも出るときも思いがけない展開だっただけに、次はないかもしれない。もうあんな思いはしたくない。

しばらく時間がたってひとりになり、うたた寝でもしようとしながらあれこれ思いだしていたとき、はっと気づいた。アレクセイとコニーは真昼間に隣でなにをしていたんだろう。学校にいるはずじゃないの？

Chapter 8

ぼくがハナに会いに行ったことは、あっという間に知れ渡った。意外だった。コニーが母親に話せば学校にいなかった理由を説明しなければいけなくなると思っていたのに、それは大きな勘違いだった。コニーは忘れ物の教科書を昼休みに取りに来たのだ。どうやらアレクセイが一緒だったことは話さなかったらしく、クレアがジョナサンにその話をしたときも、アレクセイの名前は出なかった。

「うちの問題児が家に入ったこと、シルビーはいやがってたか?」ジョナサンが訊いた。

ぼくはしっぽをぶんぶん振った。ぼくは問題児なんかじゃない。

「最初はちょっと驚いてたけど、アルフィーはいつもほかの猫と友だちになりたがるんだと話したら、納得したみたい。ハナが退屈してるのが心配なんですって。日本ではひとりにすることがあまりなかったから」

「猫ドアをつけるように説得して、アルフィーがもっと会いに行けるようにする手もあるぞ」笑っている。

「ニャー！」ぼくはジョナサンの膝に飛び乗った。すごくいいアイデアだ。

「アルフィー、ジョナサンはふざけてるだけよ」クレアも笑っている。「とりあえず、日曜日にフランチェスカの店でお隣さんにランチをごちそうすることにしたわ。フランチェスカと相談したら、かまわないと言ってくれた」

「そうか。シルビーもここでの暮らしに少し慣れるといいが」

ぼくはわくわくした。シルビーとコニーが一緒なのも嬉しいが、あの店でランチをするのがなにより嬉しい。そうなればごみばこに近況報告ができる。あそこに住んでいるごみばこは、ものすごくいい友だちなのだ。外猫で野性的なところがあるが、そういう生き方に満足していて、見た目は怖いけれど、心はやさしい。エドガー・ロードでの毎日にかまけてしばらく会っていないから、そろそろ会いに行きたい。

それはそれとして、タイガーを探しに行かないと。相変わらずなかなかつかまらないから、会いたい。会えなくて寂しい。ジョージはぼくより会っているけど、それは家の中に入れるからだ。ぼくはタイガーの飼い主に見つかると放りだされてしまうから、入れない。ジョージの話だとタイガーは元気にしているようだが、直接会いたい。

タイガーの家へ行き、鼻先で猫ドアを押した。やきもきしながら戸口で待っていると、間もなくタイガーが出てきた。

「はじめまして」ぼくは言った。

「皮肉はやめて」タイガーが軽く鼻をこすりつけてきた。「ずっと閉じ込められていたのよ、獣医の指示で。自分では元気なつもりだったけど、なにかに感染してるとわかって薬をのまなきゃいけなかったから、外に出られなかったの。でももう治ったから、また出してもらえるようになったわ」

「でもジョージは、きみが家にこもってるのは天気のせいだと言ってたよ」

「あの子を心配させたくなかったの、あなたも。何日もドライフードしか食べさせてもらえなかったのよ、想像できる？」

「いいや、正直できない。でももうすっかりよくなったんだね？」

「ええ。家族がチキンの切れ端にじょうずに隠したつもりになってた錠剤をのみ終えたから、元気になったはずよ。ドライフード以外のお楽しみはそれしかなかったから、食べたの」にこっとしている。

「よかった」

「アルフィー、心配しすぎよ。さあ、わたしが閉じ込められてるあいだになにがあったか、話してちょうだい」

「散歩しながら話してあげるよ」笑みが浮かんだ。どれほどタイガーに会いたかったか、改めて気づかされた。なんだかんだいっても、ぼくはセンチメンタルな猫なのだ。

のんびり歩きながら、ハナや家から出られなくなった話をした。

「残念だよ。ハナならジョージの理想的な相手になるのに」こう思うのは初めてじゃない。「くっつけようとするのはやめなさい、アルフィー」タイガーが言った。「ジョージには自分で友だちをつくらせてやって」

「わかってる、言ってるだけだよ。あの子たちは歳も近いし、ハナはかなり守られた生活をしてる」

「ずいぶん控えめな表現ね」さすがタイガーだ。タイガーを好きな理由はたくさんあるが、ぼくの話の細かいところまで聞き逃さないこともそのひとつだ。

「うん、そうだね。要するに、ハナのやさしさがジョージのためになると思ったんだ。でも仲良くなれそうにない。ハナは外に出ないし、こっちから中に入る方法もないし……」

「まさか簡単にあきらめるつもりじゃないでしょうね」ぼくは足をとめ、タイガーを見た。ぼくのことをよくわかってる。

「もちろん」ぼくはにやりとした。

家に戻ったときは久しぶりに晴れやかな気分になっていた。たぶんタイガーが元気なのをこの目で確かめたせいだろう。クレアとポリーとシルビーがダイニングテーブルを囲んでいた。ジョージが狭い裏庭で遊んでいるのを確認してから、ぼくもキッチンに行ってポリーの膝に乗り、やさしく撫でられる感触を満喫した。

「じゃあ、仕事は順調なのね？」ポリーは大きなバッグを持っているから、仕事帰りなのだろう。ポリーはインテリアデザイナーで、フルタイムで働かないようにしているが、すごく忙しくなってしまうこともある。幸い、いざとなれば子どもたちの面倒はクレアが見るし、エドガー・ロードではそれがお互いさまになっている。

「ええ、でも妙な気分よ。〝仕事〟なんて外国へ行って以来だもの」

「それはずいぶん久しぶりの社会復帰ね」

「ただ家を離れていられるのは悪くないわ、勤務時間もさほど長くないから、コニーが学校から帰るまでに戻れるし……。もっとも、あの子はわたしにそばにいてほしいと思ってないみたいだけど」シルビーの眉が寄った。

「困ってることはない？」ポリーが訊いた。

「コニーのことなら、ないわ。学校が気に入ったようだし、早くもいい成績を取ってるし、金曜日は友だちの家に泊まりに行ったぐらいだから、かなり馴染んだみたい。ただ、なんていうか、あまりしゃべらなくて。話しかけてもひとことで返事をするだけで、なにかと理由をつけてスマホかｉＰａｄを持って自分の部屋へ行ってしまうの」

「フランチェスカもアレクセイについて同じことを言ってたから、ティーンエイジャーはそういうものらしいわよ」クレアが笑った。

「だといいんだけど。おかしな話に聞こえるかもしれないけれど、なんだかその日にあったことをすべて話してくれるおしゃべりでママが大好きだった子から、困ったことはないか訊かれるのをうるさがって、わたしの姿を見るのも我慢できない人間になってしまった気がするの。わたしは、あの子が平気なふりをしてるだけじゃないかと心配なのよ」

「父親とは話してるの？」ポリーが慎重に尋ねた。

「ええ。スカイプで週に二回連絡してくる。コニーはかなり不愛想に応えてるけど、彼は毎日あの子のそばにいるわけじゃないもの」

「ねえ、たしかに生活は激変したと思うけれど、コニーは学校でうまくやってるんでしょう？」クレアの質問にシルビーがうなずいた。「摂食障害もドラッグの問題もないのよね？」

「そんな、まさか。ないはずよ、いまもよく食べるし、体重も減ってない。ドラッグもやってないと思う」うっすら笑っている。

「だったら、あなたは立派に子育てしてるわ。フランチェスカにも同じことを言ったのよ。アレクセイみたいにいい子はいないもの。むかしからそうだった、気配りができて、思いやりがあって。なのに最近はみんなにちょっと冷たい態度を取り始めてるの、特に両親に」

「ミャオ！」ぼくは大声で抗議した。

「そうね、アルフィーは別」三人そろって笑っている。

「実際は、アルフィーにもたまに冷たくしてるのよ」ポリーは声を潜めていたが、ぼくには聞こえたのでにらんでやった。

「あまり心配しすぎないようにしないとね」シルビーが言った。

「そうよ。わたしの父はソーシャルワーカーをしてて、子どもやティーンエイジャーに接するのが得意だったんだけど、思春期のわたしと弟にはあまりしつこくしないようにしていたと言ってたわ」クレアが言い聞かせた。

「わたしなんか最悪だったわ」とポリー。「親によく反抗して、夜遊びもしてた。十五歳でモデルを始めたから、そのせいもあるのかもしれない。でもしばらくすると、そんなことにもううんざりしてやめたわ」

「わたしたちが思春期のころは、ソーシャルメディアのプレッシャーもなかったものね」クレアが指摘した。

「そうなの。だからコニーにもやらせたくなかったけど、学校で自分だけ話に入れなくなるのはいやだって言われて、譲歩するしかなかった。自分だけ違うと思わせたくないの、思春期はそれが最悪だから」

「コニーを信じてあげなさいよ、少なくともできるだけ。わたしにはとてもいい子に見えるわ」ポリーがシルビーの手をやさしく叩《たた》いた。

「ミャオ」ぼくはまた声をかけた。ポリーだってすごくいい人だ。ぼくが知ってる女の人はみんなそうだ。

「できるだけ干渉しないようにするわ。でも心配はやめられない」シルビーの眉が寄った。

「親はみんなそうよ」ポリーがうなずいた。

「ミャオ」ぼくも賛成だ。心配すること――それはぼくたち親がなにより得意なことだ。

Chapter 9

「猫ちゃんも行くの？」日曜日、ランチに出発するぼくたちにシルビーが尋ねた。

「ミャオ！」行くに決まってる。

「この子たちは、どこに行くのも一緒なのよ」あたりまえのことみたいにクレアが答えた。

時がたつにつれて、普通はそうじゃないとぼくにもわかってきた。犬は人間といろんなところへ行くが、猫は違う。でもジョージとぼくは別だ。それにぼくたちはそうするのが好きなのだ。

「なんだかハナがかわいそう」今日のコニーはぜんぜん不機嫌ではなく、にこにこしている。ほんとはすごくかわいらしくて、その点はハナにそっくりだ。「いつもひとりで留守番させてばかりで」

「ミャオ」いいぞ、手始めとしては悪くない。

「そうね。でもハナは外に出ないから、楽しめないかもしれないわ」シルビーが心配そうだ。

「わかってる。でもアルフィーとジョージが自由にしてるのを見ると、考えちゃうの。寂しい思いをさせてるんじゃないかって」

「あとでおやつをあげればいいわ。魚かなにか、念のために」シルビーが娘の肩をぎゅっと握って慰めた。ぼくが考えてたのはこういうことじゃない。

ジョージと一緒にみんなに遅れないようについていったが、途中でトビーがジョージを抱きあげて歩きだした。ぼくのことは誰も抱っこしてくれなかった。でもフランチェスカとトーマスの家はそんなに遠くないから、別にかまわない。何度も通った道で慣れている。

以前、フランチェスカ一家はレストランの上のフラットに住んでいて、悪くはなかったけれど狭かったので、トーマスの仕事がうまくいって息子たちが大きくなったとき、隣の家を買った。フラットはまだ持っていて、店のスタッフが住んでいる。嬉しいことに裏の壁を壊したので店と家が裏庭につながり、クレアたちが留守のあいだここに泊まりに来ると、好きなときにごみばこに会えるようになった。

「やあ、いらっしゃい」玄関で待っていたトーマスがぼくを抱きあげ、みんなを招き入れた。スタッフが休めるように日曜日は休業と決めているので、家族で集まるときは貸しきりになる。ハグとキスが交わされる中、トビーとヘンリーはアレクセイたちを探しに行き、マーサとサマーは子ども用に用意されたテーブルに人形を並べ、おとなたちはおしゃべりしながら飲み物の用意を始めた。コニーはちょっと気まずそうにたたずんでいたが、そんなようすを目ざとく見つけたアレクセイがすぐさま駆け寄った。挨拶もしてこないアレクセイに、ぼくはむっとした。

「ごみばこを探しに行こう」腹が立ったのでジョージを誘い、普段は入れてもらえないキッチンを抜けて裏庭へ向かった。

「来るのは聞いてたよ」ごみばこが心から歓迎してくれた。

「元気だった？」親友に会えて嬉しい。

「ああ、まあな。昨日はネズミを何匹かつかまえた。いくらつかまえてもまた現れる。学習ってもんをしないらしい」軽く頭を振っている。

ぼくはぞっとした。狩りの話は苦手だ。実を言うと、猫のわりには狩りが下手なのだ。宿無しだったとき、生きるために仕方なくやったことはあるが好きになれなかったし、いまはすっかり甘やかされているからコツを忘れてしまった。ジョージが狩りに興味を示したのは不本意だったけれど、追いかけるスリルが好きなだけだ。やめさせたいが、本能だから仕方ない。

「ごみばこ、ネズミを探しに行かない？」ジョージはやる気満々だ。

「あとでな。いまはどこかに逃げちまってる」目配せしてきたごみばこに、ぼくは心の中で感謝した。

「それに、もうすぐランチを持ってきてもらえるよ」ぼくは言った。ここに来たときだけは、家の中に入りたがらないごみばこのために外で食事をするのだ。それでハナの話をするのを思いだした。

「へえ、初めて聞くな。外に出ない猫？　おれには無理だ」

「でも、家の中しか知らなければできるかもしれないよ」ジョージが訳知り顔で言った。さすがぼくの息子だ。

「たしかにそうだな。それになにが性に合うかは、猫それぞれだ。だろ、アルフィー？」

ぼくはうなずいた。「それはそうと一応話しておくが、昨日の夜、フランチェスカがここで電話をしてた。相手はたぶんおまえの家族の誰かで、アレクセイが心配だと言ってた」

「そんな、なにが心配なの？」毛が逆立った。大事なアレクセイになにかあったら耐えられない。

「どうやらずっとよそよそしいらしい。学校から遅く帰ってくると、電話を持ってずっと自分の部屋にこもっていて、食事のときしか出てこない。それに、おまえも知ってるようにトミーとは仲がいいのに、最近は基本的に弟を無視してるらしい」

「ああ」ちょっと安心した。「それなら知ってる。こないだクレアたちが話してた。ホルモンのせいなんだって。ティーンエイジャーがかかる病気みたいなもので、しばらく感じが悪くなるけど、いずれ終わるみたいだよ」

「それを聞いて安心したよ。気の毒にフランチェスカはすっかりショックを受けて、仲が良かったころのアレクセイに戻ってほしがってる」ポリーとクレアがシルビーと話していた内容と同じだ。

「教えてくれてありがとう、ごみばこ。気をつけておくよ。でも隣に越してきたコニーも同じ状態なんだ。ぼくたち猫にそんな時期がなくてよかった」ぼくはジョージに向かってひげを立てた。

「とうぜんだよ、ぼくたちはいつだって愛くるしくて楽しくてかわいいだけだもの」ジョージがどこからともなく現れたネズミに飛びかかった。

「うまいぞ」ごみばこが褒めている。ぼくはしっぽを振った。ネズミはジョージをかわいいとは思わないはずだ。

もらったイワシはいつもどおりおいしかった。ごみばこと楽しい時間を過ごしたあと、家族のいる家の中に戻った。正直言って寒くて体の芯まで冷えきっていたし、ジョージは疲れていた。ごみばこは寒さも疲れも感じていないらしい。さすがスーパーキャットだ。名残惜しい思いで別れを告げ、またすぐ会おうと伝えた。これからはもっと頻繁に会いに来よう。

中に戻り、みんなのおしゃべりを聞きながら冷えた体を温めた。汚れた食器が積みあがっていたが、フランチェスカとトーマスはみんなが帰ってからやると言って誰にも片づけさせようとしなかった。子どもたちは店の一角で遊んでいる。トミーがつくった複雑な障害物コースで年下の子たちが遊んでいて、ジョージもすかさず加わっているから、疲れはあっさり吹き飛んだらしい。アレクセイとコニーは離れた場所からみんなを見ている。どちらもスマホを持っているが、それで笑いながら話しているから、楽しんではいるようだ。おとなたちがワインを飲みながらクリスマスの話を始めた。

「やることが山積みよ」フランチェスカが言った。「息子たちのことだけじゃなく、仕事も」

「そうね。でもわたしはクリスマスが大好き」クレアの口調がうっとりしている。

「すごく金がかかるんだ」ジョナサンは不満そうだ。

「楽しみにしてるくせに」マットが茶化した。

「今年は楽しくなりそうだな、みんながそろって」トーマスのひとことで、その場が静まり返った。

「クリスマスはロンドンにいるの？」クレアがシルビーに尋ねた。

「ええ、たぶん。妹が来ないかって言ってくれてるけど、コニーもわたしもまだこっちに慣れていないから、どこにも行かないほうがいいと思うの。その……」言葉を詰まらせている。ぼくは脚に体をこすりつけてあげた。「あまり考えてなかったわ」シルビーがつづけ、笑おうとした。

「うちにいらっしゃいよ」クレアが誘った。

「もしよければだけど」すかさずジョナサンが言い添えている。

「みんなでランチをするのよ、きっと楽しいわ」とポリー。

「でも、迷惑をかけたくないわ」迷っている。

「迷惑なんてとんでもない。大勢のほうが楽しい」マットが言った。

「なにか持ってくればいいわ」フランチェスカが助け舟を出した。「クレアとジョナサンが七面鳥を用意してくれるから、わたしたちはポテトとサイドディッシュになる野菜を持っていくつもりよ。ポリーはプディングを持ってくる」

「それだけあればじゅうぶんじゃない？」とクレア。

「シャンパンを持っていくわ」シルビーが言った。「それでどう？」

「シャンパンを断ったことはないの」ポリーが笑った。たしかにそうだ。さらに言えば、ワインを断ったこともない。

「じゃあ、決まりだな」とトーマス。「昔ながらのクリスマスができる」

「エドガー・ロードの家族のクリスマス」ジョナサンが言い添えた。

「乾杯しましょう」クレアの言葉で、ぼくは舌なめずりした。七面鳥やおいしい残り物をジョージと堪能するところが早くも脳裏に浮かんでしまう。クリスマスは大好きだ。一年でいちばん。

Chapter 10

あきらめることを知らないぼくは、ジョージにハナを紹介する方法を見つけた。裏のベランダに行き、ガラス越しに話すのだ。大声を出さなければいけないし、たまに聞き取れないこともあるけれど、なにもしないよりましだ。それにハナはぼくたちが会いに来るのが楽しみだと言っている――まあ、そう言ったと思うけど、断言はできない。ぼくたちはほぼ毎日会いに行くようになった。ハナが寂しがって退屈してるんじゃないかとコニーが心配していたから、そうならないようにしているのだ。

「ためしに外に出てみたら？」ジョージが持ちかけた。

「出方がわからないもの、外の世界を好きになれるかもわからない」ハナが言った。「それに、アルフィーが窓にはさまってたし……」

この家で唯一開いているのはぼくがはさまった窓で、しかもいつも開いているとは限らない。一度も外に出たことがないハナがあそこをためす気になるとは思えない。はるかに経験豊富なぼくですら、危うく失敗するところだったのだ。

「そのうちぼくがそっちに会いに行くよ」ジョージの言葉は、窓の向こうにいるハナには聞き取れなかったらしい。目を細めている。

「そっ、あ、い、う、よ、ってどういう意味？」

ぼくは少しうしろにさがり、ふたりを見守った。思ったとおり、ジョージとハナは相性がよさそうだ。たとえ会い方はかなり変わっていても。会話を聞いているとハナの性格に感心せずにいられなかった。いつも陽気で、あれこれ不満があるはずなのにひとことも言わない。ハナの家族は相変わらずあまり元気がない。シルビーはうちに来るときは平気な顔をしているが、いまだにほぼ毎晩泣いていて、表向き装っているほどいまの状況に対処できていない。ハナの毛に涙をぽろぽろこぼすので、ハナは慰めたがっているが、どうすればいいかわからずにいる。それにコニーはまだ口数が少なく、ひとりになりたがる。シルビーが努力しても、あまり母親のそばにいない。たいていはスマホを持って部屋にこもり、どうしてしまったのかハナにもわからない。ジョージはアレクセイも同じで〝思春期〟という病気にかかっているだけだから、長くはつづかないはずだと話して聞かせた。

「会いに来てくれてありがとう」ランチに帰ろうとするぼくたちにハナが言った――というか、怒鳴った。「楽しかったわ」

「そのうち一緒に出かけよう」ジョージはその日が来るのを信じているらしい。

「それはわからないけど」ハナが目を丸くした。「でも、いつかあなたのほうから遊びに来られるかもしれないわ。もっと窓を大きく開けてもらえたら……」ぼくたちは閉まった窓へ視線を走らせた。

別れを告げると、ハナがガラスに前足をつけたので、ジョージとぼくも外側から同じことをしてその場を離れた。

「ねえパパ、もしまた女の子を好きになるとしたら、相手はたぶんハナの気がするな」ジョージがにこにこしている。

「おまえが二度と女の子とつき合わないと言ってなかったら、たぶん許してたよ」ぼくはにやりとしてみせた。

でも、ぼくにはひとつ確信がある。誰もクリスマスをひとりで過ごすべきじゃない。これまでの経験でそれはよくわかっているから、ハナにもそんな思いをさせたくない。ハナの家族がぼくたちとクリスマスを過ごすなら、ハナも参加するべきだ。あとはその方法さえ考えればいい。

ランチのあと、ハナの問題はいったん脇に置いてタイガーを探しに行くことにした。ここ数日考えないようにしていたが、不安がつのっていた。病気はすっかり治ったと言われてから、ほとんど姿を見ていない。ジョージさえ会えないと不満を漏らしている。エドガー・ロードのほかの猫たちも、タイガーのようすがおかしいと気づいている。めったに姿を見せないだけでなく、見せたときも口数が少なくて普段の強気なタイガーではないのだ。このあいだはサーモンにも邪険な態度を取らなかった。いやな予感がする。ぜったいなにかおかしい。毛並みで感じる。

だからジョージがいないところで会って、しっかり確かめたかった。ぼくは勘が鋭い猫で、その勘がなにかおかしいと言っているから、今度ばかりは無視できない。もしタイガーがもうぼくに会いたくないなら、はっきり言ってもらおう。でもジョージに対してはだめだ。ジョージはタイガーを母親だと思っていて、その関係は撤回できるものじゃない。そもそも撤回するべきじゃない。心配から怒りへ、また心配へと気持ちが変わった。なんとしても真実を突き止める必要がある。

ジョージは用事があると言って出かけていった。そんなはずはないが、わかったふりをした。ひとりでタイガーに会いたかったからちょうどいい。今日は言い逃れはさせない。

タイガーの家の猫ドアに頭を打ちつけ、待ちかまえた。なかなか反応がないので、もう一度頭をぶつけた。ようやく現れたタイガーが小さな猫ドアから出てきたとたん、ショックを受けた。最後に会ったときよりやせている。

初めて会ったころのタイガーはぽっちゃり気味だった。食べるのが好きで体を動かすのが嫌いだったが、ぼくが運動の楽しさを教えてから少しほっそりした。でもいま目の前にいるタイガーは、ほっそりどころじゃない。最後に会ったのは、たしか一週間前。一週間でここまで変わるものだろうか？

「タイガー」それしか言えなかった。声がかすれた。タイガーに会いたかった。ジョージも会いたがっている。ぼくたちは家族なのだ。

「避けていてごめんなさい、アルフィー」タイガーが言った。「でもわかったでしょ、あまり見た目がよくないのよ」軽口を言おうとしているが、軽口になっていない。

「どうしたの？　教えて、ぼくだけじゃなくてジョージのためにも。あの子はきみに会えなくて寂しがってるし、まだ子どもだ。いまのきみは見られたものじゃない」

「ありがとう」

「言いたいことはわかるだろ」

「どう言えばいいかわからない」悲しそうな声になっている。「あなたたちを避けてたの」

「どうして？　ほかに好きな猫ができたの？」それならやせたのも理解できる。クレアは恋をするといつもやせると話している。タイガーがぼくをにらんだ。

「まったく、あなたにはたまにあきれるわ。違う、ほかに好きな猫なんていない」

「じゃあ、どうして？」心臓が口から飛びだしそうで、脚から力が抜けて座りこんだ。

「嘘をついたの。獣医に行ったのはただの健康診断じゃない。具合が悪かったの。ずっと疲れが取れなくて、あまり食べられなかったから、いろいろ検査をされた。錠剤をのんでたのは本当で、それでしばらくは少し調子がよくなったけど、話はそれですまなかったのよ」

「そんな」でも、たぶんもっと薬をのまなきゃいけなくなった程度だろう。思っていたより長くかかるだけかもしれない。ドライフードしかもらえないのはかわいそうだけど。

「いつもどおりにしていれば、自然とよくなるんじゃないかと思ってたけど、そうはならなかった。いまはいつも疲れていて、エドガー・ロードどころか庭の端まで行くのがやっとよ。アルフィー、家族が話していたの、わたしはもう長くないって」

「どういう意味？」寒気が走った。心臓が足元まで沈み込んだ。

「わたしに残された時間はそんなにないの、アルフィー。ものすごく心残りだけど、もうあまり長くはいられないの」

「嘘だ、そんなはずない」タイガーの言葉をまともに理解できなかった。

「本当なの。もうよくならないし、長くは生きられない」ぼくは目をしばたたいた。タイガーの口調は確信に満ちている。

「そんな、そんな……」言葉が出てこない。

「アルフィー、ずっと現実を受け入れようとしてるんだけど、なかなかできないの。あなたを置いていきたくない、ジョージを置いていきたくない。生きることが大好きなのに、命はみるみるこぼれ落ちて、もうどうしようもないの。受け入れるしかないわ。悲しいけど、あなたにもそうしてもらうしかない」

「なにか打つ手があるはずだ。獣医……ほかの獣医に診てもらったら？　そうしてもらえるようにぼくがなにか考えて――」

「手は尽くしたわ。家族が悲しんでいるのが辛くてたまらない。ふたりとも歳を取っていて、仔猫のころから一緒に住んでいるから、わたしがいなくなったら生きていけないと話してる」

「ぼくもきみがいなくなったら生きていけないよ」ぼくはだだをこねた。

「そうね、でもあなたにはすてきな家族とすてきな仲間がいるし、ジョージもいる」

はっと気づき、身震いが走った。

「ジョージにはどう話す？」

「わからないわ」タイガーがよろめいた。しゃべっていたときは落ち着いて気丈にしていたが、もう限界なのだ。

「一緒に話そう」ぼくは言った。「でも今日じゃない、まだ言わない。ぼくにも受け入れる時間が必要だ。本当とは思えない」

「わかるわ。わたしも現実と認めるまでしばらくかかったけれど、いまだに目が覚めたときは忘れてるもの」

ぼくたちは灰色の空を見あげた。鳥が一羽頭上を飛んでいき、風が音を立てて吹き、雲からいまにも雨が落ちてきそうだ。そして隣にはタイガーがいる。親友で、大好きで、ずっと一緒にいた大切な相手を、ぼくは失おうとしている。タイガーを見つめ、縞模様《しまもよう》のひとつひとつや瞳の細かい色合いすべてを記憶に留めようとしていると、それに別れを告げる日が来るんだと気づき、自分の一部も死にかけている気がした。

別れはこれまで何度も経験してきた。子どものころマーガレットと暮らしていたときは、ぼくよりずっと年上のお姉さん猫のアグネスが亡くなって別れを告げなければならなかった。辛かったけれど、そのあとマーガレットが亡くなったときは宿無しになって、もっと辛い思いをした。スノーボールにも別れを告げなければいけなかった。スノーボールは生きているけれど、二度と会うことはないだろう。ターシャと息子のエリヤがドバイに行ったときも別れを告げなければならなかったが、あのふたりにはいつかまた会えるはずだ。これまで言葉でも胸の中だけでも何度も何度もさようならを言ってきた。でもタイガーを見つめ、隅々まで記憶に刻みつけているうちに、別れが楽になることはないと思い知らされた。別れを告げるのは、決して楽にならない。

Chapter 11

タイガーのそばを離れがたかったが、休ませてあげないといけない。一緒にいるあいだはまだぼくのタイガーで、まだそこにいる。でもひとりになったとたん、そんなタイガーを失いかけている事実に耐えられなくなるのはわかっていた。それにジョージをどうするかという問題がある。かわいそうに。いまでも胸が張り裂けそうだけど、あの子のことを考えるとそれ以上に辛い。ジョージが経験する初めての別れは最悪のものになるから、できるものなら全力でそんな思いをしないようにしてやりたい。でも無理だ。ぼくもジョージも逃れるすべはない。

親になってから思い知らされたことはたくさんあるけど、これはレベルが違う。ジョージを守ってやることも、あの子が悲しい思いをしないようにしてやることもできない。ぼくにできることはひとつもない。どんな問題にも解決策はあると信じるぼくでも、今回は阻止しようがないと認めざるをえず、それがたまらなく恐ろしかった。これまでで最悪の気分だった。

転げまわりたかった。ベッドに潜って涙を流し、泣きわめいたりくよくよしたり自分を哀れんだりしたかったが、そうするわけにはいかなかった。ジョージに話すまで――できれば明日話すまで――平静を装う必要がある。ひげを舐めて何事もないふりをしようとしたが、実際は正反対だった。

間もなくジョージが帰ってきた。

「どこに行ってたの？」ぼくは普通に話そうとした。

「ロッキーに会いに行って、一緒に追いかけっこをしてからハナに会いに行ったら、ぼくに会えてすごく喜んでた」得意げだ。

「よかったね。楽しかった？」

「うん。パパ、声が変だよ」

「きっと毛玉のせいだよ」信じてくれるといいんだが。うなずいたから、信じたらしい。

「それはそうと、お隣でトラブルが起きてるみたい」

ぼくの耳が立った。トラブル？　勘弁してくれ、今日は。冷静でいようと、心が崩壊しないように全力を尽くしているのに、トラブルに対処する余裕なんかない。

「ハナの話だと、ゆうべシルビーとコニーが大喧嘩したんだって。コニーが男の子に会ってるとかで、シルビーはまだ早すぎるって言ってやめさせようとしてるんだ」

「コニーにボーイフレンドができた？」人間の恋愛事情がなにかとややこしいのは知って

いる。猫も恋はするが、はるかに分別がある。まあ、ジョージの初恋を思うとつねにではないけれど。あのときのジョージには微塵《みじん》も分別はなかった。

「そうみたい。シルビーはすごく怒って、コニーはママなんか大嫌いって言って出ていっちゃった。シルビーがスマホを取りあげたみたいなんだ」

「ほんとに?」ぼくはアレクセイのことを考えた。「ティーンエイジャーにとっては手足を切られるようなものだ」

「うん。あとで返してあげてたみたいだけど、パパに電話するって脅しまでしたんだよ」

「どっちが?」

「シルビーが。コニーは、パパは自分のことなんかどうでもいいと思ってるから勝手にすればいいって怒鳴って、二階に駆けあがって自分の部屋のドアを閉めちゃったから、ハナもようすを見に行けなかったんだ」

「きっとふたりでなんとかするよ。親が思春期の子と大喧嘩するのはよくあることだから」話しながらも、タイガーのことがずっしり心にのしかかっていた。「でももし助けがいるようなら、ぼくたちが手を貸そう」できるだけ明るくつけ加えた。

「ぼくもそう言ったんだ」

タイガーのことは考えないようにした。タイガーがいなくなることが自分たちにどう影響するかも。でもかわいいジョージを見ていると、逆にそのことしか考えられなかった。

ジョージとサマーとトビーが遊んでいるところに、フランチェスカがやってきた。ひとりで来たフランチェスカをクレアが招き入れ、ハグした。

ぼくは大好きなフランチェスカの脚に体をこすりつけた。普段はとても冷静でやさしいのに、今日はようすが違う。

「お邪魔してもかまわなかった？」不安そうに唇を噛《か》んでいる。

「なに言ってるの、家族じゃない。どうかしたの？　悩んでる顔をしてるわよ」

「ストレスがたまってるの。今日はトーマスが早く帰ってきて息子たちといられるから、逃げだしてきたのよ。アレクセイが、やさしくてかわいくて思いやりのある息子がモンスターになってしまって、どうすればいいかわからない」

「わかった。まずワインを飲んで、そのあと全部話して」クレアが脚の長いグラスふたつにワインを注ぎ、ふたりでダイニングテーブルに座った。いったいなにが起きているんだろう。すべて平穏に見えた日々にブルドーザーが現れて、なにもかも壊してしまうみたいだ。フランチェスカの話に集中しようとしたし、もちろん心配もしていたけれど、タイガーのことで頭がいっぱいでついていくのに苦労した。

「とにかくわたしと話そうとしないのよ。その話は何度もしたけど、ついに大喧嘩になった。学校のことを訊いたら、こっちを見もしないで『別に』って答えるから腹が立って、わたしは母親で他人じゃないんだから話をしなさいと怒鳴ってしまったの。料理をして掃除をしてあの子の服を買ってやってるのに、なんとも思ってない。トーマスまであいだに入って落ち着けなんて言ってくるから、出てきたわ。追いだされたのよ！」笑い声をあげ、つづけて泣きだした。クレアがやさしく抱きしめている。

「フランチェスカ、あなたが怒るのを初めて見たわ」ぼくもそう思った。

「ええ、でも腹が立ってしょうがないの。反抗期なんて一時的なもので、いずれ卒業するってみんな言うけれど、むかしのあの子が懐かしい」

「わかるわ。うちの子がそうなったときのことを考えるとぞっとするし、どれだけたいへんかよくわかる。アレクセイも混乱してるのよ。たぶんいまはおとなとどう話せばいいかわからなくなってるんだわ。女の子を意識するようになって、自分でも自分がよくわからないの。思春期に適応するのは、それはそれでたいへんなのかもしれない」

「わかってるの、自分がうるさく言いすぎで、それが間違ってることも。トミーはいまも無邪気だから、余計にむかしのアレクセイが恋しいんだと思う。それにトミーももうすぐアレクセイみたいになるのが心配なのよ。自分の家で息子たちに無視されるなんて耐えられない」

「少し距離を置くようにするしかないわ。シルビーも同じ問題を抱えてる」

「ええ、でもコニーのことはいくらか理解できるの。難しい年ごろに、慣れ親しんだ国や友だちや父親と別れてやり直すんだもの。でもアレクセイはなにも変わってないわ、大きなことはなにひとつ」

「そうね、コニーは本当にかわいそうだけれど、辛い思いをしてるのはシルビーも同じだから気の毒だわ」

「そうだったわ、ばかしちゃった」フランチェスカの英語は完璧だが、ストレスを感じると言い間違えることがある。「わたしにはトーマスがいて、すてきなレストランもあって、トミーもいる。きっとそのうちアレクセイも元どおりになる。文句ばかり言ってないで、幸せだと思わないといけないわね」

「わたしが言いたかったこととは違うけど、たしかにそうよ」クレアが笑った。「アレクセイはすごくハンサムで頭がいいし、やさしい子だから、きっとあなたのところに戻ってくるわ」

「ああ、クレア。どうしていつも、聞きたかった言葉をかけてくれるの？」

「ミャオ」ぼくの教育がいいからだ。

子どもたちを寝かしつけるのを手伝ったフランチェスカが帰ろうとしていたとき、ジョナサンが帰ってきた。

「やあ」ジョナサンがクレアにキスし、フランチェスカをハグした。「元気？」

「ええ、帰るところよ」フランチェスカが答えた。「トーマスが捜索隊を出さないうちにね。クレア、改めてお礼を言うわ」そう言ってクレアの頬にキスし、ぼくを撫でて帰っていった。

「お礼って?」とジョナサン。

「アレクセイのことで悩んでるのよ。思春期でなにかと難しいの」

「ああ、トーマスも話してた。ぼくが思うに、アレクセイは女の子を意識してるんだ」

「わたしもそんな気がする。ガールフレンドができたんだと思う? まだ十四歳なのに」

「十四歳だって、すぐ二十歳になる。最近の子は早熟なんだ」

「サマーにはそんなこと言えないはずよ」

「もちろん。三十歳になるまで家に閉じ込める」冗談なのか、ぼくにはよくわからなかった。

でも、その夜ベッドに入ってから、よく考えた。タイガーのことで頭がいっぱいで、タイガーを失いかけていることにどう対処すればいいかわからないけれど、アレクセイのことも考えずにはいられず、つづけてコニーのことも頭に浮かんだ。

朝タイガーに会ったら、すぐ出かけよう。ごみばこに会いに行こう。なにが起きているのかわかる者がいるとしたら、ごみばこしかいないし、たとえごみばこにもわからなかったとしても、一緒に考えてくれるはずだ。それに、そうすればタイガーに起きていることから気が紛れるかもしれない。でも、いまは気を紛らわせてくれるものなんてない気がした。

Chapter 12

「タイガー、一緒にあの子に話そう」タイガーの家の裏口で、ぼくは言った。

「ええ、でも今日は無理。ずっと具合が悪くて、横になりたいの。もう戻ってもいい？

明日は必ず話すわ」

タイガーはすごく悲しそうで、ぼくにはもはやお互いの辛さの見分けがつかなかった。

自分とタイガーの辛さが一緒くたになっていた。タイガーを失いかけていることにどれだけ打ちのめされていても、自分勝手はやめて、もっとタイガーの気持ちになって考えよう。いちばん辛いのはタイガーなのだ。これまでタイガーがどれだけ苦しんでいるか考えもしなかった。身勝手な言動は控え、もっとやさしくしよう。簡単ではないけれど。

「もちろんいいよ。それに明日はきみひとりでジョージに話さなくていい。一緒に話そう。朝食のあと、また来るよ」

「ありがとう、アルフィー。ごめんなさい……」

「謝ることないよ。いまは自分のことだけ考えて。ほかのことはぼくが心配する。心配するのは得意なんだ」

タイガーとぼくはなんとか微笑み、別れた。あとはジョージをここに近づけない方法を考えるだけだ。ごみばこのところへ連れていくのがいちばんいい。さほど遠くないけど、ジョージをエドガー・ロードから数時間遠ざけることはできる。運がよければ、戻るころには子どもたちも学校から戻っているだろうから、大喜びではしゃぎまわったジョージはまた出かける気にならないだろう。いまはこの作戦しか思いつかない。

ジョージは裏庭にいて、家に入ろうとしているところだった。

「ハナに会ってきたの？」

「うん。でも今日はシルビーがいたからおしゃべりできなかった。これからタイガーママに会いに行こうとしてたんだ」

心臓をぐさりと刺された気がした。

「そうか。ぼくはこれからごみばこに会いに行く。タイガーに会う前に一緒に来る？」精一杯さりげなく尋ねた。

「行く、行く！　ぼくもごみばこに会いたい。タイガーママにはいつでも会えるもんね」

ああ、これ以上胸が張り裂けることはないと思っていたのに。

ジョージは歩きながらしゃべりつづけ、ぼくの口数が少ないことには気づかないようだった。口を開いたら事実を隠しておけないだろうし、話すときはタイガーと一緒に話すべきだという気がした。ぼくたちはジョージの親なんだから。だから適当に相槌《あいづち》を打ちながら、楽しそうなおしゃべりに集中しようとした。タイガーのいないエドガー・ロードを考えずにはいられなかった。そんなことがあっていいはずがない。ありえない。

「パパ、着いたよ、なにぼんやりしてるの？」ジョージに言われ、いつのまにか通り過ぎていたレストランの裏庭へ戻った。

「ごめん」とにかく落ち着かなければ。少なくとも今日は。その先のことはまだ考えられない。

ごみばこは顔を洗っていた。

「よお、驚いたな」いつものように、ぼくたちに会えてすごく嬉しそうだ。

ジョージはネズミを探しにゴミ容器のところへ直行したので、ぼくはとめずに放っておいた。このほうがごみばこと話せる。

「アレクセイがどうしたのか、きみなら知ってるかと思って」ぼくは切りだした。「昨日フランチェスカがうちに来たんだ。怒ってた」

「へえ、珍しいな。ゆうべトーマスと店じまいしながら話してるのを聞いた。トーマスは、フランチェスカの考えはばかげていて、アレクセイは酒もたばこもドラッグもやってないと言ってた」

「あたりまえだよ」そんなこと考えもしなかった。

「ああ、実はな、アレクセイは親に隠れてこっそり電話をしにここに来ることがあるんだ。どうやらガールフレンドができたらしい」

「なんだ、そういうことか」ほっとした。ガールフレンドができたのはいいことで、心配することじゃない。

「アレクセイは両親に話したがっているが、ガールフレンドにとめられたんだ。おまえに会ってから、おれもちょっとばかり立ち聞きするようになったらしい」ごみばこが笑い、ぼくも笑ってしまった。

「人間についてわかればわかるほど、みんなの問題を解決しやすくなるからね」

「たしかにそうだな。とにかく、聞き取れた会話からすると、ガールフレンドはアレクセイに両親には話さないでほしいと思っていて、アレクセイは両親に嘘をつけないと考えているが、ガールフレンドになにか言われたみたいでわかったと答えてた。ガールフレンドがその気になるまで黙っていると」

「つまりこういうことだね。アレクセイに隠し事があるように見えるのは、ガールフレンドが自分の親には話せないから、アレクセイにも黙っていてほしいと頼んだ」それなら筋が通る。

「ああ、どうやら母親がボーイフレンドを持つのは早すぎると思ってるらしい」

「ずいぶんしっかり聞いてたんだね」感心してひげが立ってしまった。

「まあな。ちなみに、ガールフレンドが誰かも知ってるぞ」にやりとしている。それを訊くのをうっかりしていた。信じられない。顔から目が飛びだしそうになった。誰なんだ？

「ぼくも知ってるよ」ジョージの得意げな声がした。気づかないうちに、うしろで全部聞いていたのだ。

「誰？」なんでジョージが知ってるんだ？

「コニー」ふたりが同時に答えた。

ジョージはぼくとハナから聞いた話で気づいたらしい。賢い子だ。ハナは、コニーは相手の男の子と一緒に通学し、家にも来たことがあると言ったのだ。だとするとアレクセイしかいない。ごみばこは、アレクセイがコニーの名前を呼ぶのを聞いていた。タイガーのことでショックを受けているせいでいつもより調子が悪かったのかもしれないが、まさかこんなことになっているとは思いもしなかった。でも無理もない。ふいに泣きたくなった。アレクセイとコニーの恋は始まったばかりなのに、ぼくの恋は終わろうとしている。だめだ、また自分勝手になっている。

「よかったよ」なんとか口に出した。「アレクセイはいい子だから、コニーの相手がお尻の途中までズボンをさげて公園にたむろしてる連中じゃなくて、アレクセイみたいな子だったことをシルビーは喜ぶべきだ」

「パパ、遅れてるよ」ジョージが茶化した。「いまはああいうのが流行《はや》ってるんだ」

「遅れてなんかいない」ぼくは言い返した。「それに流行がいつも正しいとは限らない」

「正直言って、たしかにちょっと遅れてるな」ごみばこが言った。「おれが聞いたことから推測するに、シルビーは少し過保護なところがあるらしい。いまのもろもろの状況だけでなく、日本でコニーはずいぶん守られた暮らしをしていたようだからな」ごみばこはかなり鋭い猫なのだ。

「そうだよ」ジョージが話に加わった。「通ってた学校は女の子しかいないところで、ボーイフレンドどころか男の子の友だちもいなかったんだ。ハナがそう言ってた」

「ハナって、一度も外に出たことがない例の猫か？」ごみばこが訊いた。

「うん。友だちになったんだ」ジョージが答えた。「ガラス越しに話してるんだよ。ちょっと変な感じだけど、なんとか話せてる」おとなびた話し方が誇らしい。

「じゃあ、シルビーはアレクセイのことを知らないんだね？」ぼくは確認した。

「ああ、そしてコニーはしばらく知られたくないと思ってる。知られたら母親が腹を立てて、アレクセイに会うなと言いだすんじゃないかと心配してるんだ」ごみばこがつづけた。

「おれにはここまでしかわからない」

「じゅうぶんだよ」ぼくは言った。「アレクセイはフランチェスカとトーマスに話せばよかったんだ。あのふたりだったら怒ったりしないし、むしろ手を貸してくれるかもしれない」

「でも、おまえでもアレクセイが話すように仕向けるのは無理だ」ごみばこが指摘した。

「どうかな、案外できるかもしれないよ」ぼくは応え、みんなで笑った。

タイガーのことがずっしり心にのしかかっていたが、アレクセイのようすがおかしいのは単に生まれて初めてガールフレンドができたせいだとわかってほっとした。その事実に感動してもいた。おとなになっているのだ。どの子もそうで、ジョージも例外ではない。子どもたち全員を守ってあげたいが、すべての問題からは守れないことは身をもって学んだ。子どもたち自身も学んでいかなければいけない。

「それで、どうするつもりだ、アルフィー？」ごみばこが尋ねた。

「なにか考える」ぼくは答えた。「でもその前に、誰かが残り物を持ってきてくれると思う？　悩みすぎておなかが空いちゃったよ」

「ぼくが裏口で待ってれば、かわいくてみんなも無視できなくなるよ」ジョージが言い、行動に移した。間もなく店のスタッフが食べ物を入れたボウルを三つ持って出てきた。必ず効果があるのだ。

こんなときにおなかのことなんかよく考えられると思うかもしれないが、体力をつけておきたい。これから数日のあいだになにがあろうと、かけがえのないタイガーと一緒にいられるのがあとどれだけだろうと、ありったけの体力がいるし、すでにいくつもの感情がごちゃまぜになっているところに人間の問題まで加わったら、体調を万全にしておく必要がある。たとえ胸が張り裂けて二度と元に戻らなくても、やり抜くしかない。大勢の今後がぼくにかかっている――ジョージ、子どもたち、おとなたち、それに今度はシルビーとコニーとハナの面倒も加わった。

食事をしながら気づいた。みんなにはぼくが必要だけど、いちばんぼくを必要としているのはタイガーだ。だいじょうぶだとタイガーを安心させてあげないと。怖がる必要はなくて、ぼくたちを置いていってもジョージと力を合わせて乗り越えるから心配いらないと安心させてあげないと。穏やかな気持ちでいてもらうのが大切で、それには心配させないようにするしかない。やり方はまだ思いつかないが、それを最優先にするべきなのはわかる。いまだにどう別れを告げればいいかわからないけれど、ぼくはだいじょうぶだと、なによりジョージもだいじょうぶだと思わせてあげたい。

「だいじょうぶか?」ごみばこが訊いた。「なんだか上の空だぞ」ぼくはごみばこを見た。やさしい目、ぼさぼさの毛。なにもかも話してしまいたくなったが、ごみばこの隣でぼくを見ているジョージが目に入り、いまは話せないと思った。

「だいじょうぶだよ、どうやって人間の問題を解決するか考えてただけだ」

「そうか、手伝うことがあればいつでも言ってくれ。さしあたってアレクセイから目を離さないようにして、なにかあったらすぐ報告する」ごみばこの言葉が心強かった。

「それと、ぼくのことは心配しなくていいからね」ジョージが言った。
「ああ、わかってるよ」ぼくは今日二度めの嘘をついた。

Chapter 13

「サマー、ほんとに困った子ね」家に入ると、家族全員が集まるリビングからクレアの声がした。ぼくは暗くなるまでごみばこと過ごし、みんなが心配するといけないからまっすぐ帰ろうとジョージに言った。素直に従ったジョージに気が咎《とが》めたが、これで少なくとも今夜は恐ろしい事実を知らずにすむ。ぼくたちはリビングの入口でみんなをながめた。

「なんで?」サマーが不機嫌に胸の前で腕を組んだ。クレアは怒っていて、ジョナサンは頭をぽりぽり掻き、トビーはちょっと不安そうだ。トビーは喧嘩が苦手で、それは無理もない。この家で暮らし始めたころ、クレアはトビーに喧嘩を見せないようにしていたが、そのうちクレアもジョナサンも多少の喧嘩は普通のことだとわからせ、それを受け止められるようにするべきだと気づいた。いまはその過程にある。

「サマー」ジョナサンが言った。「あちこちでいやがる男の子にキスしようとしちゃだめだ」なるほど、そういうことか。

「そんなことしてない。やったのはひとり、ザックだけだよ」

「ひとりでもだめなの」とクレア。「ザックはトイレに閉じこもって出てこなくなったでしょ、ランチのときも。先生がなんとか落ち着かせたけど、ザックはまだあなたを怖がってるのよ」

ぼくとジョージはちらりと目配せしあった。お互いサマーのことはよくわかっている。ほしいものは、決してあきらめない。

「ザックは大きい赤ちゃんなんだよ」サマーに引き下がる気配はない。

「たしかにそういうところがあるんだ」トビーが加勢した。「やめてってきっぱり断れば、サマーもきっとやめたよ」

「うん、やめた」そんなはずない。

「問題は、そもそもそんなことをしちゃいけないってことなの。ザックにちょっかいを出さないように言われてたでしょ。先生はすごく怒ってるわ。ママはザックのママに電話して謝らなきゃいけないのよ、恥ずかしいったらないわ」苛立ってうろうろ歩きまわっている。ジョナサンはむしろおもしろがっているようだ。

「ザックはきっとおまえが好きじゃないんだよ」とうとうジョナサンが口を開いた。

「ねえジョナサン、少しはわたしの味方になって」クレアがよく言うせりふだ。ジョナサンがため息をついた。

「わかったよ。まずサマー、明日、先生の前でザックに謝りなさい。そのあとザックがトイレに逃げ込むようなことをして授業を邪魔したことを、先生にも謝るんだ。それと、これからはもう男の子に無理やりキスしようとしちゃだめだ。そもそも、まだ男の子にキスする歳じゃない、なんでそんなことするんだ?」精一杯父親らしく話している。サマーは六歳だが、すぐ十六歳になるとクレアはしょっちゅう言っている。

「ホルモンのせいだよ」サマーが言った。「だから仕方ないの」

「どこで……どこでそんな言葉を覚えたんだ?」ジョナサンが唖然《あぜん》としている。

「アレクセイの話をしてるとき、ママとポリーが言ってた」

「アレクセイはティーンエイジャーで、あなたは違うでしょ」クレアが諭した。「だからあなたとは関係ないの。パパに言われたとおりにするのよ、そしてもうザックにキスしようとしちゃだめ」

「言われなくても、もうしないよ」

「なんで?」とトビー。

「子どもすぎるから」

「もう部屋に行きなさい」クレアに怒鳴られ、サマーは地団駄を踏んでいたが、走り去った。娘がいなくなったとたん、クレアとジョナサンが大笑いした。

「聞いた? ホルモンですって。これからあの子の前で話すときは気をつけなくちゃ」

「子どもは好みじゃないらしい。トビー、ヘンリーに忠告したほうがいいぞ。トミーにも」ジョナサンは笑いすぎて涙を流している。

「じゃあ、もうだいじょうぶなの？」トビーはわけがわからないようだ。

「ええ。いいえ、サマーが困った子なのは変わらないわ。ごめんなさいね、トビー、あなたの妹は頭がどうかしてるのよ」クレアが息子を抱きしめた。

「でもサマーはおもしろいよ。学校の子はみんなそう思ってる」なにやら考え込んでいる。

「ザックは別だけど」

「そうね。それにサマーは、トラブルを起こさないように気をつけてくれるあなたみたいなお兄ちゃんがいて幸せだわ」クレアがもう一度トビーを抱きしめた。

「ぼく、サマーのようすを見てこようか？」トビーが真顔で訊いた。

「助かるよ。でもパパとママが笑ってたのは内緒だぞ。調子に乗るだけだからな」

「わかった。ジョージ、おいで」トビーが声をかけ、ジョージと二階へ向かった。

クレアとジョナサンはそれからもしばらく笑いつづけ、ぼくの気分も明るくなった。笑い声は元気の素だとよく言うけれど、ほんとにそうだと思う。少なくとも数分は効果がある。

ようやく落ち着いたクレアは、サマーを寝かしつけながら少しおしゃべりした。

「ねえ、悪気がなかったのはわかるけど、男の子にキスするのはよくないわ。パパもそう言ってたでしょ」

「もうしない。でも大騒ぎして逃げるから、すごくおもしろいんだよ」

「そのうち、ママとパパにとってはあっというまになってしまうでしょうけど、男の子は大騒ぎして逃げなくなるし、あなたも男の子に夢中になるわ」

「ママとパパもそうだったの?」

「まあね」クレアが答え、娘にキスした。


ぼくはトビーとベッドに入ったジョージに鼻でおやすみのキスをした。サマーのようすを見に行くと、穏やかな寝息を立てて眠っていて、サマーが赤ん坊だったころを思いだした。ついこのあいだの気がしていつまでも見ていられそうだった。サマーを見ているうちに催眠術にかかったようになり、同時になんだかこの子を守っている気もした。

一階へ戻ると、クレアとジョナサンが仲良くソファに座り、テレビを見ながら笑っていた。幸せそうだ。ぼくはそっと外に出てポリーとマットの家へ向かい、数年前にぼくのためにつくってくれた猫ドアから中に入った。ジョージがいるから以前ほど長居はしなくなったけど、なるべくようすを見に来ている。階段をのぼり、マーサがぐっすり眠ってサマーに似た寝息を立てているのを確認してからヘンリーのところへ行くと、ふとんをはいで宇宙人のおもちゃを持ったまま熟睡していた。

「あら、アルフィー」ポリーがバスルームから出てきた。体にタオルを巻いているから風呂あがりなのだろう。好みは人それぞれだ。ぼくは水が大嫌いだけど、人間は好きらしい。一階にいるマットがお茶を飲むか尋ねる声が聞こえ、パジャマを着たポリーを追って階段をおりていくと、マットがお盆に紅茶とビスケットを用意していた。

「『ゲーム・オブ・スローンズ』を観ないか？」マットが尋ね、ぼくを撫でてくれた。「よく来たな、アルフィー」

「いいわね」ポリーがマットにキスした。そしてふたりでリビングへ行き、ソファに腰をおろした。ぼくはしばらくポリーの膝の上でかわいがってもらい、だんだんうとうとしてきたので、帰ることにした。

「ミャオ」そっと声をかけ、おやすみの挨拶をした。

いますぐ大切なみんなの無事を確認せずにいられない気分だったが、フランチェスカの家に戻るのは無理だ。いまから行くには遠いし、ごみばこが目を離さずにいてくれるから安心だ。エドガー・ロードの家族がみんな幸せで穏やかに暮らしているのが嬉しかった。ぼくも同じだったらどんなによかっただろう。

家に戻る前にタイガーの家に動きがないか見に行った。特に変化はない。真っ暗だが、タイガーの家族は早寝だからとうぜんだ。シルビーの家の裏庭にちょっと立ち寄ると、コニーがダイニングテーブルに置いたパソコンの前に座っていて、どうやらシルビーに宿題を手伝ってもらっているようだった。パソコンの横にハナが座っている。いつになく仲睦《むつ》まじいようすだが、アレクセイのことを知ったらシルビーはどうするだろう。でも、その心配をするのは別の日にしよう。

家に帰ってベッドで丸まり、タイガーのことを考えた。いくつもの場面が脳裏をよぎった。エドガー・ロードで出会ってから、タイガーがどんなふうにぼくを守ってくれたか。どんなときもぼくより強気なタイガーが、どんなふうにぼくを助けてくれたか。タイガーは大胆で、恐れ知らずに見える。ぼくのうぬぼれや思いつきをからかいながら、そんなぼくを好きでいてくれた。スノーボールのことでは焼きもちを焼き、ぼくたちの友情が危ぶまれたけど、おとなの対応をしてくれたタイガーのおかげで乗り越えられた。スノーボールが引っ越してぼくが失意のどん底にいたときは、励ましてくれた。ジョージの親代わりをするぼくにすぐ協力し、文句ひとつ言わなかった。タイガーはあまり泣き言を言わない。大好きだとようやくぼくが伝えたときはすごく喜んでくれたけれど、そうなるようにタイガーから仕向けたことは一度もなかった。タイガーは望みうる最高のパートナーだ。タイガーがいなくなったらどうすればいいんだろう。いつもはいいアイデアを思いつくのに、タイガーなしでどうやって生きていけばいいのか、まったくわからなかった。

Chapter 14

ジョージの視線がぼくからタイガーに移り、またぼくに戻った。目をぱちくりさせ、もう一度ぼくたちを見た。

「どういうこと?」かわいそうに、本当にわからないのだ。

「わたしは具合が悪いの」タイガーが答えた。「もうよくならない。珍しいことじゃなくて、もうすぐ……どのぐらいもうすぐかはわからないけれど、わたしはいなくなるの」

「でも、どこに行くの? 旅行?」ジョージが誰かの死を経験するのは初めてで、こんな思いをさせずにすむならなにも惜しくなかった。

「いいえ。でも少し似てるかもしれない。わたしは遠くに行ってもう会えなくなるけれど、いつもあなたを見守ってるわ」

「そんなのおかしいよ」ジョージが言った。「遠くにいるのに、どうやって見守るの?」

「空にいるようなものだから、わたしからはあなたが見えるけど、あなたからわたしは見えないの」タイガーの言い方では伝わらない気がした。余計にジョージを混乱させている。

もっとうまい説明ができるかわからないが、やるしかない。

「ジョージ、タイガーが言おうとしてるのは、人間でも猫でもこの世にお別れしなきゃいけないことがあるけれど、心の中にはずっといるから、本当にいなくなるわけじゃないってことだ」

ジョージがまた目をぱちくりさせた。

「つまり、タイガーママがいなくなるってこと？　この家からも、この通りからも？」

「そうだ」

「それで、二度と会えないの？」

「そうだ」

「でもいつ会えなくなるかはわからないの？」呑み込めてきたようだが、どこまで理解しているのかわからない。なにしろ途方もない話なのだ。

「そうだ。誰にもわからない」ぼくは言った。「でも、たぶんそれほど先じゃない」

「クリスマスの前？」ジョージが訊いた。それは考えていなかった。クリスマスが近づいていることに思い至らなかった。タイガーにとって最後のクリスマスになるのだろうか、それどころかクリスマスまで一緒にいられないのだろうか？　いたたまれなくなった。

「本当にわからないの、ジョージ。でもこれからはあまり出かけられなくなるから、あなたから会いに来てね。うちの家族はきっと気にしないし、もし気にしたとしても会いに来て。会いたいから」

「ぼくもタイガーママに会いたいよ。だからぜったい来る。ここの人たちに怒られても。でも、お願いだからクリスマスまでいてよ。ママのいないクリスマスなんていやだ」

「わたしもよ」タイガーが泣きそうになっている。

よかった。ジョージは受け入れたらしい。珍しく子どもっぽい反応をしていない。

「もう行ってもいい？　ちょっと考えたいんだ」

「いいわよ。でもあとで会いに来てね」タイガーが鼻をこすりつけた。

「うん」

ジョージが立ち去ると、近所の仲間にも状況を伝えるべきだという話になった。タイガーは自分にはできそうにないと言った。ただでさえ体が弱っているのに、ジョージのことで動揺しているのだ。

「あの子は理解できたのかしら」明らかに心配していて、そのうえ疲れきっている。前より小さくなってしまって、動くのも辛そうだ。

「うん、でもみんなで力になってやればいいし、呑み込むには時間がいる」ぼくにも時間が必要だったし、いまでもしっかり呑み込めているのかわからない。

「ジョージのことお願いね、わたしがいなくなったら」

「約束するよ」ぼくは言った。「でもその話はやめよう」

どういうわけか、急に楽観的な気分になってすべて元どおりになる気がした。獣医はタイガーが治ることはないと言ったようだけど、本当にそうなるとは限らない。獣医の言うことがいつも正しいわけじゃない。クレアもそんなことを話していた。獣医の勘違いだったら？　タイガーはいまちょっと具合が悪いだけで治るんだとしたら？　タイガーは猫の年齢でもそれほど歳を取っていないから、本来はもっと生きられるはずだ。それにタイガーはだらだらするのが好きだから、九つある命の半分も使っていない。そうに決まってる――ぼくはぐっと目を細めた――タイガーが死ぬはずがない。

「でも、きみも約束してよ」急に元気が出た。

「なにを？」

「この病気と闘うって。ぼくのために、ジョージのために」

「約束するわ、アルフィー」でもタイガーの声には深い悲しみが聞き取れた。できると思っていないのだ。幸いぼくにはタイガーの分を賄えるほどの確信があった。

タイガーを休ませ、ほかの猫に会いに行った。ロッキーとエルヴィスとネリーに加え、ティンカーベルもいた。男なのに女の名前をつけられた猫だ。普段は食べ物探しにかまけてあまりたまり場に来ないが、たまに会うととても感じがいいから友だちになった。

「ジョージを見かけた？」ぼくは尋ねた。

「ええ、さっき走っていったわよ、かなりのスピードで」ネリーが答えた。

「どこへ行くのか訊いたら、振り向きながら大事な用事があると言ってた。おまえがどう思ってるか知らないが、おれはこの通りのはずれに大事な用事があるとは思えないね」ロッキーにもさっぱりわからないらしい。

「それに立ち止まって挨拶もしないなんて、あの子らしくない」とエルヴィス。

「食べ物がある場所を聞きつけたのかも」ティンカーベルが追いかけようか迷っているように目を細めたが、腰をおろした。「まあいい、ランチを二回食べたばかりだ」

ぼくはみんなにタイガーの話をした。聞いたとたん、ネリーが悲しい声で鳴き始めた。エルヴィスとロッキーは押し黙っている。

「なにか変だと思ってたんだ。普段はたいていおまえかチビすけといるのに、最近はほとんど見かけなかった」ようやく口を開いたロッキーの声はいかにも辛そうだった。

「タイガーがいなくなったら、ここもいまとは変わってしまうだろうな」とエルヴィス。

「まだいなくなってないよ。治るかもしれない」ぼくは言った。

「おれの経験から言わせてもらうと、獣医の余命宣告は、たいてい間違ってない」ティンカーベルが口をはさんだ。「それにな、アルフィー、きついことを言うようだが、受け入れる努力をしたほうがいいときもある。おまえはジョージのことを考えてやらなきゃいけないんだから、なおさらだ」

「わかってるけど、とにかくタイガーを失いたくないんだ」柔らかい草に横たわった。二度と起きあがりたくない気がした。

「なあ、おまえにはおれたちがついてる。チビすけにも。もちろんタイガーにも。明日の朝タイガーの庭に行って、おれたちが応援してるのを伝えないか?」ロッキーが言った。

「いい考えだわ」ネリーが賛成し、ぼくのところへ来て鼻をこすりつけた。ぼくたちは深い悲しみを共有していた。

「朝食にありつけたらだけどな」ティンカーベルの言葉に、ぼくはなんとか笑みを見せた。ときどき、あらゆるものが変化して粉々になる気がして胸が張り裂けているときでも、なにも変わらないように振る舞ってくれる誰かの存在が慰めになることがある。

「ジョージを探しに行ったほうがいいかな」自分を哀れむのをやめたら、またジョージが心配になった。

「おれなら少し放っておいてひとりにしてやる。みんなで目を離さないようにしてるよ」とティンカーベル。

「いい友だちがいて、ほんとによかったよ」ぼくはそう伝え、ベッドに潜り込んで悲しみにひたるために家へ戻った。

ジョージはおやつの時間の直前に戻ってきた。見るからに落ち込んでいる。伏し目がちで、いつもの元気がない。食事はしたがいつもより量が少なく、ぼくは慰めるのは自分の役目だと思って少し話してみることにした。クレアが子どもたちを二階に連れていき、お風呂と寝る用意を始めたとき、思いきって話しかけた。

「少し外に出よう」

「ほんとにいなくなっちゃうの？」一緒に猫ドアから外に出てきたジョージが言った。

「なにもかもとんでもない間違いだって、ぼくも思いたい。でも獣医はそう言ってるし、タイガーはかなり具合が悪い。だから、そうなってほしくはないけど、現実と向き合うしかないんだ」

「でも、タイガーはママなんだよ。いなくなったらどうすればいいかわからないよ。いなくなったらどうなるの？」

「わからない」猫は泣かないのに、自分の目が涙で光っているのがわかった。「寂しくなるのはわかる。心が傷ついて辛い思いをするだろうけど、力を合わせれば乗り越えられる。おまえはまだ子どもで、その歳で大切な誰かにさよならを言わせたくないけれど、ぼくにもどうしようもない。おまえを守ってやれない」

「怖いよ、パパ」ジョージがつぶらな瞳でぼくを見た。

「ぼくもだ」ぼくは正直に応えてジョージにぴったり寄り添い、失おうとしているものを思いながら一緒に悲痛な声をあげた。

Chapter 15

だんだんと町の雰囲気が浮かれてきて、クリスマスが近づいていることを告げていた。まだ十一月の半ばを過ぎたばかりなのに、クレアはもう買い物リストをつくり始め、ポリーも早めにネットで注文すると言いだした。ジョナサンは例によってお金のことでぶつぶつ言い、クリスマスが大好きなマットは子どもたちのためにどんなふうに家を飾りつけるつもりでいるか話してジョナサンにもやるべきだと勧めた。その熱意はジョナサンには伝わらず、飾りたてた家は野暮ったく見えると言っている。ジョナサンはたまに嘆かわしい存在になるけれど、本当はクリスマスが大好きなのだ。

トーマスとフランチェスカはクリスマス前のかき入れどきに向けて準備に余念がない。十二月に入るとクリスマスメニューを出し始め、パーティの予約も入るから、複数の店を持つふたりはやることがたくさんあって十二月の大半はかなり忙しくなる。

でもいちばん大きなイベントは、キリスト誕生を物語にした子どもたちの劇だ。低学年の子しかやらないが、一大イベントなのだ。学校からオーディションをするという通知を受け取ったクレアとポリーはその話に夢中で、子どもたちはどの役をやるかで大騒ぎになった。

「それで、ふたりはオーディションでなにをするの？」お茶のあと、みんなでリビングに集まったところでクレアが訊いた。

「あたしは歌を歌う」サマーが宣言し、『ジングルベル』を歌いだした。歌うというより怒鳴っている感じでうまくはないが、終わったときはジョナサンもクレアもさかんに拍手した。親ばかだ。自分もそうなのはわかっているけど。

「じょうずだったぞ、サマー。で、トビーは？」ジョナサンが訊いた。

トビーが咳払《せきばら》いし、四《よ》つん這《ば》いになった。「ヒーホー」

「え、それだけ？」拍手しようと構えていたジョナサンが頭を掻いた。

「ぼく、ロバになりたい」とトビー。

「ああ、そういうことなら、すごくじょうずだったわよ」クレアが断言してジョナサンと拍手したので、子どもたちがそれぞれまた同じことをやり始めた。ぼくはひげを立てた。一度でじゅうぶんな気がする。

「ふたりとも、ほかの候補者なんてけちらしてやれ」ジョナサンが勢い込んだ。

「ジョナサンったら、そんなに熱くならないで。ただの学校の出し物よ」クレアが釘を刺したが、やっぱりすごく嬉しそうだ。

タイガーのことで悲嘆に暮れていたけれど、いったんアレクセイの問題に集中することにした。息子のことで悩んでいるフランチェスカは真実を知るべきだ。アレクセイは病気じゃないし、嘆かわしい子でもないし、初恋をしているだけでなにも問題はない。フランチェスカもそうとわかれば安心するだろう。そもそも、アレクセイとコニーがこそこそするのは間違っている。隠し立てをしないほうが、たいていのことはうまくいく。

ぼくにはぜったい確実な計画があった。ごみばこに会いに行って綿密に相談した。アレクセイは学校帰りにいつもコニーを家まで送ってくるし、お茶の時間に家にいさえすれば、ある程度の自由を許されている。つまり、フランチェスカがエドガー・ロードに来るようにして、ふたりが一緒にいるところを見せればいい。簡単だ。ただ、これまでの経験で、人間はなかなか思い通りに行動してくれないのはわかっている。それどころか、とんでもなく骨の折れる作業になりかねない。

フランチェスカとトーマスが自宅へ戻るためにレストランを出てくるまで、ぼくは待っていた。そしておかしなことをし始めた。変な声で鳴きつづけ、その場でぐるぐるまわりながら声がかれるほどわめいた。怪我《けが》をさせない程度にフランチェスカのズボンを引っかき、気絶しそうになるまで大騒ぎすると、ようやく伝わったようだった。ぼくはゴミ容器の陰で笑い転げているごみばこのほうを見ないようにした。

「なにかしてほしいことがあるのかな」トーマスが頭を掻いた。

「ミャオ！」そうだよ。

「わたしが行くから、あなたはうちにいて。もうすぐ子どもたちが帰ってくるわ」フランチェスカが腕時計を確認している。

トーマスがうなずいた。「あとで電話で、なにがあったか教えてくれ」

「ミャオ！」ぼくは改めて声を張りあげた。やっとだ。疲れた体に鞭打《むちう》って裏庭を駆け抜け、表通りへ向かった。フランチェスカはとりあえずついてきているが、かなり戸惑っている。

「なにかあったの？」フランチェスカの質問にぼくは違うと答えようとしたが、どうせわかってもらえない。跳びかかってこようとした犬がいたので、かろうじてかわした。飼い主がリードを引っ張ってくれて助かった。ほくそえんでみせると、犬がうなってきた。犬なんかとうていぼくにはかなわない。たとえ疲れて気持ちが不安定なときでも。そのあとは何事もなくエドガー・ロードに着いたが、猫のぼくにはタイミングがわからなかった。ふたりはもう帰ってきたのか？　それとも帰る途中なのか？　見当もつかない。フランチェスカをコニーの家の玄関へ連れていき、とにかくうまくいくように祈った。

「シルビーがどうかしたの？」フランチェスカが不安そうにぼくを見た。「でもどうしてクレアかポリーを呼ばなかったの？」

「ミャー」ほんとになにもわかっていないのだ。フランチェスカが肩をすくめ、チャイムを鳴らした。返事はない。次の手なんか考えつかない。素直に認める、もうぐったりだ。ぼくたちは玄関先に立ち尽くした。気の毒にフランチェスカはすっかり困惑顔で、ぼくは疲れきって気を失いそうだったので、とにかく腰をおろした。

「アルフィー、いったいどういうことなの？」フランチェスカに問いつめられ、ぼくは前足のあいだに頭を入れた。帰ろうとしたフランチェスカの足がとまった。「まあ」ぼくは顔をあげた。やった。アレクセイとコニーが手をつないで歩いてくる。

「アレクセイとコニーが？」

ぼくに感謝してね。心の中でそうつぶやいて横になり、呼吸を整えた。疲れきった体が一気に安堵《あんど》で包まれた。

フランチェスカを目にしたとたん、ふたりはぴたりと足をとめ、つないでいた手を放した。見られなかったと思ってるんだろうか。アレクセイはすごく賢い子だと思っていたのに、思春期になると人間は一時的に脳細胞の一部を失ってしまうんだろうか。

「やあ、ママ」アレクセイがさりげない口調を装った。「コニーを送ってきたんだ——」

「本を貸す約束をしたの」コニーがすかさずつけ加えた。無邪気な顔をしているが、照れくさそうで、ちょっとぎこちない。

「最近はそういう言い方をするの？」フランチェスカが片方の眉をあげた。

「え?」とアレクセイ。

「気にしないで。あなたのママに会いに来たんだけど、お留守みたいね」

「ええ、一時間ぐらいで帰ってきます」コニーはまだ顔が赤い。

「いいのよ。さあ、アレクセイ、本を取ってきなさい。一緒に帰りましょう」

「わかった」

ふたりが家の中に入ると、フランチェスカがかがんでこちょこちょ撫でてくれた。そしてぼくを抱きあげた。

「このことを教えたかったの?」

「ミャオ」ぼくは小声で答えた。

「アルフィー、ほんとに賢いいい子ね。まさかアレクセイにガールフレンドがいるなんて。まあ、あの子がおとなになる覚悟はまだぜんぜんできていないけれど、少なくともなにも問題はないわ。ありがとう」フランチェスカがぼくの毛にキスして地面におろした。

Chapter 16

今夜はクレア主催の〝ガールズナイト〟だ。とっくに〝ガール〟じゃないのになんでそう呼ぶのかは謎だけど。ポリーとフランチェスカのほかにシルビーも参加する。歓迎しているのが伝わるように声をかけたのだ。クレアたちを心から誇りに思う。三人の友情は長い年月をかけて築いたものなのに、ほかの人を閉めだすようなことは決してせず、それにはぼくの影響もあるに違いない。

ポリーとフランチェスカが先に着いた。ふたりともやけに興奮している。

「早く、さっきの話をクレアにもしてあげて」ポリーがフランチェスカをキッチンに押し込んだ。

「どうしたの？」クレアが戸惑っている。

「アレクセイが話してくれたの。ううん、自分から打ち明けたわけじゃないけれど、わたしに見つかって白状した。アルフィーが連れていってくれたのよ、だから事情がわかったのはアルフィーのおかげ」

「さっぱりわからないわ」とクレア。「深呼吸して」

「あの子がコニーといるところを偶然見たのよ。そしたらコニーが好きだってしぶしぶ認めたの」

「まあ、アレクセイは片思いをしてるってこと?」クレアの頬がほころんだ。「それは乾杯しなくちゃ」言いたくないが、クレアたちはなにかと理由をつけてワインを飲む。ぼくがまたたびで同じことをしていたら、ただのぐうたらになっていただろう。

「いいえ、片思いじゃないの。どうやらコニーもあの子が好きみたい。アレクセイにガールフレンドができたのよ」

「初恋よ」ポリーがため息を漏らした。「最初のボーイフレンドを思いだすわ、ピーター・スペンサー。わたしは十二歳で、学年がひとつ上の彼と毎日昼休みに手をつないでいたのに、ピーターが年上の子に乗り換えてしまって振られたの。すごく落ち込んだわ」

「すごいわね、わたしはもっと大きくなってからだったわ、少なくとも十五だった」とクレア。

フランチェスカも話しだした。「わたしは奥手だったから、初めて男の子とつき合ったのは十七歳のとき」

「青春ね」ポリーがうっとりしている。たぶん誰でも経験があるからだろう。

「それで、シルビーは知ってるの?」クレアが訊いた。

フランチェスカが肩をすくめた。

「コニーはまだ話してないのよ。シルビーは過保護すぎるところがあるから、不安で話せないみたい。こそこそしてるのはそのせいなのよ。でもコニーはママに話すべきだとアレクセイに言っておいたわ。隠し事をするのはよくないもの、特にいまは」

「あなたが今夜シルビーに会うのを、アレクセイは知ってるの？」とポリー。

「ええ。シルビーに嘘をつくつもりはないと言っておいたから、コニーに伝えたはずよ」

今度はフランチェスカが不安そうだ。「シルビーだけ知らないなんて気が咎めるもの。アレクセイは不満そうだったけれど、母親同士は協力しないとね。それとトーマスから〝大事な話〟をしてもらったわ。何年か前にもしたのよ。でもトーマスったらきまりが悪いものだからポーランド語で何度も悪態をついて、ごまかしながらなんとか話し終えたら、もう学校の保健の授業で習ったとアレクセイに言われたの。今回トーマスには、女性を大事にして、何事も焦ってはいけないと話してもらったわ」ぼくはその場にいられなかったことがちょっと残念だった。

クレアの携帯でメールの受信音が鳴った。

「シルビーが来るわ」

「これでよかったのよね？」フランチェスカが訊いた。

「そう願うわ」クレアは自信がなさそうだ。

気楽で楽しいガールズナイトはいくらか緊張をはらんだものになりそうだが、信じるしかない。シルビーは分別のあるすてきな女性で、エドガー・ロードにぴったりな人だから、まずいことになるはずがない。

ぼくはダイニングテーブルの下に潜ってポリーの足元で縮こまった。ポリーも隣に潜ってきそうな雰囲気だ。フランチェスカはいまにも泣きそうで、クレアの目はまん丸になっている。要するに、シルビーはこの話をよく思わなかったのだ。そしてこの表現は過去最高に控えめかもしれない。

クレアと玄関を開けに行くと、シルビーはぼくたちには見向きもせずにずかずか入ってきた。そして走らないと追いつけないスピードでキッチンへ向かい、そこで感情を爆発させた。

「さっき娘からボーイフレンドができたと言われたわ。あなたの息子よ」にらみつけられたフランチェスカはぎょっとして、ちょっと怯《おび》えていた。

「ええ、そうよ、わたしたちも知ったばかり――」ポリーが口を開いた。

「なのにあなたたちは、まだ十四歳の娘に、ずっと男の子がいない環境にいた子に、ロンドンへ戻ったとたんボーイフレンドができても普通のことみたいに平然としてる」目が飛びだしそうだ。明らかにショック状態で、軽く取り乱している。

「でも、普通のことじゃない？」反論したポリーがシルビーににらまれ、ひるんだ。

「わたしの娘は違うわ。コニーはいい子なの。よく勉強して成績はオールAだし、男の子にもお化粧にもファッションにも関心がない。あなたの息子のせいで道を誤るまではそうだった」

「ちょっと、アレクセイは相手が誰だろうと道を誤らせることなんてできないわ」ポリーが反撃に出た。引き下がろうとしないところに感心してしまう。クレアもフランチェスカも口がきけなくなっているらしい。

「そういう問題じゃないわ」シルビーが怒鳴った。でもぼくはそれが大事な点だと思う。

「ミャオ」ぼくはアレクセイはやさしい子で、どんな親でもコニーの相手がアレクセイでよかったと思うはずだと伝えようとした。

でも無視された。シルビーは気色ばんだままキッチンをうろうろ歩きだした。「うちは生活が一変したばかりなのよ。やっぱり地元の学校になんか通わせるべきじゃなかった。あの子にせがまれたのよ、そうすれば近所に友だちができるからって。でもなんとかお金を工面して私立の女子校に転校させるわ。あの子の父親に事情を話せば、いやでも出してくれるはず」ひとりごとのようにぶつぶつしゃべりつづけている。やっぱり取り乱している。

「シルビー、コニーは分別がありそうだし、アレクセイみたいにやさしくて気配りのできる子はいないわ」クレアが穏やかに話しかけた。ワインを注いだグラスを差しだしたが、シルビーは見向きもしない。「あの子たちの関係は無邪気なものよ、ちょっと手をつなぐぐらい。サマーが誰かとつき合わなきゃいけないなら、たしかに母親にとってはうろたえずにいられない話だけれど、相手はアレクセイみたいな子がいいわ」

　フランチェスカがクレアに感謝の目を向けた。

「わたしはアレクセイをきちんと育てたわ。女性を大事にするように。あの子が間違ったことをするはずがないし、いまもしていない。ちなみにアレクセイも成績はオールAよ」シルビーが感情を爆発させてから初めて、フランチェスカがしゃべった。

「そういう問題じゃないわ。肝心なのは、コニーは男の子とつき合うには子どもすぎることよ。相手が誰だろうと。あの子の父親がここにいたら、かんかんになってるわ」苛立ちで声が震えている。「ふたりが会うのは許さない」怒っているが、声に悲しみもにじんでいる。突然ひとりで子育てをすることになって、どうすればいいかわからないのだ。

「シルビー、友だちとして言わせてちょうだい」ポリーが口をはさんだ。「そんなことしても、会いたい気持ちがつのるだけよ。それにふたりは同じ学校に通ってるのよ」

「わたしの子育てに口を出さないで」吐き捨てるようにシルビーが言った。「コニーには、学校からまっすぐ帰ってくるように言うわ。学校でアレクセイに会うのはどうしようもないけれど、ほかの場所で会うのを禁じることはできる。スマホも取りあげる、連絡できないように。ええ、ポリー、最初はあの子も腹を立てるでしょうけど、いつかわたしに感謝するわ。子どもで世間知らずなコニーに、アレクセイみたいな子はふさわしくない」

「なんですって？」フランチェスカが立ちあがった。ぼくはポリーの膝に飛び乗った。「アレクセイみたいな子？　わたしの息子はいい子よ。ふたりとも十四歳なんだから普通のことだわ。なにも間違ってない。あなたの子育てに口を挟むつもりはないけれど、わたしの息子を悪く言うのは許さない」怒りが伝わってくる。

「わたしは言いたいことを言うわ。それと、あなたたちはどうぞそのまま仲良くしてちょうだい、わたしと娘のことなんかどうでもいいみたいだもの。エドガー・ロードになんか越してこないで、あなたたちに出会わなければよかった」

啞然とする三人を残し、シルビーは猛然と帰っていった。

「やれやれ、うまくいったわね」ポリーがつぶやいたが、誰一人笑わなかった。

「まさかこんなことになるなんて」クレアがグラスに残ったワインを一気に飲み干した。

「ああ、アレクセイ、かわいそうに」フランチェスカが泣きだした。クレアとポリーがきっとだいじょうぶだと慰め、ぼくは解決策を考えようとしたがどうすればいいかわからなかった。クレアたちはいずれシルビーも落ち着くだろうから、問題も解決すると思っているらしい。ちょっと楽観的な気もするけど、ぼくにそれを言う資格はない。

そのとき、アイデアが浮かんだ。まだ動揺している三人を残していくのは気が進まなかったが、隣へ向かった。どういうことになっているのかわかるかもしれない。せめて事情がわかれば、解決策が浮かぶかもしれない。アレクセイもコニーもいい子なのはわかっているけど、シルビーがひどく怯えているのもわかる。たぶん自分が辛い経験をしたせいだろう。どちらの気持ちも理解できるけれど、ぼくに言わせれば間違っているのはシルビーだ。コニーはアレクセイみたいな子と出会って運がいい。でもシルビーにそれを伝えるのは無理だし、たとえできてもシルビーは耳を貸さないだろう。

裏庭へまわり、暗闇から明かりがついたキッチンをのぞくと、最悪の不安が裏づけられた。

話の内容は聞き取れないが、ガラス越しにくぐもった大声が聞こえた。シルビーは髪をかきむしり、コニーは怒鳴っている。顔が紅潮し、目から涙があふれだすのが見えた。縮こまっているハナがかわいそうでならない。猫はしょっちゅう人間の板挟みになるが、過保護な暮らしをしているハナにはどうすればいいかわからないのだろう。いささか唖然としながら見ているうちに、コニーがなじる母親に泣きながらスマホを渡した。そしてくるりと背を向け、キッチンを出ていった。シルビーが椅子に腰かけ、両手で頭を抱えてすすり泣いている。

幸せだったはずの時間が悲しみだらけになってしまった。アレクセイはコニーにふさわしい相手で、コニーがこっちでの暮らしに馴染めるようにしてあげられるのに。アレクセイをよく知るぼくにはよくわかる。でもシルビーはアレクセイを知らないし、どうすればそのことを教えてあげられるのか、ぼくには見当もつかなかった。

Chapter 17

ぜんぜん眠れなかったみたいに、ぐったり疲れた気分で目が覚めた。ここ数日はいろいろたいへんで、その影響が出ていた。クレアたちはいまだにシルビーへの怒りが治まらず、ジョナサンは、たいていの問題は時間が解決してくれると思っている。ぼくはそこまで確信がない。ぼくがジョナサンみたいじゃなくて、みんな運がいい。

昨日クレアとポリーは打つ手がないか相談し、たとえいまシルビーが辛い思いをしていようと、フランチェスカの味方をするつもりでいる。ふたりの仲介役になれるんじゃないかとクレアたちは考えているが、フランチェスカに自分たちは友だちだとわかってもらうのがなにより肝心だし、正しいのはフランチェスカのほうでシルビーは――ポリーに言わせると――頭がおかしいという結論に達した。

ふたりはシルビーをどう説得するか相談し、そう簡単にうまくいくとは思えなかったけれど、ぼくは頑張るふたりの姿が嬉しかった。ただ、どちらがシルビーに会いに行くかでもめ、最終的には子どもたちがボードゲームで使うサイコロで決めた。ポリーが負けた。

シルビーに近寄らずにすんだクレアはほっとしてアドバイスしたが、ポリーは嬉しそうに見えなかった。

もちろんタイガーのことも心配で、会える機会がどんどん減っていた。あの手この手を尽くしてなんとか会ってはいるし、顔を見るたびにまだ会える喜びで胸がいっぱいになる。ジョージも気がかりだった。何度もタイガーについて話そうとしたのに、そのたびに話題を変えるかだいじょうぶだと言われてしまう。避けられていると余計に心配になるけど、どうすればいいかわからない。どうしてもぼくと話をしようとしない。

仕方なく、ハナに会いに行こうとしているジョージにシルビーのことを話した。そしてお隣の力になれるように、情報収集の重要性を教え込んだ。嬉しいことに、ジョージはとても優秀な生徒だった。戻ってきたジョージによると、ハナはかなり取り乱していた。コニーは母親と話そうとしないが、自分の部屋でハナに胸のうちを明かすらしい。泣いてばかりで、父親や日本やアレクセイが恋しくて耐えられないとさかんに訴えている。ただ、幸いアレクセイが励ましているし、学校では会えるから、当面は我慢しているようだ。思ったとおり、ふたりとも分別がある。あの子たちの関係はなによりもまず友情なのだ。ぼくにはわかる。シルビーにもわかればいいのに。わからせる方法があればいいのに。

シルビーはこの状況にうまく対処できず、ハナが知るかぎり頼る相手もいない。クレアたちとは縁を切り、パソコンで友だちと話すこともなくなった。ハナはジョージに、シルビーの暮らしがどれほど一変したか誰もわかっていなくて、ずっとコニーのために生活を立て直そうと努力してきたせいで精神状態がおかしくなっているんだと語った。怯えるあまり元夫にまで連絡したシルビーは、コニーを日本へ戻して向こうで生活させればいいと言われたことでほとんど平常心を失い、さらに参ってしまった。だからいまは、娘を失うのが怖くて元夫にも相談できないと考えている。クレアたちが知らない事情を知ったぼくはシルビーに同情し、シルビーのためになにかできるのはぼくしかいない気がした。

すっかり冬になり、冷たい風が毛に吹きつけて朝晩が暗く陰気になるのと一緒に、ぼくの平穏な日々も終わった。でもタイガーをなにより優先しなければならない。あとどれぐらい一緒にいられるかわからないから、一瞬でも無駄にはできない。たとえ解決しなければいけない問題ややるべきことで手一杯だろうと、タイガーと過ごす時間は減らせない。二度と取り戻せない時間を逃すわけにはいかない。

タイガーは裏口で待っていた。「こんにちは、アルフィー」最近は会うたびに感情をこらえ、一瞬目に浮かんでしまうショックを隠す必要がある。タイガーはどんどん小さくなって毛のつやもなくなり、いつも疲れきっている。それでもつねに明るくしているのは、ぼくとジョージのためだろう。

「タイガー、元気そうだね」ぼくは精一杯の笑みを浮かべた。

「嘘だって顔に書いてあるわよ。でも会えて嬉しいわ。あなたの家族が抱えているトラブルの話をして」震えている。

「寒いの？」

「ええ、体温を保ってるのがどんどん難しくなってるの。でもだいじょうぶ」

ぼくはタイガーにぴったり寄り添った。「ぼくの家族の話は聞かないほうがいいと思うよ、トラブルの話なんて」

「アルフィー、病気扱いしないで。普段ならトラブルの話をしてくれて、わたしはそれに耳を傾けるでしょ。普段どおりにしたいの」

「わかった。でもその前に、ジョージはだいじょうぶだと思う？」タイガーがぼくの首筋に頭をこすりつけた。

「さあ、どうかしら。わたしの前では平気な顔をしてるし、会いに来てくれるのは嬉しい。わたしの家族ももう気にしていないしね。でも話そうとすると話題を変えてしまうのよ」

「ぼくに対しても同じだ。だいじょうぶそうに見えるけど、あの子は心からきみを慕っているからね。それにぼくを避けてる気がするんだ。でなければ、現実を受け入れるためにひとりになりたいだけかもしれない。毎日ハナときみに会ってるのは知ってるけど、外にいる時間がやけに長いから訊いてみたら、はぐらかされた」

「アルフィー、あの子ならだいじょうぶよ。あなたがいるし、きっと小さい頭でいろいろ考えているんだわ。さあ、女同士の喧嘩の話をしてちょうだい」むかしからタイガーはぼくにとって理性の声みたいな存在で、タイガーがいなくなったら誰がその役目をしてくれるんだろうという思いが一瞬脳裏をよぎった。

ぼくは女同士の関係にひびが入り、クレアとポリーが解決しようとしている話をした。

「でもシルビーはアレクセイの悪口を言ったのに、どうして仲直りしたいの？」タイガーはなんでも単純明快に考える。そこが好きなところのひとつだ。

「解決したいいちばんの理由はアレクセイとコニーのためだけど、シルビーがすごく傷ついてるのもふたりはわかってるんだ。ほんとはひどい人じゃなくて、怖がってるだけ、それどころか怯えてるって」

「なるほどね。で、なにかアイデアはあるの？」

「まだない。ポリーがシルビーに話してどうなるか、ようすを見ようと思ってる。明日はきみに会ったあとごみばこに会いに行って、なにか情報はないか訊いてくるよ、主にアレクセイについて。でもほかのどんな心配事より、きみがいちばん大事だ」

タイガーがため息をついた。「アルフィー、あなたのことだから、わたしを最優先にするだろうって思ってたけど、わたしは残された時間をできるだけ普段どおりに過ごしたいの。だからあなたはいつもどおり正気とは思えない計画を立ててちょうだい。うまくいく前に必ず大事件が起きる計画を」

「正気とは思えない計画じゃないよ、すごくいい計画だ」ぼくはむっとした。

「危うく死にかけた計画はどうなの？」

「どの計画も最後にはうまくいった。でも、そうだね、あれはきみの言うとおりかもしれない」たちの悪い恋人からクレアを守ろうとして怪我をさせられたことがある。でもあの事件はいまの家族を引き合わせるきっかけになったから、その価値はあった。

「それに、木からおりられなくなって消防隊員に救助された計画はどうなの？」にやつき始めている。

「わかったよ、たしかに最高に頭が冴《さ》えてる計画じゃなかったかもしれない」最初のガールフレンドだったスノーボールの気を引こうとしたのに、高いところが苦手と気づいて木からおりられなくなってしまったのだ。あんなに屈辱を味わったことはなかった。

「ジョージがさらわれた計画は？」

「最終的には猫をたくさん助けることができた」でも、ジョージが行方不明になったときは心配でどうにかなりそうだった。ぼくたちは、あのとき助け出した猫たちを〝街灯の猫〟と呼んでいた。エドガー・ロードやその周辺で行方不明になった猫の写真が街灯に貼りだされていたのだ。当時は家族がみんな落ち込んでいたから、少しのあいだジョージをタイガーと一緒に隠そうとした。そうすれば家族がまた団結すると思ったのだ。最終的にはそうなったけど、途中でジョージが猫さらいにさらわれるという予想外の展開があった。

なんとかジョージとほかの猫たちを助け出したものの、それまでは生まれてから最悪の思いをした。

「火事を起こしそうになった計画は？」

「わかったよ、タイガー、もうじゅうぶんだ」でも笑みが漏れた。一緒に昔話ができるのが嬉しかった。からかわれようと、心がなごむ。それに火事を起こしそうにはなっていない。実際はデヴォンにある別荘が火事になりかけたのを食い止めたのだ。

「これからも計画を立てつづけるって約束して、アルフィー」タイガーの目が閉じ、寒い裏口の前でぼくに寄り添ったまま眠ってしまったのがわかった。タイガーに言いたかった。たとえそうしたくても、計画を立てるのをやめられるかわからないと。タイガーがいなくなったら、これまで以上に忙しくしている必要があるんだと。言いたいことが山ほどあった。

ぼくはじっとしたまま、タイガーの香りを吸いこんだ。すべてを記憶に刻もうとした――タイガーの見た目、タイガーの柔らかさ、タイガーのにおい、くすぐったい毛の感触。なぜなら楽観主義のぼくでも、なんでも解決できるぼくでも、タイガーの問題を解決できないことが痛いほどわかるからだ。いつか、あまり先でないいつか、また大切な存在に別れを告げなければならない。そのときぼくに残されるのはタイガーの思い出だけだから、それをたくさんつくりたかった。

Chapter 18

マットとジョナサンは子どもたちのいるリビングへ移動し、クレアがキッチンで洗い物をしていると、チャイムが鳴った。ジーンズで手を拭きながら玄関へ向かうクレアにぼくもついていった。ドアを開けると、ものすごい剣幕のポリーが立っていた。

「まあ」クレアがつぶやいた。ポリーが唇を引き結んで入ってきて、マットたちもキッチンにやってきた。

「本気であの女が心配になってきたわ」ポリーが口を開いた。

「つまり、理性的に話そうとしたけど耳を貸してもらえなかったんだな?」マットが片眉をあげた。「だから余計なことはするなと言っただろう」

「ぼくもクレアにそう言ったんだ」ジョナサンが満足そうにマットとハイタッチしている。

正直言って、このふたりに任せておいたらなにも解決しない気がする。ぼくは腹が立ってしっぽでジョナサンを叩いた。

「子どもじみた真似はやめてちょうだい。とにかく、こういうことよ。シルビーは今度はわたしたちに責任があると思ってる、すべてはわたしとクレアのせいだって。わたしたちが彼女と友だちになろうとしなければ、コニーがアレクセイに会うこともなかったから、こんなことにはならなかったと思ってるのよ」

さすがのぼくもおかしな理屈だと思う。コニーはアレクセイと同じ学校の同じ学年なのだ。

「だから言ってやったの」ポリーがつづけた。「しかもすごく冷静に。ふたりは同じ学校に通ってるんだから、いずれ会っていたはずだって。そしたら彼女、なんて言ったと思う？」三人とも首を振った。ポリーは怒るとちょっと怖いときがあるのだ。「コニーを女子校に転校させる気持ちに変わりはないんですって。正気の沙汰と思えない。助けが必要なはずなのに、わたしたちを近づけるつもりはないのよ」

「おやおや」なんでも控えめに表現する達人のジョナサンがつぶやいた。

「フランチェスカとアレクセイに会って話したらどうかって言ったら、家から放り出されそうになったわ」

「きっと離婚でかなり参ってるのよ」クレアが首を振った。

「ええ、でももうどうしようもないわ。アレクセイたちだけでなく、シルビーの力にもなってあげたいけど、理屈が通じないんだもの」

「同情するけれど、わたしもどうすればいいかわからないわ」

「今度はあなたが話してみたら？」ポリーがにんまりした。「命が惜しければお勧めしないけど。彼女、見かけによらず短気よ」

「なにか方法があればいいのに、シルビーに冷静になってもらう方法が」クレアが唇を噛んで考え込んだ。

ぼくの脳みそがまわり始めた。シルビーはひとりぼっちだと思っていて、クレアたちと友だちになる気はないけれど、もしエドガー・ロードで歓迎されている証拠を見せてあげられたら……あとはどうやるか、その方法を考えるだけだ。

「アレクセイもかわいそうに。ロミオとジュリエットみたいだな」マットの言葉で全員が黙り込んだ。

みんなどうすればいいかわからないのは明らかで、どうやら今度もぼくがひと肌ぬぐしかないらしい。

ぼくはみんなを残してタイガーに会いに行った。ジョージがまだ戻らないからタイガーのところにいると思ったのだ。どちらの姿もなかったので、一《いち》か八《ばち》か猫ドアから飛び込んだ。ありがたいことにキッチンは無人で、リビングまで進んだところでぴたりと足がとまった。猫用ベッドが暖炉の前に置かれ、そこでタイガーが丸まっていた。家族の姿はない。タイガーが顔をあげてぼくに気づいた。

「アルフィー」声が小さい。

「やあ、入ってもだいじょうぶかな」

「ええ、家族は買い物に行ってるわ。来て」

ぼくはベッドへ近づいて隣に腰をおろした。

「ジョージが来てるんじゃないかと思ったんだ」

「家にいないの？」

ぼくは鋭くしっぽを振った。「うん、いつもは帰ってくる時間なのに」

「アルフィー、今日会いに来たとき、ジョージはちょっと腹を立ててるみたいだったわ。隠そうとしてたけど、もうすぐわたしがいなくなるなんてあんまりだと言いつづけてた。いつも見守ってるからって言って落ち着かせようとしたけれど、納得したかわからない。いずれにせよ、あの子は少しひとりになりたいのかもしれないわ」

「わかってる、もう子どもじゃないことも。でもきみを心配させたくないけど、ジョージは最近しょっちゅう出かけるんだ。最初はハナに会いに行ってるんだと思った。たしかに会いに行ってるけど、ずっとそこにいるわけじゃないから、あの子がどこに行ってるのかわからないんだ。ロッキーやエルヴィスやネリーに訊いても誰も知らなかった。みんなともあまり一緒にいないらしい」

「ジョージに訊いても教えてくれないと思ってるのね？」

「うん、最近は、おなかが空いてるか訊いてもまともな返事が返ってこない」愛くるしい息子が無愛想で素っ気なくなって、まるで思春期の人間みたいだけど、猫は普通そんなふうにならない。でも、タイガーのことがあるから普通じゃなくなっていても仕方ない。

「アルフィー、あとをつけてみて、あの子の無事を確認して」

「ぼくが言いそうなせりふだね」口元がほころんでしまった。たしかにそうだ。なんで思いつかなかったんだろう。いろんなことが同時に起きているとはいえ、そうするのがとうぜんだ。

「でも気づかれないようにしてね。あとをつけられてると気づいたら、きっといやがるわ」

「ただでさえ問題が山積みなのに、ジョージにまで嫌われたいとは思わないよ」

「なにかわかったら教えに来てね。外に出られれば出ているけど、無理ならここにいるわ。わたしの家族がいても、ふたりともすごく悲しんでいるから、あなたが入ってきても放っておいてくれるかもしれない」

「わかったよ。人間の問題をどうにかする前にジョージに問題がないことを確認して、どこに行ってるのか突き止める」

もしジョージが思春期の人間みたいになっているとしても、そういう人間がやりそうなことをしてトラブルに巻き込まれていないことを祈るばかりだ。トラブルはすでにじゅうぶん抱えているんだから。

どうせジョージはタイガーに会いに来るだろうから、待ちかまえることにした。あいにく気温が低く、タイガーの家の前庭で茂みに隠れて横たわっていると体が震えた。人間のあとをつけたことは何度もあるが、ジョージをつけるのは初めてで、いくら息子の行動にはいつも注意しているとはいえ、なんだか落ち着かなかった。心の底ではジョージのためだとわかっていても、裏切り行為の気がした。ジョージが無事だとわかったら、好きにさせてあげよう。まずはあの子がちゃんと用心していて危険はないと確認する必要がある。ジョージが出かけるのが昼間でよかった。夜だったら心配でいてもたってもいられなかっただろう。それでもよくない猫とうろついたり、喧嘩や狩りをしたり、ありとあらゆる悪さをしている可能性はある。もしそんな気配があったら、ごみばこに相談すればいい。とにかく起きてもいないことを心配するのはやめよう。現実に起きている問題で手一杯なんだから。

生きていればよくあることだけど、経験から言わせてもらうと、ひとたび歯車が狂い始めると、どんどんエスカレートすることがある。悪循環というやつだ。すべて順調だとその状態に満足して、順調じゃなかったときのことは考えないようにするが、順調じゃなくなるとさらに事態が悪化することしか考えられなくなってしまう。だからジョージを待ちながら、ぼくはいまある幸せを数えあげた。まず、日差しが降り注いでいる。寒くて風もあるけれど、少なくとも雨は降っていない。それにぼくにはすてきな家族と仲間がいる。タイガーは失ってしまうかもしれないが、こんなに長く一緒に過ごせて幸せだったし、まるで神さまがくれた贈り物みたいだった。もちろん、タイガーを失うのは贈り物どころか正反対のなにかだ。それがなんだろうと。

幸せを数えるのも楽観的になるのもそろそろ限界になりかけたころ、ジョージが現れた。ぼくに気づかず、エドガー・ロードをたまり場のほうへ歩いていく。ぼくは安全な距離を保ち、見つからないように街灯から街灯へすばやく移動しながらあとをつけた。ジョージは一度も振り向かなかった。たまり場に仲間の姿はなかったが、いずれにしてもジョージは見向きもせずに歩きつづけている。目指す先は別にあるのだ。そのうち、どこへ行こうとしているのかわかってぞっとした。庭の芝生が伸び放題で怖いおじいさんが住んでいる例のみすぼらしい家の前でジョージが足をとめ、最悪の不安が現実になった。

庭の大部分を占める伸びすぎた茂みで遊ぶジョージを遠くから観察した。あそこで遊ぶのはたしかに楽しそうだ――イバラ、生い茂る植物、枝が大きく張りだした太くてこぶりな木、長い草。花はひとつもなく、色がない。それでも夢中で遊んでしまいそうな庭なのは間違いないから、危険がなければかまわない。ぼくは離れたところから見守りつづけた。

庭の探検を終えたジョージが窓枠に飛び乗り、中をのぞきこんだ。次の瞬間、ハロウィンのお面みたいに怖い顔をしたおじいさんが現れ、杖《つえ》で窓をがんがん叩き始めた。でもジョージは窓枠に座ったまま、ぽかんとしている。ぼくは思いきって壁沿いまで近づき、茂みのうしろに身を潜めた。もしジョージが怪我をしたら？　おじいさんは拳と杖を振りまわしている。以前、夜に見かけたときよりはっきり見えた。「うせろ」と怒鳴る声がうっすら聞き取れる。ジョージが前足でガラスにタッチして地面に飛びおり、しっぽを立てて挨拶した。それからジョージがこちらを振り向いたので、ぼくはあわてて家へ駆け戻った。

帰るあいだ、いま目にしたのはなんだろうと考えた。ジョージはあの庭に詳しいようだが、おじいさんはジョージが来るのをいやがっていた。問題は、ジョージがサインを読み取るのがじょうずじゃないことだ。以前も、自分に見向きもしないシャネルに好かれていると思い込んでいた。でもあとをつけたことを言わずにどうやってジョージとこの話をすればいい？　できっこない。

山積みの問題がもうひとつ増えてしまった。この問題にも目を光らせていないと。ジョージがほぼ毎日通っているのがあそこなら、安全だと確認する必要がある。あの杖はかなり物騒に見えたし、おじいさんも物騒に見えた。それにもしグッドウィン夫妻が正しければ、危険人物だ。そう思うと身震いが走る。

ぼくが抱えているジレンマはもうひとつある。タイガーに話すか、やめておくか。心配させたくないが、いつもどおりに接してほしいとも頼まれた。それにジョージの問題に取り組めば、少なくともジョージに質問しようとすれば、タイガーのためにもなる気がしないでもない。ジョージはタイガーとはいまも話すのに、ぼくのことはできるだけ避けているみたいだ。たしかにハナの話はしてくれるけど、話したくて話しているというより、義務でそうしている印象がある。一緒にうろついたり、落ち葉を追いかけたり、仲間の猫たちと世間話をしたり、その日にあったことを夜にしゃべったりする気楽な関係は終わってしまったらしい。

これが永遠につづかないことを祈るばかりだ。

家に帰ってしばらくたっても、ジョージは帰ってこなかった。タイガーの家に寄ったが猫ドアが閉まっていて、タイガーの姿もなかった。眠っていればいいと思う。会うたびに弱っていくようで、近い将来、会いに行ったらいなくなってるんじゃないかと思うと打ちのめされそうになる。

おやつを食べて毛づくろいし、うたた寝していたぼくが猫ドアの音で目を覚ますと、しょげきったジョージが目に入った。

「だいじょうぶ?」どうしてもあれこれ言うのをやめられない。

「ちょっと疲れちゃった」ジョージが答えた。「少し寝るよ。外はすごく寒かったんだ」

珍しくよくしゃべっているのは嬉しいが、これ以上うるさく言うのはやめておこう。

「そうか。タイガーに会ってきたの?」さりげなく尋ねた。

「うん、朝のうちに」そう言って立ち去ろうとしたところで、足をとめた。「パパ、タイガーママはほんとによくならないの?」目に悲しみがあふれ、ひげが垂れ下がって見える。ぼくは胸が張り裂けそうで、できるものならジョージが聞きたい返事をしてやりたくてたまらなかったが、できるはずがなかった。

「ああ、たぶん」沈痛に答えた。すると意外にもジョージが近づいてきて鼻をこすりつけた。

「パパは? パパもぼくを置いていっちゃうの?」声がかすれている。

「いいや、まだしばらくそんなことにはならないよ」ぼくはそれが真実であるように心から願った。祈った。真実に決まっている。ぼくはどこにも行かない。ジョージを安心させてやりたいけど、嘘はつけない。「ジョージ、ぼくはぜったいに好き好んでおまえを置いていったりしないし、タイガーママもそれは同じだ。タイガーはやむをえずそうなるけど、ぼくはここにいる。できるだけ長く、いつもおまえのそばにいる」鼻をこすりつけると、毛を通してジョージの悲しみが伝わってきた。

お気に入りのソファへ昼寝をしに行く後ろ姿を見ていると、改めてジョージがかわいそうでたまらなくなった。ぼくはうんと長生きするだろうから——どうしてわかるのかは訊かないでほしい、とにかくわかるのだ——できるだけたくさんの強さと勇気をジョージに与えよう。親は子どもにそうするものだ。それともちろん、通りのはずれに住む怖いおじいさんにジョージを近づかせないようにしよう。

Chapter 19

外は土砂降りだけど、ごみばこに会いに行ってアレクセイに問題がないか訊くしかない。なにしろ目新しい情報がひとつもないのだ。ジョージがガラス越しにハナから聞いたかぎり、状況に変化はない。ジョージは、ガラス越しのおしゃべりでハナの力になっているつもりでいる。子ども扱いしたくないのでぼくはでしゃばらないようにしているが、必要なときはいつでも手を貸すと言ってある。ジョージはハナという友だちができたことを喜ぶ一方で、直接会えないことに苛立ちをつのらせている。ただ、この問題はすでにぼくのリストに入っている。もし直接会えるようにしてやれたら、ジョージが辛い時期を乗りきる助けになるはずだ。タイガーを失う悲しみを少しでも軽くしてあげられるならなんでもする。ハナを外に出しても悲しみは決してなくならないだろうが、なにもないよりましだ。

なにより最悪なのは無力感だ。ぼくは問題を解決し、みんなの心を癒《いや》し、ぜったいにあきらめない猫なのに、いまはできることがひとつもない。獣医にタイガーを治せないなら、ぼくに治せるはずがなくて、そう思うと腹が立った。心が張り裂けそうで、ジョージも同じ気持ちなのになすすべはなく、辛くて泣き叫びたかった。タイガーに対してもジョージに対しても、できるのはそばにいることだけで、それでは足りない気がするのに、やっぱりそれしかできない。

「ジョージ」窓ガラスを流れる雨粒を前足でたどっているジョージにぼくは話しかけた。

「なに？」返事はしたが、振り向こうとしない。

「雨だけど、これからごみばこに会いに行くんだ、アレクセイの件で。一緒に行く？」ジョージはいっとき首を傾げ、迷いを見せた。

「やめとく」そしてこう答えた。「雨の中遠いし、タイガーママのとこに行かなきゃいけないし、そのあとハナに会いに行くから、時間がない」

「そうか、じゃあひとりで行ってくるよ。ぼくが力になれそうなことがあったら、あとで教えて。途中でぼくもタイガーに会えるか寄ってみる」

ジョージが大きなため息をついた。「うん、パパ。またあとでね」そしてまた雨粒をたどり始め、これ以上話す気がないことを態度で示した。

もっと話したい気がしたが、なにを話せばいいかわからず、つかのまその場に留まってから体の向きを変えて外に出た。よりによって土砂降りの日に出かけるはめになったけれど、灰色の空はいまの気分にぴったりだ。でも嘆いてばかりはいられないからタイガーの家へ向かった。気配がないので頭で猫ドアを押してみたが、動かなかった。またタイガーを閉じ込めているのだ。獣医に連れていかれるんだろうか？　それとももっと悪いことが起きたのか？　鼓動が速まり、急いで家の表側へ向かった。窓からのぞくと、横たわっているタイガーが見えた。窓枠に飛び乗ったぼくにタイガーが気づいた。すっかり弱っているのに、なんとか一方の前足をあげたので、ぼくも同じようにした。ガラス越しにどうにか短い会話を交わしたが、声はほとんど風に吹き飛ばされてしまった。タイガーの家族も一緒にいて、暖炉が真っ赤に燃える明かりのついたリビングでソファに座っている。ぼくはタイガーをじっと見つめながら口だけ動かして〝またね〟と伝え、タイガーがふたたび頭を横たえるのを見てからしぶしぶその場を離れた。これがタイガーの姿を見る最後になりませんように。毎回そう祈っているけれど、少しずつタイガーが遠くへ行ってしまうのが感じられ、別れが迫っているのがわかった。

悲痛な思いでとぼとぼフランチェスカとトーマスの家に向かった。脚に鉛が入っているようで頭がずきずき痛み、痛みが体じゅうを駆け巡っている気がした。この感覚は初めてじゃない、経験がある。悲しみの痛みだ。純粋で混じりけのない、ぼくをむしばむ最悪の病。それでもぼくは歩きつづけた。一歩ずつ、苦しみと一緒に歩きつづけた。気分転換できるのが嬉しくもあったけど、一方で気分転換が必要なのが悲しかった。

「ごみばこ」精一杯明るく声をかけた。ごみばこはおやつを食べていた。幸いネズミではなくレストランの残り物で、すごくおいしそうだ。ごみばこの仕事はかなり待遇がいい。むさくるしいネズミを片っ端から追い払うかわりに、最高品質の食べ物をもらっている。ぼくなら世界中のイワシをもらってもできない仕事だ。

「アルフィー、よく来たな」ごみばこが食べるのをやめた。「変わりないか?」

タイガーの話をすると、ごみばこは親身になって聞いてくれた。次にぼくはジョージを心配していることを打ち明け、最後にアレクセイについて尋ねた。

「やれやれ、問題が山積みだな」ごみばこがしっぽを振った。「同情するよ、アルフィー、心から。おれにできることがあればいいんだが。ちなみにもしその杖を振りまわす男がジョージに危害を加えるのを心配してるなら、言ってくれればおれがとっちめてやるぞ」

ごみばこは敵なしのファイターで、ぼくは暴力をよしとしないけれど、ごみばこは違うタイプの猫だ。トラブルを探しまわることはないが、トラブルに取り組むときは尻ごみをせず、おかげでこれまで何度も助けてもらった。それには感謝している。意味もなく誰かを傷つけるような真似はぜったいしない。それは断言できる。ごみばこは大事に思う相手を守り、ぼくはその中に自分も入っているのがありがたかった。

「ジョージはだいじょうぶだと思うんだ。少なくとも悪い仲間とつき合っていなければ。あのおじいさんが心配だよ。すごく怒ってるみたいなんだ。しっかり目を光らせておかないと。それよりジョージがぼくを避けてることのほうが問題だ。最近はほとんど会話もないし……アレクセイやコニーやハナの話はするけど、タイガーのことはあまり話せずにいるんだ、ジョージがどう思ってるかも」

「時間をやれよ、アルフィー。まだ子どもで気持ちをうまく表現できないんだ。いずれできるようになる。そして心の準備ができたら、自分からおまえのところに来る。あの子を信じてやれよ、おまえならできるさ」

「ありがとう、ごみばこ。いつも的確なアドバイスをくれて。アレクセイはどうしてる?」ぼくは愛情をこめて軽く頭を押しつけた。ごみばこはスキンシップが好きな猫ではないが、ぼくと出会ってから少し態度をやわらげたと思いたい。

「かわいそうに、ちょっとがっくりきてる。コニーに電話できないから、もう会話を立ち聞きできなくなったが、しょっちゅううろうろ歩きまわってる。幸いフランチェスカとはよく話すようになって、仕事をくれと頼んでた。コニーを励ますためにプレゼントを買いたいらしい。どんなプレゼントかは知らないが」

さすがぼくのお気に入りの人間なだけある。アレクセイはきちんと意思表示をするつもりなのだ。コニーを好きだと示すプレゼント。ぼくもやったことがある。ただ、猫にはそんな単純な話じゃなかった。ものを買えない猫は、もう少し頭を使う必要があった。地面から花を抜いて木に登るとか、そんな感じのことだが、その話はいまはやめておこう。とにかく、アレクセイがやさしくて思いやりのある子だという証拠で、ぼくは嬉しくなった。

それにフランチェスカとまた仲良くなったんだから、なおさら嬉しい。

「アレクセイは仕事をもらえたの？」

「まだ子どもだから客相手の仕事はさせられないとフランチェスカに言われていたが、片づけやカトラリー磨きを手伝って小遣いをもらってるから、仕事はさせてはもらってるようだ。親子の会話からすると、コニーとはいまも学校で会ってるらしい。コニーの母親のせいでふたりとも落ち込んでるが、コニーは負けないと言ってるそうだ。少なくとも母親と息子の関係は元どおりになった。思春期が終わったみたいに見える」

「よかった。おしゃべりなアレクセイが懐かしかったし、あの親子は元どおり仲良くならなきゃ。せめてもの救いだよ」

「いまは幸せをひとつ残らず数えなきゃだめだ、アルフィー」

「そうだね。アレクセイがいまもやさしい子で、いろんなことにおとなの対応をして、腹を立てずにコニーを励まそうとしてるなら、ぼくは幸せだよ」口ではそう言いながら、タイガーのことがあるから心から幸せな気持ちにはなれなかった。「なんとかしてシルビーの考えを変えられたらいいのに。シルビーはコニーとアレクセイを悲しませてるだけじゃなくて、自分を孤立させてるんだ」

「おまえならなにか思いつくさ。あ、またあのしつこいネズミだ。追い払ったと思ったのに。ちょっと悪いな」ごみばこがものすごいスピードでネズミに突進し、跳びかかった。

ぼくは顔をそむけた。あのネズミがまたレストランに迷惑をかけることはなさそうだ。それはあまり見たくない猫の側面で、ぼくにその一面が出ることはないから狩りが苦手なことに感謝した。それに今日の午後は幸せをいくつか見つけられたから、なにもないよりましだ。

帰ろうとしたとき、フランチェスカが店から出てきた。

「アルフィー、会いに来てくれたの？」フランチェスカが撫でてくれた。「はるばる来てくれたんだから、イワシをあげましょうか？」

「ミャオ」ぜひほしい。これで幸せがまたひとつ増えた。

Chapter 20

十二月が近づき、クリスマスツリーを用意する時期になると、傍目《はため》にもわかるほど子どもたちが興奮し始めた。キリスト誕生の劇のオーディションはすでに終わり、みんな自分がどの役になったか結果を待ちかねている。ジョージですらいつも無愛想ではなくなった。それでもタイガーは日増しに弱り、隣のシルビーとコニーとハナの状況は一向に改善せず、相変わらず悲しそうだけど、そんな中エドガー・ロードのクリスマスシーズンが本格的に始まった。

タイガーは頑張っているが、どんどん会える回数が減っている。あまり外に出てこない家族が猫ドアをロックするようになったから、ジョージもぼくもわずかなチャンスに少し会えるだけで、それもめったになくなった。最近は猫ドアが閉まっていると、タイガーは懸命に窓まで会いに来てくれるが、直接会うのとは違う。かわいそうにジョージは新しい友だちともママともガラス越しに話すしかなく、そのことに苛立っている。苛立っているのはジョージだけじゃない、ぼくもだ。ぼくにはなにもない。計画も、作戦も、みんなが陥っている窮地を打開するアイデアも。計画のないぼくはひどい頭痛に耐えていた。

「クレア、そんなに大きいツリーをどうやって家まで運ぶんだ?」ジョナサンが訊いた。通りの先にできた露店に行ったクレアが、一八〇センチぐらいあるツリーを予約してきたと報告したのだ。

「トーマスが車を出してくれるわ」話はこれで終わりという意味だ。クレアはクリスマスに壮大な計画を立てていて、〝ヒュッゲ〟とかいうものの話をさかんにしている。

「なんなんだ、それは」ジョナサンの顔一面にあきらめが浮かんでいた。

「デンマーク語で、ほっとくつろげるシンプルで幸せな過ごし方、みたいな意味よ。今年はうちをそんな感じにしたいの」

ジョナサンは首を振るだけだった。

「キャンドルをたくさん用意したし、きっとすてきなクリスマスになるわ」

「うちが全焼しないように祈るよ」ジョナサンに言えたのはそれだけだった。

家をクリスマスっぽくする計画を話しつづけるクレアと、首を振りつづけるジョナサンを残し、ぼくはジョージを探しに行った。

ジョージはまさに子どもがしそうな反応を示していた。腹を立て、怯え、見捨てられたように感じている。親は子どもを守るものなのに、今回はタイガーもぼくもそうできずにいる。仔猫のころ、姉さん猫のアグネスを亡くしたときの気持ちを覚えている。すさまじい喪失感に襲われ、状況を呑み込めなかった。それでもマーガレットと悲しみをわけあいながらどうにか日々を過ごしていたのに、その一年後にマーガレットも亡くなったので、完全にひとりぼっちになってしまった。でもジョージはひとりぼっちじゃない。ただ、だからといって気持ちが楽になるわけでもない。いまはジョージの気持ちを楽にできるものはなにもない。そう思うと、タイガーのことですでに張り裂けている胸がさらに張り裂けた。心が粉々になってしまいそうだった。それでもしっかりするしかない。タイガーのためにも、ジョージのためにも。

ぼくはジョージを探して通りを歩きだした。おやつの時間にはいつも帰ってくるのに、クレアたちの茶番に気を取られて、しばらく姿を見ていないことに気づかずにいた。ジョージはタイガーの家の前をうろついていた。

「ここにいたのか」

「だから？」不機嫌にぼくをにらんでいる。

「しばらく見かけないと思っただけだよ。それにおやつの時間だ」

「だからなに？」思春期の人間みたいだ。

かわいい大きな瞳でぼくを見ているが、なにを考えているのかわからない。

「タイガーママのことだ」

「その話はしたくない」ジョージが腰をおろし、ぼくに向かって不機嫌にしっぽを振った。

「そうか、なら聞くだけでいい。いまの状況はサイテーだ」ジョージに伝わるように思春期特有の表現をした。「タイガーにとっても、ぼくにとっても、なによりおまえにとって。生きていくうえで別れを告げることほど辛いものはないし、ぼくは何度も経験してきたからよくわかってる。でも、これから言うことをしっかり聞いてほしい。タイガーママにさよならを言わないと、できるうちに言わないと、きっと後悔する。おまえにそんな思いをさせたくない。おまえをとても大事に思っているし、これからもずっとそばにいる。だからいまはタイガーの話をしてほしいんだ」

「でも、したくない」悲しそうにジョージがつぶやいた。自分を守るようにしっぽを体に巻きつけている。

「気持ちはわかるよ。ぼくだって、できれば無理強いしたくない。でもさよならを言わなきゃだめだ、それもすぐに。手遅れにならないうちに。悔やんだり、ぼくたちに腹を立てるのは間違ってる。誰のせいでもないんだから」

ジョージはじっと黙っていた。どうするか迷っているのだろう。でもぼくの意志は固かった。必要とあれば引きずってでもタイガーのところへ連れていく。すっかり大きくなったジョージをどうやって引きずっていけばいいのかわからないが。ぼくはそんなことにならないように祈った。

「すぐ行ったほうがいい？」目が怯えきっている。

「一緒に行くよ」ぼくは答えた。

その日の夜、ぼくたちは住宅街の裏道へまわった。甲高い鳥の鳴き声や車のエンジン音がかすかに聞こえるだけで、不気味に静まり返った通りは幽霊が出そうだった。ジョージもぼくも漠然とした不安を感じ、歩いていても身震いがした。タイガーの家の裏口の前で、ジョージと顔を見合わせた。ぼくはわずかに首を傾げ、猫ドアをチェックした。よかった、開いている。ほっとしてため息が漏れた。ジョージに先に入るように合図し、ぼくもすぐあとにつづいた。大きく深呼吸をし、最悪の事態に備えた。

リビングへ行くと、タイガーがベッドにいた。ゆうべ別れたときから動いていない。暖炉に火が入っているので暖かく、毛についた霜がみるみる解けていくのがわかった。ためらうジョージを軽く押し、一緒にベッドに近づいた。

「タイガー」まだ旅立っていませんようにと、はかない希望を抱いてそっと声をかけた。息がとまりそうだった。

「ママ」ジョージの声で、胸がまっぷたつに割れた気がした。果てしない時間がたったと思われたころ、タイガーが目を開けた。

「来てくれたのね」ささやき声がかすれている。

「ママ、ごめん」ジョージが泣きだした。「どうしてもお別れを言えなかったんだ。でもパパに、言うのは辛いけど、言わないともっと辛いって言われたんだ。いかないで」

「わたしもいきたくないわ」タイガーが言った。ジョージがベッドに飛び込んで、タイガーにすり寄った。

猫は涙を流さないと言われているけれど、ぼくの目には間違いなく涙があふれていた。

「これからもずっと愛してるわ、ジョージ」タイガーが言った。「それを忘れないで。わたしはこれからもずっとあなたと一緒で、あなたもわたしと一緒よ」

「ぼくもずっと愛してるよ、ママ」

「パパをお願いね。自分に正直に生きて。きっと立派なおとなの猫になるわ」

「ママはどこにいてもぼくが見えるの？　いつも見守ってくれるの？」

「そうよ、ジョージ。たとえあなたからはわたしが見えなくても」

「でも会いたいよ」泣きじゃくっている。タイガーが不安そうにちらりとぼくを見た。

「ねえ、ジョージ。パパとママが月を見るのが好きなのは知ってるでしょう、そうすると空にたくさん星が見えることも。わたしに会いたくなったら夜空を見あげて。いちばん輝いてる星がわたしよ。もうそばにはいられないけれど、いつも空にいるわ」

「きみはこれからもずっとぼくたちの心の中にいるよ」言い古されたせりふだけど、ほかにどんな別れの言葉があるのかわからず、自分がなにを言いだすか自信がなかった。

「あなたたちもわたしの中にいるわ。いい子でね、ジョージ、パパがトラブルに巻き込まれないようにしてあげて」

「おい」場の雰囲気を明るくしようとジョージとにやりとし合って顔をこすりつけている。

「あなたたちはひとりじゃないわ。力を合わせてね。家族でいて。それを忘れないで」

その言葉に返事をしないうちに、タイガーの体がこわばり、動かなくなった。目を閉じている。ジョージに目を向けると、ジョージもぼくを見た。タイガーは旅立ってしまった。ぼくもジョージも、その場を動けなかった。タイガーにすがりついて泣きじゃくるジョージをながめるうちに、タイガーにもう二度と会うことも、声を聞くこともないんだと思い知らされた。少なくとも現実世界では。タイガーは猫の天国へ行き、これからぼくたちはタイガーなしで生きていくすべを見つけるしかない。

しばらくそうしていてから、そっとジョージをつついた。

「帰ろう。もうすぐタイガーの家族が起きてくる」彼らに同情した。目を覚ましてタイガーが旅立ったと知ったら、どんなに悲しむだろう。でもぼくにはどうしようもない。生まれて初めて正真正銘の無力感に捕らわれた。

「うん」ジョージがつぶやいた。そして、ぼくたちは立ち去りたくない気持ちを抱えながら泣く泣く最後にもう一度タイガーに顔をこすりつけ、その場をあとにした。

Chapter 21

タイガーは旅立ってしまったのに、町にはクリスマスが近づいていた。飾りつけが進む家を、ジョージもぼくも無言でながめていた。タイガーの話はしていない。どちらもまだ心の整理ができていない。仲間に知らせる必要があるけど、いまは静かに悲しみにひたっていたかった。どうやらジョージも同じ気持ちらしく、ぼくはそばにいることを態度で示しながら、しっかりしようとした。

クレアがどうしても十二月一日にリビングに設置すると言って聞かなかった大きなクリスマスツリーのおかげで、わが家は見事になった。ツリーはジョナサンとマットとトーマスの三人がかりで運びこみ、その過程で子どもにも猫にも聞かせたくない言葉が何度も発せられるはめになった。そのあとツリーが大きすぎてリビングに収まらないことがわかり、トーマスがてっぺんをカットした。すべてがつつがなく進んだらクリスマスとは言えない。クレアはツリーに大満足で、ジョナサンにぶつぶつ文句を言われても上機嫌は変わらなかった。

ぼくもジョージも悲しみに暮れていたが、精一杯いつものようにクリスマスを楽しもうとした。最近ツリーの飾りつけを手伝わせてもらえるようになった子どもたちは大喜びで作業にあたった。その結果、ツリーはどことなく重心が低いように見えたけど、安定感はぼくの家族を表してもいた。サマーとトビーがつくった飾りもあり、ふたりが大好きなカラフルな飾り玉や大量のモールもある。さすがのトビーも今年はジョージにツリーに跳びつかないでと頼んでいた。ジョージはこの家に来てから毎年ツリーに跳びついているから、やらないと断言はできない。精一杯我慢するとジョージは言っているが、我慢できるはずがないとぼくは内心思っている。リビングはいきなりモールとライトと光でいっぱいになり、いやがおうでも気持ちを引き立てた。モノクロの毎日がはちきれんばかりの色彩であふれた。

そのあとクレアは事前に言っていたとおり、キャンドルをたくさん並べだした。ぼくにキャンドルの意味はよくわからないが――キャンドルと猫と子どもがそろうと、ろくなことにならない――クレアによるとこれが〝ヒュッゲ〟らしい。それ以外のことはよく知らず、クレアにとっての〝ヒュッゲ〟は大量のキャンドルと、ジョナサンの言葉を借りれば〝わが家を火事の危険にさらすこと〟だった。

クレアはクリスマスカードもほぼ書き終え、シルビーの玄関にも、よかったらクリスマスに一杯飲みに来ないかと書いたカードを差した。ぼくと同じであきらめるのが嫌いだから、シルビーをまたエドガー・ロードの仲間にしようとあれこれ考えている。ジョナサンはそっとしておけと言い聞かせているが、クレアがジョナサンの話に耳を傾けることはめったにない。ぼくもクレアに賛成だ。みんな本当はシルビーのことが好きで気にかけているし、なによりアレクセイとコニーはまだ会わせてもらえずにいる。ジョージがハナから聞いた話だと、コニーはいまだに毎晩のように泣いていて、ごみばこによるとアレクセイはすっかり落ち込んでいる。

シルビーは元夫の恋人に子どもが生まれると知り、さらにふさぎ込んでしまったらしい。元夫はクリスマスにコニーを日本へ呼ぼうとまでしたようだが、シルビーは唯一手元に残された娘まで手放す気になれなかった。よくわかる。タイガーを失っても、ぼくには大切な家族や仲間が大勢いるけれど、シルビーにはいない。悲しすぎる。

通りでシルビーを見かけて気を引こうとしたが、ぼくの姿が目に入らないようだった。シルビーのことが心配だった。このままじゃだめだ。なにかしないと。そう思ってついタイガーに会いに行きそうになったところで、もういないことを思いだした。ぼくひとりで考えるしかない。ハナも外に出してやりたいけど、相変わらずなにも思いつかなかった。ジョージを家に入れたらどうにかなるかもしれないが、最近は窓を細く開けっ放しにすることもなくなったのでどうしようもない。中に入る方法は皆無だ。玄関の郵便の差し入れ口からぎりぎり入れるかためしたいとジョージに言われたけれど、無理なのはぼくでもわかる。

頭の中でリストをつくろうとした。タイガーはいなくなってしまったけど、まだリストから消す気になれない。アレクセイは初恋の相手を恋しがり、その気持ちは誰でもわかる。コニーは孤独で母親に腹を立てている。シルビーは離婚で動揺し、無関係な相手に八つ当たりしている。気の毒にハナは板挟みだ。そしてジョージは相変わらずしょっちゅうどこかへ出かけ、いまだに以前ほどぼくとしゃべらず、明らかに傷ついているのに慰めようとするぼくを拒んでいる。長いリストだ。

クリスマスの季節でよかった。地平線の小さな希望の光はそれしかない。

ぼくの隣ではクレアもまたリストをつくっていた。プレゼントのリストらしい。

「誰だってプレゼントをもらうのは好きだもの。だからしっかり気持ちをこめたいの。人間はそうやって相手を大切に思っていることを伝えるのよ」

そうか、ひらめいたぞ。プレゼント。それが答えだ。シルビーにプレゼントをして、こちらの気持ちをわかってもらおう。ぼくは昼寝をしに向かいながら、どんなプレゼントにするか考えた。

「もうぜったいヘンリーとなんかしゃべんない」玄関が開くと同時にトビーの大声が聞こえた。凍えそうな風とともにクレアやサマーも勢いよく入ってくる。

「トビー、落ち着いて」なだめるクレアが心配そうに下唇を噛んでいる。サマーはちょっとあっけに取られている。いつも大騒ぎするのは自分だから、どうすればいいかわからないのだろう。トビーは顔を真っ赤にして怒っている。やれやれ、今度はなんだ？　五歳で養子になったトビーは人生の出だしに恵まれなかった。最初は悪夢に悩まされ、ジョージのおかげでうなされなくなったあとも、施設に送り返されるんじゃないかとびくびくしていた。でもようやく、自分は家族の大事な一員だと感じ、それを疑わなくなったらしい。トビーが経験したことを思うと胸がつぶれそうになるけれど、いまのトビーにはぼくたちがいて、ぼくたちにもトビーがいて本当によかったと思う。みんなトビーを大切に思っている。サマーと同じぐらい。

「やだよ、だってずるいもん」地団駄を踏むトビーの口調は、どことなくサマーに似ている。たぶんサマーをお手本にしているんだろう。ジョージが留守でよかった。この場にいたらぜったい動揺したはずだ。誰も不機嫌なトビーを見たいとは思わない。ただ、ここまで怒ったのを見るのは初めてだ。

「わかったわ、トビー。でもちゃんと話してちょうだい。帰るあいだずっとむっつりしていて、ヘンリーもあなたもひとこともしゃべらなかった。なにがあったか教えてくれない？」クレアが髪をかきあげた。トビーとヘンリーは無二の親友で、仲たがいしたなんて考えたくない。

「やだ」トビーが胸の前で腕を組み、どうするか迷っているような顔をした。

「あたしが話してあげる」サマーが口を出した。「今日イエスさまの劇に出る人がわかったの。あたしはお星《スター》さま。パパがいつもあたしはスターだって言ってるから、お星さまの役になったんだよ」

「キリスト降誕劇のことね、ええ、あなたはスターよ。でもどうしてそれでトビーがこんなに不機嫌になってるの？」クレアがトビーを抱きしめようとしたが、トビーはするりと逃げてしまった。

「トビーはヨセフなの、赤ちゃんのイエスさまのパパ。でもほんとのパパじゃないよ、マリアさまはバージンだから」

「サマー、そんな話、誰に聞いたの？」ちょっとピントがずれた質問だ。

「パパ」

　クレアがあきれ顔で天井を仰いだ。「でもトビー、ヨセフは大事な役よ。マリアさまみたいに。すごいじゃない、喜ばなくちゃ。ママはすごく嬉しいわ」

　ぼくもすごく嬉しい。

「ぼくは嬉しくない。だってエマ・ローパーと手をつながなくちゃいけないんだよ。エマがマリアさまなんだ。ぼくはエマなんか好きじゃない。女の子だから」

「あたしも女の子だよ」サマーが言った。

「サマーは妹だから別だよ」

「そうだね」納得している。

クレアはふたりを交互に見つめ、どう話を進めるか迷っている。正直ぼくにもわからない。

「そう、つまり手をつなぎたくないのね。でもそれがヘンリーとどう関係があるの？」

「ヘンリーはロバなんだ」トビーが答えた。

「ああ」とクレア。

「ロバはぼくがやりたかったのに。ロバがいちばんいい役だって、みんな知ってるのに」

わっと泣きだし、階段を駆けあがってしまった。

「困ったわね」クレアがつぶやいた。

「パパになんとかしてもらえばいいよ。パパはママよりこういうことがずっとじょうずだもん」取り澄ました顔でサマーが言い、あっけに取られたクレアと困惑気味のぼくを残してトビーを追いかけていった。

「ジョナサンには無理よ」クレアがつぶやいた。

「ミャオ」ぜったい無理だ。

「パパっ子だからあんなことを言ったんならいいけど」クレアがぼくを撫でた。

「ミャオ」本当に。クレアとぼくでなんとかするしかない。いつものように。

チャイムが鳴り、クレアが玄関を開けるとポリーがいた。

「子どもたちはマットに任せてきたわ、どうしてもあなたと話したかったの。トビーはだいじょうぶ？」入ってきたポリーがぼくを抱きあげ、キッチンへ向かった。

「いまようすを見に行こうとしてたところ。でもサマーが一緒にいるわ。すごく怒ってる」クレアの口元がひくひくし、ポリーの口元もひくひくしたと思ったら、なんとふたり同時にいきなり笑いだした。どういう子育てをしてるんだ？

「ごめんなさい、クレア。でもヘンリーは有頂天よ。みんながなりたがったロバに選ばれたのは演技がうまいからで、なによりもロバは女の子と手をつながなくていいのが最高なんですって」

「トビーはすっかり取り乱してるわ。大事な役だって言ってもだめだった。マリアをやる子が好きじゃないんですって。というか、女の子はみんな好きじゃないみたい」

「エマもかわいそうに、意味もなく嫌われて。いい子なのよ、去年ヘンリーの誕生日パーティに来たのを覚えてるでしょう？　仲良しだと思ってたのに」

「あの子たちの中で、どんな心境の変化があったのかしらね。でもどうする？　サマーはジョナサンが解決してくれると思ってるわ」

「そうなの？　ジョナサンのことになると勘違いしがちだものね」

「マーサもマットに対して同じなの？」

「いいえ、あの子はマットがこういうときたいして役に立たないのを知ってるもの。彼が無職になってわたしが働いていたころもそうだったし。あのときは、なにもかもめちゃくちゃだった」ポリーが肩をすくめ、ぼくもそうした。当時ポリーたちは辛い時期で、家は散らかり放題で誰もが必死にあがいていた。子どもたちの世話と家事にマットが慣れるまで、しばらくかかった。なんであんなに役に立たなかったのかわからないが、いまはかなりましになっている。

「とりあえず、子どもたちのおやつを用意するわ。でも、そのあとどうすればいいかしら」クレアが言った。「ヘンリーはずっとトビーと仲が良かったから、喧嘩したままなのは辛いわ」

「子どもはしょっちゅう喧嘩するものよ、すぐに仲直りするわ。さしあたってヘンリーには、ヨセフはすごくいい役だってトビーに言い聞かせるように言っておく。必要なら買収してでもそうさせるわ」

「助かるわ。わたしもトビーに、ヨセフはすごくいい役だと言っておく。そうだわ、いい役者はふりをするのがうまくて、女の子を好きなふりができたらみんな感心するって言ってみようかしら」

「それがいいわ。これでどうにかなりそうね。明日、学校へ行く前にヘンリーを連れてきて、わたしが子どもたちを学校に送っていく」

「ええ。シルビーのこともこのぐらい簡単に解決できればいいのに」

「そっちはもう少し時間がかかりそうね。でもわたしたちならなにか思いつくわよ」

「ミャオ」ぼくも数に入っているはずだ。

「ええ、アルフィー、あなたも手伝ってね」クレアが撫でてくれた。手伝う？　実際はぼくが全部やることになるに決まってる。

トビーはおやつのあいだずっと不機嫌で、クレアがきっとトビーは学校でいちばん演技がじょうずなんだと言い聞かせても機嫌が直らなかった。幸いサマーもクレアの言葉に同意したので、トビーの気持ちが揺れているのがわかった。耳は傾けているが、まだ譲歩する気になれないのだ。ちょうどジョージのように。

その夜、ぼくは計画の第一段階に着手した。猫がプレゼントをするのは簡単じゃない。お金もなければ店にも行けないし、ラッピングもできない。それでもエドガー・ロードに来たばかりのころ、ぼくなりのプレゼントでジョナサンの懐柔を試みたことがある。ジョナサンはプレゼントが気に入らないふりをしていたけれど、いまのぼくたちを見れば効果があったのは明らかだ。だからぼくは自分の計画に自信を持ち、タイガーがいたらどんなに褒めてくれただろうと思いながらみんなが寝静まるのを待って、夜しか出歩かない猫を探しに出かけた。普段夜は寝ているから、彼らに会うことはめったにないけど、エドガー・ロードの猫はみんな仲がいい。ラッキーという名前の黒猫がいたので、ほしいものを伝えると、それほど待たずに元気そうなネズミをつかまえてきてくれた。あいにく、いまはもう元気ではなかったが。ぼくはぞっとしながらシルビーの家へネズミを運び、玄関先に置いた。夜が明けて玄関を開けたシルビーがぼくのプレゼントを見れば、歓迎されているのがわかるはずだ。

Chapter 22

翌朝、家の中が騒がしくなったころ、ジョージがキッチンで食器の前にぼんやり座っていた。食欲がない理由がわからずショックを受けているらしい。タイガーのことを理解しているといっても、まだ少しだけだ。話しかけてみたが、こちらの言うことがひとことも耳に入っていないようだった。ぼくはじっと動かないジョージに寄り添っていた。ほかにどう慰めていいかわからず、自分の気持ちを必死に抑え込んだ。

並んで座っていると、クレアが階段を駆けおりてきてやかんを火にかけ、ぼくたちの食器にすばやく食事を入れてテーブルに朝食の用意をしてから子どもたちを起こしに行った。シャワーを浴びたてのジョナサンが現れ、ふたつのカップにコーヒーを注いでまた階段をあがっていった。二階から子どもたちをせかす声や探し物をするジョナサンの声が聞こえ、日常が一変したぼくたちのまわりでこれまでどおりの日常がつづいていた。

「出かけてくる」やがてジョージが口を開いた。朝食に口をつけていない。それはぼくも同じだ。

「どこへ？」

「ひとりになりたいだけ」

「ほんとに？　ひとりでいないほうがいいときもあるぞ」焦りを感じた。出かけさせたくない、目の届くところにいてほしい。そばにいてほしい。でも、親の希望は関係ない。

「ほんとに。お願いだよ、パパ。黙っていかせて」悲しそうに言われ、行かせるしかなかった。ジョージを見送っていると、あとをつけたくなったが、自分にも時間が必要だと気づいた。かけがえのない存在だったタイガーに別れを告げたばかりで、もう二度と会えないのだ。

さしあたってジョージはだいじょうぶだと信じるしかなく、ぼく自身もそうだと信じたかった。

みんなが朝の日課をしているのはぼんやりわかっていた。クレアがジョージについて尋ねたが、トビーがゆうべは一緒にベッドで寝たと答えたから誰も心配していない。ぼくは少し食べようとしたけれど、食べ物が喉に詰まる気がした。胸が張り裂けそうなことが起きるたびに、周囲で普通の日常がつづいていることに違和感を覚える。

トビーはまだ劇についてぶつぶつ文句を言っていた。ジョナサンが自分が子どものころはいつもヨセフをやりたかったと話しても、あまり効果はなかった。この状態はしばらくつづきそうだ。トビーは劇になんか出ないと言い、クレアはなんとか丸め込もうとし、サマーはトビーが出ないとつまらないと訴えている。ぼくは黙って聞き流していた。いまは話に加わる気にも心配する気にもなれない。あまりにも辛すぎる。

朝食が終わるころ玄関をノックする音が聞こえ、ジョナサンが開けに行った。そして、学校に行く用意をしたポリーとヘンリーとマーサを連れて戻ってきた。

「ヘンリーが話したいことがあるんですって」ポリーが最初に口を開いた。

「トビー、ごめんね。ヨセフをやるのは最悪で、エマ・ローパーはきっとキスしようとするなんて言って。でもきっと楽しいよ。ぼくはロバをやるけど、見張ってて、もしエマがトビーにキスしようとしたらしっぽで邪魔してあげるよ」かなり自信がありそうだ。ジョナサンは口に拳をあて、笑いをこらえている。

「まあ、やさしいのね、ヘンリー。そう思わない、トビー?」クレアが言った。

「それでもやっぱりヨセフなんかやりたくない」トビーが答えた。簡単に許す気はないらしい。

「なんで?　あたしはいつかマリアさまをやりたい」とマーサ。

「学校に行く前に、少しだけ一緒に遊んだら?」ポリーが勧めた。子どもたちはリビングへ行ったが、おしゃべりが始まってもトビーは相変わらずあまりしゃべっていなかった。どうやら劇の問題は簡単には解決しないらしい。

「さて、そろそろ仕事に行くよ」ジョナサンが立ちあがった。

「ちょっと待って。ここに来る途中でバーカー夫妻にばったり会ったの、すぐそこに住んでる人。タイガーが亡くなったんですって。ずっと具合が悪かったみたいで、ふたりともすっかり落ち込んでたわ。アルフィーはタイガーと仲が良かったでしょ、たしかジョージも」ポリーが言った。

「すごく仲が良かった」とジョナサン。ぼくに向けたみんなの顔に気遣いが浮かんでいる。

ぼくは悲痛な声をあげて横になった。やっと気持ちを解放できた。

「猫には感情がないなんて、とんでもないわ」クレアがかがんで撫でてくれた。

「あるわよ、アルフィーは特に」なりふりかまわず嘆き悲しむぼくを見てポリーが言い添えた。

「気の毒に」ジョナサンが言った。「あの夫婦はちょっと変わってて、飼い猫をむやみにかわいがるタイプでもなかったのに。クレア、お悔やみの花を届けよう」

「そうね、カードはわたしが用意するわ」とポリー。

クレアがぼくを抱きあげてしっかり抱きしめてくれたので、ぼくは悲しみを表に出した。ぼくの家族はいい人ばかりで、バーカー夫妻にやさしくしてくれるだろうから、ぼくは立ち直ってジョージの面倒を見よう。仲間の猫たちにも会いに行かないと。みんなすごく動揺しているから、ぼくはなんとか一歩ずつでも前に進まないと。でもいまは、もう少しだけ悲しみにひたっていたい。ただひたすら温かいクレアの腕に抱かれていたい。みんなが言葉にしたことでタイガーがいなくなったことが否応《いやおう》のない現実になり、ぼくはクレアに抱かれたままなすすべなく悲しみに呑み込まれた。

みんなが出かけたあともジョージが戻る気配はなかったので、毛づくろいしてから仲間に会いに行った。本当はいちばんやりたくないことだった。ひとりになりたいジョージの気持ちがよくわかり、そうしたい気持ちもあったけれど、なにがあったかタイガーの友だちに話すべきだ。ジョージも探さないと。いくらジョージがそうしたくても、ひとりで乗り越えられるとは思えない。だから残り少ない気力をかき集めて家を出た。

コニーが家から出てくるのが見えたが、足をとめなかった。サーモンの飼い主がバーカー家の玄関先にいて、ものすごいおせっかいだろうが、辛い思いをしているバーカー夫妻を少しでも慰めようとしているのはわかった。ぼくはそこでも足をとめなかった。

たまり場まで歩きながら、誰もいないかもしれないと思っていた。雨は降っていないが身を切るような寒さで、足元で冷たい風が渦巻いた。たまり場に着いたときは、見た目も心もすっかり吹きさらしになっていた。ロッキーとネリーがいるとわかってほっとした。エルヴィスの姿はないけど、猫のあいだで噂が広まっているだろうし、サーモンはもう知っているはずだから、できるだけ早くタイガーの友だちに伝えたかった。

「アルフィー」ネリーの顔に同情が浮かんでいる。「会えて嬉しいわ。どこにいるんだろうと思ってたのよ。タイガーのこと、聞いたわ」

ぼくは硬い表情でうなずいた。「ふたりとも、ジョージは見かけてないよね」

「ああ」とロッキー。「チビすけはだいじょうぶなのか？」

「あの子が心配なんだ」

「アルフィー」ネリーがそばに来て顔をこすりつけた。「悲しすぎるわ、もうタイガーに会えないなんて」うなだれている。

「おれも同じ気持ちだ」ロッキーがうなずいた。「いちばん悲しいことだからな、大事な誰かを亡くすのは」

「ぼくたちはみんなタイガーが大好きだったから、辛いのはみんな同じでぼくだけじゃないのはわかってる。ジョージはひとりになりたいと言ってるけど、だいじょうぶなのかどうしても知りたいんだ」

行きそうな場所はふたつ心当たりがある。ひとつはハナの家だが、ひとりになりたいならあそこではない。もうひとつは、怖いおじいさんが住む通りのはずれの家だ。そっちのほうが可能性が高い。庭に隠れれば、誰にも見つからない。もちろんあのおじいさんに見つかれば別だけど、ひとりになりたければ見つからないようにしているだろう。

「おれたちにできることはあるか、アルフィー？」とロッキー。

「うん、ジョージを探すのを手伝ってくれるかな」タイガーが大好きだった仲間や人間に囲まれていると、少しだけ慰められた。倒れないようにみんなが支えてくれている気がした。ジョージのことも同じように支えてやりたい。

「ジョージのジャングルに探しに行きましょうよ」ネリーの提案でみんなで歩きだすと、エルヴィスが来るのが見えた。隣にジョージがいる。息子の姿を見たとたん、心からほっとした。ぼくたちは不安な視線をちらちら交わしながら、その場で待っていた。

「やあ」そばまで来たエルヴィスが神妙に言った。「タイガーのことは残念だ」ジョージはずっと足元を見ている。

「だいじょうぶか?」ぼくは声をかけた。ジョージが力なくしっぽをひと振りした。

「もう行くよ、なにか食べてからハナに会いに行く」それだけ言って立ち去ってしまった。

「あまり元気がないようだな」エルヴィスはいつもわかりきったことを言う。

「まだ日が浅いからな」とロッキー。「あんなことがあってから」

「タイガーのこと、ママだと思ってたんだものね」ネリーが言った。

ぼくたちはうなずいた。誰でもこたえる状況で、子どもならなおさらだ。経験があるからよくわかる。いまのあの子には時間をやるべきだ、干渉せずに。ハナに会いに行くと知って嬉しかった。ぼくたちとかかわりのない友だちがいてよかった。ジョージにはそういう存在が必要な気がする、自分だけの友だちが。

「こうしたらどうだろう」エルヴィスの言葉に、みんながひげを立てた。エルヴィスは発想が豊かなタイプじゃない。「人間が〝追悼式〟とか、そんなふうに呼んでるものをやらないか？　タイガーのために。人間みたいに教会へ行くのは無理だが、みんなで集まって別れを告げてタイガーの話をすることはできる。チビすけの救いになるかもしれない。チビすけだけじゃなくて、おれたちみんなの救いにも」

「エルヴィス、すごくいい考えだ」こんなことを言う日が来るとは思わなかった。「タイガーの友だちをみんな呼ぼう、タイガーを知ってた猫をみんな。そしてふさわしい別れにしよう」

「すてき、すぐにでもやりましょうよ」ネリーが言った。「準備を手伝うわ」

「ごみばこにも声をかけるよ」ぼくは言った。「二、三日じゅうにやろう。準備の時間がある」

「これでジョージも救われるといいわね」ネリーがエルヴィスの言葉をくり返し、本当にそうだと思った。

「どうして追悼式なんて知ってたの？」ぼくはエルヴィスに尋ねた。

「おれはよくテレビを観るんだ」

家に帰ると、珍しく猫が主役になった。トビーと劇の話題はまだ禁句で、コニーとシルビーとアレクセイの話もできないからだ。ポリーがジョージとぼくにイワシを持ってきてくれた。イワシすら食べる気になれなかったけど、ポリーのために口をつけた。マットまで仕事帰りに立ち寄り、ぼくたちを抱きしめてくれた。クレアとジョナサンは、いつも以上にちやほやしてくれた。ジョージはやけにおとなしく、いくらか食事はしたが、相変わらずぼくには素っ気なかった。それでもみんなの気遣いに感謝しているのはわかった。

その夜、ぼくはトビーとベッドに入ったジョージに顔をこすりつけた。

「言い忘れてたけど、シルビーの玄関先に誰かがネズミを置いていったってハナが言ってた。やさしいねってぼくは言ったんだけど、ハナは意味がわからなかったみたい。室内飼いのハナはネズミを捕ったことがないんだ。シルビーは悲鳴をあげて、コニーに誰の仕業か知ってるか訊いてたって」

「へえ」期待していた反応じゃない。

「シルビーは、自分に腹を立ててる人間がやったと思ってるみたいだよ。ハナには猫は好意を示すためにそういうプレゼントをするんだって説明しておいたけど、ハナはそれをどうやってシルビーに伝えればいいかわからないんだ」

「ジョージ、ぼくがやったんだ。シルビーにプレゼントすれば、みんなが歓迎してることが伝わるかもしれないと思って」

「でもパパは狩りをしないじゃない」

「ああ、ラッキーに捕ってきてもらった。心配いらないよ、またほかの方法を考える」

やるべきことはわかっている。もっとすてきなプレゼントをすればいいのだ。ただでさえ忙しいが、気の毒な思いをさせたシルビーをこのままにはしておけない。一度始めた計画を中途半端にはできない。でも、ジョージとはもっと大事な話をする必要がある。

「いまは話したい気分じゃないだろうけど、いつもそばにいるから。それだけは忘れないで」

「わかってる。でもすごく悲しいんだ」ジョージが言った。「どうすればいいかわからないよ。こんな気持ちは初めてで。好きになったシャネルを溺れさせそうになったときも、こんな気持ちにはならなかった」目に悲しみがあふれている。でも、あのときの話はしないほうがいい。

「みんなそうだよ、ジョージ。でもこれだけは忘れないで。ぼくでも誰でもいい、誰かが必要になったら、おまえを心から大切に思ってる存在がたくさんいて、みんなおまえの力になりたいって思ってることを。辛くてたまらない時期を、ひとりで乗りきる必要はないんだ」

「でもぼくが会いたいのはタイガーママなのに、もう二度と会えない」

ぼくはなにも言えず、首筋に顔をうずめてむせび泣くジョージと一緒に心の中でむせび泣いた。

Chapter 23

タイガーの追悼式の日がやってきた。今日はタイガーのための日だ。人間が猫に勝るところはめったにないけれど、追悼式を思いついたことはそれにあたる。いまだにどういうものかよくわからないが、テレビに詳しいエルヴィスがいろいろ教えてくれた。人間はたいてい黒い服を着て歌を歌い、別れを告げる相手に短い言葉をかけるらしい。ぼくたちはこれを猫ができる範囲でやることにした。黒い服を着るつもりはないが、みんなにはできるだけしっかり毛づくろいするように頼み、順番にタイガーの思い出を語ってから一斉にタイガーにさようならを言うつもりだ、猫なりの歌として。悲しむジョージが少しでも楽になればいいと思う。ぼくが楽になるとは思えないが。

それでもいくらか気を紛らすことはできた。エドガー・ロードじゅうの猫を招待し、サーモンにも声をかけた。タイガーはサーモンをあまり好きじゃなかったけれど、来てくれたら喜ぶはずだ。ごみばこも来る。ごみばこにとってもタイガーは大切な友だちだったから、別れを告げたがっている。ジョージから追悼式の話を聞いたハナは、日本人はお寺とかいうところに行ってお祈りをしたり捧げものをしたりすると話したらしい。ジョージもぼくもよくわからなかったが、ジョージはタイガーのお守りになるようにお気に入りのネズミのおもちゃを持っていくつもりでいて、それを聞いたときは胸を打たれた。ハナはもちろん参加できなくて、たとえハナが来たいと望んでも家から出るすべはない。

そのことでジョージはすごく腹を立て、ぼくはできるだけ早くハナを外に出すかジョージを家に入れる方法を考えると言い聞かせた。いくらぼくたちがいても、ジョージには友だちの存在が欠かせず、ハナほどその相手にふさわしい猫はいないし歳も近い。それに、ぜったいあきらめるなとタイガーに言われた。突拍子もない計画を立てるのをやめるなと言うタイガーの声が聞こえる気がして、笑みが浮かびそうになった。突拍子もない計画じゃないし、やめるつもりもない。どうせやめられない。ぼくの性分だ。

ジョージとハナをカップルにできたら、ジョージも救われる気がする。無理やりくっつけようとしているわけじゃない。ジョージもハナも相手をそんな目で見ているのかわからないし、どちらもまだ若いから誰かとカップルになりたいなんて思ってないかもしれないけれど、あの子たちの友情を最優先に考えたい。ジョージにはハナが必要だ。間違いない。それにあの家で起きていることを考えると、ハナにもジョージが必要だ。

ぼくはジョージと丁寧に毛づくろいしたあと、おもちゃのネズミをくわえたジョージと一緒にタイガーの追悼式をするたまり場へ向かった。悲しみに沈んだぼくたちの足取りはどこまでも重く、この気持ちがすぐに消えないのはわかっていた。悲しみは心の中だけでなく、体の動きや見た目にも表れていた。それは隠しようがない。ジョージは何度もおもちゃのネズミを落としたが、ぼくは文句を言わなかった。辛いのは同じだ。ようやくたまり場に着いたぼくは、集まってくれた猫の数に胸がいっぱいになった。ネリーやエルヴィス、ロッキー、ティンカーベル、サーモン、いつもよりきちんと見えるごみばこに加え、普段は夜しか出歩かないのであまり会う機会がないエドガー・ロードの猫たちもいる。タイガーがいたら喜んだだろう。みんなに会えればよかったのに。どれだけ多くの猫がタイガーのためだけに集まってくれたか、見せてあげたかった。

追悼式の専門家を自負するエルヴィスが進行役を務めた。

「今日ここに集まったのは、かけがえのない仲間を偲《しの》ぶためだ」エルヴィスが言った。ぼくは早くも泣きそうだった。ジョージを窺うと、やけに熱心におもちゃのネズミで遊んでいた。ぼくはできるだけ近くにいてやったが、それでどうにかなるのかわからなかった。

「タイガーは気の強い猫だった。トラブルを探しまわることはなかったが、友だちや家族を守るためなら戦うこともいとわなかった。初めて会ったとき、タイガーはトムと言い争っていて、とめようとしたおれに手出しは無用だと言った。たしかにそうだった。そして、最終的にタイガーとトムはいい友だちになった」エルヴィスがつかのま口を閉ざし、ひげを立てた。

いかにもタイガーらしい。トムは近所に住んでいたつむじ曲がりの猫で、ぼくがエドガー・ロードに来たころはずいぶんいじめられた。感じのいい猫じゃなかったのに、タイガーは少しずつトムの態度を軟化させ、最後にはかなり親密な仲になった。いつの間にそうなったのか誰にもわからず、ぼくが訊いてもタイガーに受け流されてしまい、そのうちトムは飼い主と引っ越した。いまどこにいるのか、そもそもまだ生きているのか誰も知らない。もしかしたらいまごろタイガーと天国で喧嘩しているのかもしれない。そう思うと口元がほころんだ。

「おれたちはタイガーが大好きだったから、みんな寂しくて仕方ないが、ここにいるアルフィーとジョージは特にそうだ。だがこうして残念ながら別れを告げるにあたり、みんなが思いだすのはタイガーのいいところばかりだ。タイガーにはいいところがたくさんあった」

すごく進行がうまい。前にもやったことがあるんじゃないかと思ってしまう。エルヴィスが順番に仲間の名前を呼び、タイガーにまつわるいちばん好きなエピソードや思い出を語らせた。タイガーに対するみんなの愛情が感じられ、心がなごんだ。いなくなったことをみんな寂しく思うだろうが、寂しがってもらえるのは愛されていた証拠だ。それを忘れてはいけない。もうすぐジョージの番だ。ぼくは顔をこすりつけた。

「やれそう？」心配でたまらない。

「ママのためにやらなくちゃ」その返事を聞き、ぼくは誇らしさで胸がいっぱいになった。

「タイガーママはぼくのママだった」ジョージがしゃべりだした。みんな泣いているに違いない。「そして、いいママだった。ぼくを愛して、守ってくれた。パパと違って木に登るのをとめなかったし、わくわくすることをたくさん教えてくれた。最高のママで、さよならは言いたくないけど、パパに言わなきゃだめだって言われた。生きていればやりたくないことをやらなきゃいけないときもあるから仕方ないんだって。そのとおりだとぼくも思った。でもタイガーママには生きててほしかった。だからぼくがどれだけママのことが大好きだったか、ぼくにとってどれだけ大切な存在だったか、恋しい気持ちはずっと消えないことをママに伝えたい」

「ジョージ」ぼくは言った。「すごくよかったよ」ジョージが真顔でうなずき、おもちゃのネズミを供えた。ネリーが前足で目をぬぐっている。全員がジョージの言葉に心を動かされ、口々によかったと褒めた。

そして、みんなの視線がぼくに集まった。ぼくは大きく深呼吸した。タイガーのためにもありのままの気持ちを語らないといけないし、同時にジョージのためにもそうしなければならない。たぶん自分のためにも。

「タイガーについていろんな話が出た」ぼくは語りだした。「タイガーがどれほど愛されていたかわかって、とても心がなごんだ。タイガーは楽しくて、ちょっと怒りっぽくて、そして間違いなく義理堅い猫だった。エドガー・ロードでできた、ぼくの最初の友だちだった。いやがるタイガーを散歩に連れ出したときのことはよく覚えてる。あのころのタイガーは甘やかされてものぐさだったけれど、すぐに自分の中の冒険心に気づいて、ぼくよりはるかに大胆になった。いつだって、そうしたくないときもぼくの味方になってくれて、最高にやさしくて思いやりのある猫だったから、寂しくなるなんて言葉じゃとうてい足りない。タイガーはいつもそばにいて、やさしい言葉やジョークで元気づけてくれた。ぼくが間違ったことをしたりうるさくしたりすると、いつも叱ってくれた。何度も助けてもらったから、そばにいないと体が半分なくなった気がする。でもこれからもタイガーがそばにいてくれるのはわかってる。たとえ目には見えなくても。そしてこれから生きていくあいだ、いつもタイガーを思いだすと思う。タイガー、みんなきみにお別れを言いたくないけれど、いまいるところで幸せにね。そしてどれほど愛されていたか、これからもどれだけ愛されるかわかってほしい」

疲れきって口を閉ざすと、ごみばことジョージにはさまれていた。左右のぬくもりに慰められているうちに、タイガーに捧げる猫の合唱が始まった。耳を覆いたくなるような鳴き声を猫の合唱と言うのはふさわしくないかもしれないが、これがみんなの気持ちなのだ。猫は鳴き声が美しいとは思われていない。でもタイガーがいまどこにいるにせよ、そこで微笑んでいるように願いながら、ぼくは空を見あげ、ひげを立てて心の中で別れを告げた。改めて。

急いで帰ろうとする猫はいなかったので、みんなで午後を過ごした。寒さで冷えないように体を寄せ合い、年上の猫たちは精一杯ジョージを励ました。みんな誰に対してもやさしく、一度も感情的になったことのないサーモンですら感情を吐露した。

「辛いな、アルフィー、辛い」これだけ言うのもサーモンにしてはすごいことだとぼくにはわかっていた。みんなで震えながら寄り添い、あたりを満たす友情の幸福感にひたっていると、なんだか心がなごんだ。悲しいけれど、みんなにとってタイガーがどれほど大事な存在だったたか、お互いをどれほど大事に思っているかわかってよかった。これから数日は、数カ月は、もしかしたら数年は、辛い時期になるだろう。特にジョージとぼくにとっては。でも今日はいくらか心が休まり、ぼくは必要になったとき今日という日を思いだせるように記憶に留めた。

「ジョージ」ぼくはそっと声をかけた。ジョージとの不安定な関係はいまだに一進一退の状態だ。ぼくが一緒にいることや愛情を歓迎するときもあれば、拒絶するときもある。いまは我慢するしかない。ジョージが話す気になるか、ぼくたちの関係が元どおりになるまでは。いや、違う。完全に元どおりになることはない。タイガーがいなくなったから元どおりになるはずないが、ジョージがぼくたちの関係を次のステージへ進める気になるまで待ち、それがあまり先じゃないことを祈ろう。

「なに？」ジョージが答えた。

「家に帰る？　寒くないか？　昼寝でもする？」構いすぎだという自覚はあるが、親はこういうものだし、ぼくはもうシングルファーザーなのだ。その辛い現実を突きつけられ、息がとまりそうになった。これからはひとりでやらなければいけないのだ。

「ううん。行くところがあるんだ」

「どこに？」ぼくは訊いた。「一緒に行ってもいい？」

「パパ」ため息をついている。「ひとりになりたいんだ。少しそっとしておいてくれないかな」それはお願いではなく、ジョージはほかの猫たちに挨拶してから家とは逆のほうへ歩きだしてしまった。きっと行き先は怖いおじいさんが住む家の〝ジャングル〟で、行かせるしかないが、あそこでなにをしているのかもっと調べたほうがよさそうだ。おじいさんが怒っていたとき一度行っただけだが、あとをつけたことをジョージに打ち明けてあそこでなにをしているのか聞き出そう。まともな親ならそうする。好むと好まざるとにかかわらず、悲嘆に暮れて、胸が張り裂けそうで、疲れきっていようと、なによりもまずぼくは親で、これまで以上に親の役目を果たさなければいけないのだから。

　とはいえぼくにも悲しみのはけ口が必要なので、その夜みんなが寝静まったあと外に出て、庭の隅で思いっきり泣き叫んだ。ぼくの叫びが風に吸いこまれていった。

家に戻ろうとしたとき、シルビーのことを思いだした。またラッキーにプレゼントの調達を頼んである。この計画はシルビーとコニーとアレクセイのためだけでなく、女同士の友情を復活させるためでも、タイガーを追悼するためでもある。

言われたとおりの場所に鳥が置かれていた。すっかり仲よくなったラッキーのおかげだ。鳥をくわえてシルビーの玄関先へ運ぶ途中、何度か落としそうになり、門の下をくぐるときは特に危なかったが、なんとかやり遂げた。今度こそシルビーもどれだけみんなが気にかけているかわかるに違いない。

Chapter 24

ぼくは父親としても猫としても失格だ。悲しみが重くのしかかり、元気が出ない。いつも自分の感情は努めてあとまわしにしてきたのに、いまはなかなかそれができない。日常生活もままならない。食欲もほとんどない。外出するとタイガーの家の前を通らなければいけないから辛すぎる。ジョージと話そうとしても、向こうは依然としてあまりぼくと話す気がない。

クレアたちはジョージとぼくにすごくやさしくしてくれる。タイガーのことで悲しんでいるのを察して、いつも以上にいたわってくれる。トビーとヘンリーはまだ仲直りしていない。リハーサルでエマ・ローパーがトビーの手を放そうとしなかったのをヘンリーが笑ったせいで、トビーはヨセフ役をもっといやがるようになり、話がさらにこじれてしまったのだ。でも心配する気になれない。訪ねてきたフランチェスカの話でアレクセイがまだ落ち込んでいるとわかっても、あまりやきもきできなかった。アレクセイはコニーにプレゼントを買うためにせっせとアルバイトに励み、一方シルビーの決意も変わっていないならしい。コニーはスカイプで父親に仲裁を頼みさえしたようで、実際に父親は仲裁を試みたものの、あなたはほかの女のために妻子を捨てたとき親の立場も捨てたんだとシルビーに言われ、事態が深刻化しただけだった。ジョージはいまもハナに会いに行っているが、自分の殻に閉じこもっていて、その話もぼくにはしたくないようだった。

鳥のプレゼントが気に入ってもらえなかったことだけは、なんとか確認した。お隣さんはどうかしてるんじゃないだろうか。ハナによると、シルビーはアレクセイが嫌がらせをしていると思っているらしい。アレクセイが嫌がらせなんてするわけないのに、ぼくの妙案の責任を取らされているのはショックだった。猫ではなく人間のように考えなくては。悲嘆に暮れていようと、なんとかするしかない。なにしろいまのところぼくの計画のせいで状況が悪化しているんだから。

誰もいない家でベッドに横たわり、タイガーに語りかけた。プレゼントの話をすると、脳裏にタイガーの姿が浮かんだ。縞模様の毛並み、大事な誰かのために、猫や犬や人間に立ち向かう姿。いまのジョージとぼくを見たら悲しむはずで、ぼくたちにはこれからますますお互いが必要になるんだから、さっさとどうにかしろと言う声が聞こえる気がした。その声がはっきり大きく力強く聞こえ、はっとした。いままでタイガーの忠告に従わなかったこともあるけど、これからは言われたとおりにしよう。たとえぼくの頭の中だけで聞こえる声でも。その声に耳を傾け、導いてもらおう。最悪の気分のときこそ、屈せずに乗り越えなければいけないときもある。タイガーはもういなくて、それを認めるのは辛すぎるけれど、ぼくはこうして生きていて、これからも生きていくしかないし、なによりもジョージに手本を見せないといけない。

少しだけ元気が出た気がして起きあがり、しっかり伸びをしてから――ベッドに長くいすぎたせいですっかり体がこわばっていた――毛づくろいして玄関へ向かった。留守のあいだリビングのクリスマスツリーはライトを消してあり、ぼくは華やぐ時期に思いを馳《は》せた。クリスマスは愛とやさしさの季節だ。人間にとっても、猫にとっても。だからみんなで力を合わせ、タイガーに誇らしく思ってもらえるようなすてきなクリスマスにしよう。タイガーのいないクリスマスはこれまでで最高のクリスマスにはならないだろうけど、いまできるかぎりのいいクリスマスにはできるはずだ。そしてそれをやるのはぼくしかいない。

新たな目的ができて自分でも驚くほど自信があふれ、ジョージを探しに行った。たとえぼくと話したがらなくても、話す必要があるとわからせてみせる。霧雨が降って寒かったが、通りのはずれを目指して歩きつづけた。毛が濡れても、脚がうずいても、心が痛くても、一歩進むごとにぼくを励ますタイガーの声が聞こえた。

目的の家に着き、ジョージがいないか前庭に視線を走らせた。見たところいないが、庭は生い茂った草で覆われている。茶色くなった茂みの下にジョージがいたので、近づいた。もう知らないふりをするつもりはない。

「なんでここにいるの？」ジョージが不機嫌にひげを立てた。

「ジョージ、ひとりになりたい気持ちはわかるし、それを邪魔するつもりはない。でもぼくは父親だから、必要だと思えばおまえが無事か確認する権利がある」断固とした口調で告げた。

「もうわかったでしょ、無事だよ」ジョージがもぞもぞ動き、ぼくに背中を向けた。

「ジョージ、ぼくは四六時中タイガーが恋しくてたまらない。おまえも同じ気持ちだろう？　でもぼくたちはひとりぼっちじゃない。せっかく運に恵まれているんだから、ぼくを避けちゃだめだ」

「でも――」

「でもはなしだ。おまえにはぼくがついてる。怒ってもいい、悲しんでもいい、なんでもやりたいことをやればいい。だけど、おまえを大切に思っているみんなを避けちゃだめだ。そんなことをしても意味はない」

「パパを避けるつもりはないんだ」かぼそい声でジョージが言った。

「じゃあどうして避けるんだ？」やさしく尋ねた。

「だって、怖いんだもん。こんなに辛いなんて思わなかった。もしパパまで死んじゃったらどうすればいいの?」悲痛な声で訴えるジョージの瞳に怯えがあふれている。すでに粉々になっていたぼくの心がさらに砕けた。「しばらくそんなことにはならないってパパは言ったけど、タイガーママもこんなことになるなんて思ってなかったんだから、パパにも同じことが起きるかもしれない」

「ずっとそばにいると約束はできない、ジョージ、そうできたらいいけど。でも前にも言ったとおり、ぼくはまだまだずっと、おまえのそばにいる。いたって健康だから、いまのところどこへも行くつもりはない」これは事実だし、おおむね体を気遣っている。よく食べ、運動し、水もたっぷり飲むように心がけている。「それにぼくはタイガーより年下だ。これからも体を大事にして、できるだけ長くおまえといられるようにする。でも、タイガーがなにを教えてくれているか、わかるか?」

「ううん」ジョージが答えた。ぼくにもよくわからないが、かまわず話しつづけた。

「精一杯生きろと教えてくれてるんだ。家族や友だちや仲間の猫を大切にしろと。万が一ぼくになにかあっても、おまえにはクレアやジョナサン、ポリー、マット、フランチェスカ、トーマス、アレクセイたちがいる。タイガーのために集まってくれた仲間も。ぼくたちは恵まれてるんだよ、ジョージ。いまはそんな気分になれないかもしれないし、これからもそう思えないかもしれないけど、心にはとめておいて。精一杯生きるんだ、タイガーもきっとそれを望んでる。そして、大切に思ってくれている相手を避けちゃだめだ。タイガーがいまここにいたら、きっとそう言う」

ジョージが立ちあがった。考えているらしい。ぼくは言いたいことが伝わったように祈った。

「そうだね、パパ。よくわかったよ。でも悲しくてたまらないんだ」

「わかるよ」

「でも、これからはもっとパパに気持ちを話すようにする。それでいい？」

「ああ。そしてぼくは聞くだけじゃなくて力にもなる。そのためにいるんだ」

「じゃあ、ぼくの友だちに挨拶してよ」意気込んだジョージに、以前の姿が垣間《かいま》見《み》えた。勢いよく茂みを飛びだし、窓枠に飛び乗っている。ぼくは仕方なくあとを追った。ジョージがいる窓の向こうで、おじいさんが椅子に座っていた。家の中は暗く、おじいさんはジョージを見るなり椅子から立ちあがろうとしたが、なかなか立てないようだった。具合が悪そうだ。しばらくかかってようやく立ちあがり、拳を振りまわした。

「うせろ！」怒鳴っている。「うせろと言ってるんだ！」ガラス越しに声が聞こえる。

「ジョージ、あの人はあまり友だちになりたくないみたいだよ」

「どういう意味？」ジョージが前足をあげて振ると、おじいさんが拳を振った。「手を振って挨拶してるんだよ、よく見て」

「うせろと言ってるし、顔が真っ赤だ」ぼくは丁寧に言い聞かせた。あいだにガラスがあってよかった。

「違うよ、ぼくの名前を〝うせろ〟だと思ってるんだ」ジョージが言った。「こうやって遊ぶのが好きなんだよ、仲良しなんだ」

一瞬、言葉を失った。ジョージが初めてひとめぼれをしたシャネルはいけ好かない猫で、シャーッと威嚇してくるのをジョージは愛情表現だと思っていた。ジョージになにを言っても無駄だろう。誤解するのは初めてじゃないし、どうやら今回も同じらしい。嫌われていることをどうやってわからせればいいのか悩んでいると、いきなりおじいさんが窓に近づいて大きく開けたので、ぼくもジョージも危うく窓枠から突き落とされそうになった。ぼくはすかさず地面におりたが、ジョージは家の中に飛びおりてしまった。それに気づいたときは手遅れだった。

「うせろ」おじいさんが怒鳴っている。

ぼくはあわてて窓枠に飛び乗った。「たいへんだ」思わず声が出た。

ジョージはどこだ？　恐怖がこみあげた。怪我をさせられるかもしれない、助けないと。

「うわあ、今度はこうやって遊ぶんだね」声がするほうへ目をやると、ジョージがおじいさんの前にちょこんと座っている。あわてて助けに行こうとしたとき、おじいさんの顔が変な色になって体がよろめいた。このままだとジョージがつぶされてしまう。

「ミャー！」ぼくの叫び声でジョージがすかさずよけた直後、おじいさんが床に倒れた。

「ジョージ、遊んでる場合じゃなさそうだぞ。倒れてしまった」家の中が暗くてよく見えないけど、おじいさんは動いていないようだ。ジョージが駆け寄った。

「だいじょうぶかな」ジョージが怯えた目をぼくに向けた。タイガーを亡くしたばかりなのに、新しい友だちまで失わせるわけにはいかない。たとえ相手がジョージを好きでなかろうと。いますぐなにか考えて行動に移さないと。

「誰か呼んでくる」ぼくは言った。「人間ならどうすればいいかわかるはずだ。一緒に来る?」

「ううん、ここにいる。ひとりぼっちにしたくない」ジョージが答えた。

運がよかった。誰が家にいるだろうと考えながら歩きだしたとたん、通りを歩いてくるジョナサンとマットが見えた。ぼくはふたりのところへ駆け寄った。

「やあ、アルフィー、パブから帰ってきたところなんだ、サッカーを観てた」マットが言った。

「ミャー!」ぼくは思いっきり大声を出した。

「おい、また緊急事態じゃないだろうな」ジョナサンがぼやいた。最近何度も緊急事態が起きたのはぼくのせいじゃない。足を踏みつけてやると、ジョナサンが悪態をついた。

「ミャー!」もう一度声を張りあげた。それからその場でぐるぐるまわっていつもの合図を送ると、言いたいことが伝わったようだった。

「アルフィー、おまえはいつもタイミングがいいな、腹ぺこなんだよ」ジョナサンはぶつぶつ文句を言っていたが、ぼくはすでにおじいさんの家に向かって走り出していた。

「どこへ行くんだ?」ようやくふたりがついてきた。ぼくは全速力で開いた窓を目指した。ジョージはおじいさんのそばを動かずにいた。

「ミャオ」ぼくたちを見てほっとしている。

「いったいぜんたい――」マットが窓から中をのぞいた。「何事だ?」

「床に誰か倒れてないか? ジョージもいる」ジョナサンが言った。「暗くてよく見えない」

「救急車を呼ぼう。この子たちがいてよかった」マットが携帯を出した。

「ぼくは玄関から入れるかやってみる」ジョナサンが玄関に体当たりしたが、ぴくりともしない。「いたた」肩をさすっている。ぼくは窓から家の中に入ってみせた。「ああ、あそこから入ればいいんだ」ジョナサンが窮屈そうになんとか窓をくぐり抜けた。

「そうか、なんで思いつかなかったんだろう」マットが天を仰ぎ、玄関へまわってくるジョナサンに声をかけた。「救急車が向かってる」

ジョナサンが震える手で玄関を開け、おじいさんのところへマットと駆け戻った。ぼくもあとを追った。家の中は凍える寒さだった。マットがしゃがみこんだ。

「まだ息がある」ほっとしている。「でも体が冷えきってる。毛布がないか探してくれるか？」

「わかった」ジョナサンが走って部屋を出ていった。ジョージはおじいさんにぴったり寄り添っている。

「あったためてるんだ」ジョージがぼくにささやいた。ぼくはうなずいた。「この人までいなくなってほしくない」胸が張り裂けそうになったが、まだ裂ける部分が残っているのかわからなかった。

「うせろ」つぶやいたおじいさんの声はすごく小さくて、聞き取れたのはぼくたちだけだった。

救急車が到着したとき、おじいさんは——誰も名前を知らなかった——毛布にくるまれていた。さっきより呼吸が安定している。まだ動揺しているジョナサンとマットは救急隊員が処置できるようにうしろにさがり、ジョージとぼくもそうした。救急隊員の話だと、あのまま寒さにさらされていたら低体温症になる可能性があったらしい。どうやらぼくたちはおじいさんを助けたらしく、それはもっぱらジョージの手柄だった。

ジョナサンはどの病院に搬送されるか救急隊員に確認し、おじいさんのことも家族のこともなにも知らないからマットとふたりであとで病院へ行くと伝えた。女の人と男の子が写る写真が部屋の壁にいくつかかけてあり、おとなになった男の子の写真もあった。玄関にかかっていたおじいさんのコートのポケットで、マットが財布を見つけた。その中にあったバスの定期券は、名義がハロルド・ジェンキンズになっていた。でもわかったのはそれだけだ。

「回復したら、家族のこともわかると期待するしかないな」ジョナサンが言った。「やれやれ、クレアがいてくれたらと思うよ、クレアならこんなときどうすればいいかわかっただろうに」

「ミャオ」ふたりにだってわかるはずだ。

「パジャマを探して持っていったらどうかな。本かなにかも。ポリーならそうすると思う」よかった。少しは役に立ちそうだ。

「そうしよう」ふたりが二階へ向かったので、ぼくもついていった。家の中はちょっと散らかっていて、ライトは寝室のもの以外全部切れているようだ。

「電球が切れてる」マットが言った。「お年寄りのひとり暮らしはわびしいな」

引き出しに洗いたてのパジャマがあり、ベッド脇に老眼鏡があった。ジョナサンとマットがそれ以外に寝室から持ちだしたものは、どれも洗濯が必要に見えた。

「ひとり暮らしが難しくなってたみたいだな」ジョナサンが言った。「家族がいるといいんだが。ぼくが歳を取ったときのために、いまからサマーとトビーに面倒を見る練習をさせたほうがよさそうだ」

「そうだな」マットが言った。「それからアルフィー、ジョージ、えらかったな。おまえたちのおかげで、あの人はたぶんだいじょうぶだ」そしてみんなを家から出し、玄関に鍵をかけた。

ぼくは病院に向かうマットとジョナサンを見送り、ジョージを見た。

「本当にえらかったな」

「あの人、だいじょうぶだよね？」目が怯えきっている。

「きっとだいじょうぶさ、よくやった」ぼくはジョージに顔をこすりつけ、一緒に家へ帰った。

Chapter 25

「今日のこの子たちはイワシのご褒美をもらってとうぜんだ」ダイニングテーブルを囲むみんなに上機嫌のジョナサンが言った。最近はあまりお祝いすることがなかったが、ぼくもジョージも今日がいい日になったことで少しだけ気持ちが晴れていた。

「最初から話して」フランチェスカがせかした。ぼくは舌なめずりした。タイガーがいなくなってから食欲がなかったけど、新鮮で丸々太ったイワシにはよだれが出てしまう。今日はいろいろたいへんだったからなおさらだ。ぼくはしょせんただの猫なのだから。

「だから、サッカー観戦から家に帰ろうとしてたら――」ジョナサンがさっそく説明を始め、ぼくとジョージは食事を始めた。病院に運ばれたハロルドが無事に回復しそうだとわかり、ジョージはほっとしている。身の回りのものを持っていったジョナサンとマットが、容体が安定したのを確認してきたのだ。気を失ったのは血糖値とかいうものが原因らしいが、ぼくは医者じゃないから詳しいことはわからない。大事なのは深刻な状態ではないということだ。ただ、ハロルドが健康に気をつけていないのは深刻な問題だ。というより医者の言葉を借りれば、気をつけられないことが。

ハロルドは流感にかかって外に出かけるのが難しくなっていたらしい。だから食料品はいくらか配達してもらっていたとはいえ、誰にも会わず、病院にも行っていなかった。医者を信用していなかったのだ。それが医者に囲まれるはめになったのだからちょっと皮肉だ。家の中が寒かったのは、郵便局に行けなくて暖房費を払えなかったのが原因だった。プライドが高いせいで誰にも頼めず、ずっとひとりで耐えていたようだが、あのままだったら取り返しのつかないことになっていたかもしれない。

「家族がいるのはたしかなの？」クレアが訊いた。

「ああ、マーカスという息子がいるけど、仲たがいしてるんだ。事情はわからないが、マーカスの離婚がからんでいるらしい。ハロルドは、離婚はよくないものだと頭から思いこんでるんだ」マットが説明した。

ハロルドは、じゃあなにがいいことだと思ってるんだろう――医者ではないし、離婚でもない。猫でもなさそうだ。

マットがつづけた。「奥さんを数年前にガンで亡くし、意地っ張りで頑固なんだ。だから息子とも一年以上話していなかった。でもなんとかマーカスの電話番号を聞き出したよ。世話をしてくれる人がいないと退院させてもらえないと言ったら、やっと教えてくれた」

「ジョナサンがにっこりした。「ああ。マーカスに連絡したら、感じのいいやつだったよ。

父親がこんなになるまで放っておいたことを気に病んで、病院に駆けつけた。実家を整えに来ると話してたから、手伝うと言ってこちらの連絡先を教えておいた。あの家を住める状態にしないと」

「息子はどこに住んでるんだ?」トーマスが尋ねた。

「それが近所なんだよ、ここから十分ぐらいのところ。でも離婚や仕事のトラブルで忙しかったんだ。ただ、まともな男に見えた」とマット。

「ああ、どうやらマーカスは辛い思いをしてきたらしい。それは父親も同じだが、ハロルドはそうとう気難しいタイプだ。だから仲たがいしてるのは残念だが、仲直りはできる。ジョージとアルフィーがきっかけをつくったようなものだな」ジョナサンがにやりとしている。「もちろんぼくたちも一役買った、そうだろ、マット?」

「えらいわ、根はやさしいのよね」クレアが夫の髪をくしゃくしゃした。

「やめろよ」ジョナサンは口ではそう言いながら赤くなってにこにこしている。

「ハロルドから聞いたんだが、ジョージはしばらく前からあの家に通ってて、追い払っても帰ろうとしなかったらしい。いかにもこの子たちがやりそうなことだ」マットが言った。

「でもジョージとアルフィーのおかげで命拾いしたから、これからは歓迎するそうだ。気の毒な人だよ、状況に対処できないことに対処できないんだ。言ってる意味、わかるだろ?」とジョナサン。

「ポリー、家を整えるのはきみが手伝うとマーカスに言ってしまったんだが、かまわないか？　ひどい状態なんだ。汚れ放題で、カーペットは擦り切れてるし家具もぼろぼろだ。費用は持つとマーカスが話してた。かなり罪悪感を持ってる。庭の手入れはぼくたちが手伝うと言っておいた」マットが説明した。

「十二月で寒いし、かなり大仕事になるぞ」ジョナサンがつけ加えた。うちの庭の手入れもしたことがないくせに。いつもクレアがやっている。

「みんなでやればいいわ、ご近所づき合いは大事だもの」クレアが言った。「息子さんに清掃業者の連絡先を教えるわ。そうすればあの家をぴかぴかにしてくれる。うちに使ってない家具があるから、よかったら使ってちょうだい、ポリー」

「退院したら、お祝いのパーティをしましょうよ」フランチェスカが提案した。「食べ物は店から持ってくればいいし、そうすればその人にも近所に友だちがいるとわかってもらえるでしょう？」

「いい考えだわ」ポリーが言った。「それから家のことはわたしに任せて」

イワシを平らげたぼくは口のまわりを舐めながらにんまりした。まわりにやさしくできるのは、ぼくの教育のたまものだ。ジョージも立派に教育できている。息子のことが誇らしくてたまらない。タイガーもきっとそう思ってくれただろう。

おとなたちがハロルド親子にどう手を貸すか相談を始めたので、ジョージと一緒に子どもたちのようすを見に行った。あまり楽しそうではなかった。サマーとマーサは珍しく静かで、トビーとヘンリーは話をせず、トミーとアレクセイはそんなふたりをなんとか仲直りさせようとしている。経験から言うと、問題がひとつ解決すると、別の厄介な問題が頭をもたげるものだ。そしてみるみるうちに問題だらけになってしまう。

「じゃあ、話を整理するよ」アレクセイが言った。「トビーがヘンリーと口をきかないのは、ヘンリーがロバ役でトビーがヨセフ役だからなんだね?」

うなずくふたりを見て、アレクセイがトミーと笑顔で顔を見合わせた。最後に会ったときからのアレクセイの変化が信じられなかった。機嫌がよく、年下の子ともおとなとも話すようになったし、なによりもぼくにも話しかけてくれる。まるで別人みたいで、コニーとの関係が落ち着いたか、冷静になったせいならいいと思う。いずれにしてもよかった。これで心配事がひとつ減った。

「トビー、ヨセフは大事な役だよ。ぼくもやったことがあるけど、いい役だった」アレクセイが話しかけた。トビーは疑いの目を向けている。

「赤ちゃんのイエスを落っことしたくせに」トミーが指摘した。

「うん、でもすぐ拾っただろ?」アレクセイが応え、ふたりで笑っている。

「そうだ、いいこと思いついた」出し抜けにトミーが言った。「ぼくの言うとおりにすれば、ヨセフ役のトビーは有名になれるし、ヘンリーもロバでそれに協力できる。でも仲直りしてからじゃないと教えない」

ヘンリーとトビーは相手を窺いながら迷っている。

「いいことって？」ヘンリーが訊いた。

「だめ、仲直りしないと教えないよ」トミーがアレクセイに耳打ちし、アレクセイが笑って言った。

「大騒ぎになりそうだけど、いい考えだ」

「わかった、仲直りする」我慢できなくなったトビーが、ヘンリーと握手した。トミーがみんなに近くに寄るように合図し、小声で計画を話した。ジョージとぼくを含めた全員が秘密厳守を約束させられた。ぼくは説明を聞きながら判断に迷った。子どもたちはいい考えだと思っているが、本当にそうだろうか。ぼくの計画もちょっと突拍子がないことがあるけれど、これはずば抜けている。アレクセイの言うとおり、騒ぎになりそうだ。大騒ぎに。

「ほんとにやるの？」トビーはいい子だから、言いつけを守らないのが苦手なのだ。

「うん、すごくいい考えだと思う」トミーは得意げだ。

「あたしもすごいと思う」マーサが言った。

「ミャオ」ジョージが同意した。この子ならとうぜんだ。

「それに、ぼくたちはただの友だちじゃなくて家族だってことを、これからもずっと忘れずにいられる、家族だから協力したんだって」アレクセイの言葉がぼくの涙を誘った。そうか、そういうことならぼくも賛成だ。

「ミャオ」

細かいところまで相談する子どもたちの話を聞いていると、これまでぼくがやった計画のように失敗しないでほしいと祈るばかりだったが、考えてみればみんなには元気が出るものが必要で、これがそうかもしれない。逆効果になる可能性もあるけれど、それは考えないことにした。子どもたちはすでに仲直りしてふたたび団結している。ジョージもはしゃいでいるからタイガーのことからいくらか気が紛れそうだし、それだけでもいいことだ。だからぼくはトミーと前足でハイタッチして、ぼくも協力することを改めて伝えた。

「今日は本当にえらかったな」ベッドに行く前、庭の空気を吸いに出たぼくはジョージを褒めた。長い一日だったから、どちらもくたくただ。

「あんなに具合が悪いとは思ってなかったけど、助けられてよかったよ」ジョージが言った。「それにこれからは〝うせろ〟じゃなくてジョージって呼んでくれるかもしれないから、余計に嬉しい」好かれていないとは夢にも思っていないらしい。

「とにかく、おまえのことがすごく誇らしいよ」毎日褒めつづけたら、ジョージの気持ちもいくらか楽になって、悲しみを乗り越えられるかもしれない。

「ありがとう、パパ。あの人に息子がいてほんとによかった。それに今度のことでパパを避けようとしてたことを反省したんだ。ごめんね」

　胸が詰まった。「謝らなくていい。でももう終わりにしよう。おまえと話せなくて寂しかった。前みたいにいろんなことを一緒にやりたかった。ハナはどうしてる？　会ってるの？」

「あまり。でも変なんだよ。シルビーはまだネズミと鳥のことで怒ってるんだって。ずっと文句を言ってるみたい」

「そうか、誤解を解いたほうがよさそうだな。ぼくがやるよ。女は花をもらうのが好きなんだ」むかし花でスノーボールの気を引こうとしたことがある。計画どおりにはいかなかったけど、気持ちは伝わった。

「そうだね。ジョナサンから花をもらうとクレアは嬉しそうだもんね」

「じゃあ、一緒に花を手に入れてシルビーの玄関先に置きに行こう。そうすればこれまで置いたのもプレゼントで、悪意はないって伝わる」

「ぼくも花を取るのを手伝うよ。ポリーのうちにきれいなのがある。ただ、パパにお願いがあるんだ」

「どうした？」

「ハナに会う方法を考えてよ。ちゃんと会える方法を。ぼくは悲しみにすっぽり包まれてるけど、ハナも悲しんでるんだ。日本では家での生活に満足してて、まわりに大勢人間がいたけど、いまはほとんどの時間ひとりぼっちだし、家の雰囲気も暗いから、ぼくみたいな友だちが必要だと思うんだ」

「できることはなんでもやるよ」本心だ。「誰にだっておまえみたいな友だちが必要だからね、ジョージ」

Chapter 26

学校に子どもたちを送ってきたクレアが、家に入るなりフランチェスカに電話をかけた。

「わたしよ」クレアが言った。「たったいま、ばったりシルビーに会ったの。あの人、ほんとにどうかしてるわ、誰かに狙われてるって言うのよ」

相手の話を聞いている。

「ネズミや鳥の死骸があったんですって、玄関先に。そしたら今度は枯れた花があったそうよ。そんなことをする人はいないって言ったんだけど、信じてもらえなかった」

ふたたび間。

「ええ。こんなこと言いたくないけど、アレクセイかもしれないと思ってるみたい。アレクセイはそんな子じゃないと言っておいたけど、ちょっと気味が悪いと思わない？　ええ、もちろんアレクセイじゃないわ。ちゃんとそう言っておいたから心配しないで。でもあなたに知らせておいたほうがいいと思って。それにポリーが今日、誰かに庭の花を抜かれたと言ってたの。気味が悪いでしょ？」

どうやらぼくの計画は少々軽率だったらしい。シルビーはただの人間で、高い見識を備えたぼくたち猫とは違うことをうっかり忘れていた。懲りずに過信したぼくを、タイガーは天国かどこかで笑っているだろうか。笑ってるに決まってる。的外れなプレゼントはもうやめて、別の計画を立てよう。

せめてもの救いは、ハナの状況に進展があったことだ。動物の死骸について話すクレアたちの会話を聞きかじって得た情報によると、シルビーは相変わらずあまりぼくたちと関わろうとしないが、勤務時間が長くなったのでスーザンという人に掃除に来てもらうことにしたとクレアに話したらしい。泥棒だと勘違いされないために伝えたようだが、ほんとは誰かと話したいのに、どうすればいいかわからないんじゃないだろうか。そんな気がする。

ぼくは急いで計画を立て、ジョージに説明した。そのスーザンという人がいつ来るかさえ突き止めれば、ジョージも一緒に家の中に入れる。その人がジョージを放りださないという前提の話だが、どうせ誰もジョージを拒否できない。まあ、ハロルドは別かもしれないけれど、スーザンという人は猫好きな気がするからジョージの魅力に逆らえないだろう。とにかくそう祈るしかない。

だからジョージと一緒に隣の家を見張り、スーザンを待ちかまえた。来るのはコニーとシルビーが学校や仕事へ行ったあとのはずだ。スーザンを待つのがぼくたちの日課になった。朝食のあと毛づくろいし、みんなが出かけたあと隣に行って張り込んだ。前庭の茂みに隠れて寒さを避け、お昼になっても気配がないと、もうスーザンは来ないと判断してぼくは家へ帰り、ジョージはガラス越しにハナに会いに行った。日課ができたおかげで、タイガーが恋しくてたまらない気持ちに変わりはなくても、忙しくしていられるのがありがたかった。それはジョージも同じだ。一緒に過ごすことはジョージとの関係修復にも役立った。待っているあいだ他愛のない話をしていると、また距離が近くなった気がした。

三日めにうまくいき、女の人が門を開けて玄関へ向かった。ジーンズをはいて髪をうしろで結んでいて、すごくやさしそうだ。ぼくはその人が玄関に着かないうちにジョージに合図した。

「一緒に入るんだ、急いで」

スーザンは玄関の前でポケットに手を入れ、鍵を出そうとしている。駆けだしたジョージがぴたりと足をとめた。

「パパ、出るときはどうすればいいの?」

「あの人と一緒に出るんだ」やれやれ、まだ学ぶことがたくさんありそうだ。ぼくはうまくいくように祈りながら、家に入るスーザンの脚のあいだをくぐり抜けるジョージを見つめた。

「あら、だあれ?」スーザンがかがんだ。

「ミャオ」ジョージが答えた。玄関にやってきたハナがジョージを見て目を丸くしている。二匹が鼻で挨拶のキスをし、スーザンが玄関を閉めた。ジョージは家の中だ。

よかった。ようやく会えたあの子たちが楽しい時間を過ごせますように。そしてジョージがいろんな情報を持ち帰ってくれますように。そしてなによりも、ジョージがスーザンと外に出るのを忘れませんように。

ほっとしながら閉まった玄関をしばらく見つめ、それから家に戻った。スーザンが仕事をするあいだ、ジョージはぼくが閉じ込められたときのように家の中を案内してもらい、ハナと遊んだりおしゃべりしたりして楽しく過ごせるだろう。またしても作戦がうまくいき、ぼくはひげを立てた。

家に戻ると、クレアとポリーが知らない男の人とダイニングテーブルを囲んでいた。テーブルにノートとペンが置いてある。ぼくは好奇心をそそられてクレアの膝に飛び乗った。「マーカス、この子がアルフィーよ。お父さんのことを知らせてくれた子」そうか、この人がマーカスか。想像していたのとはぜんぜん違う。顔を真っ赤にして怒るおじいさんを若くした感じだと思っていたが、ほっそりした長身で、マットやジョナサンと同年代だろう。黒髪はカールしていて眼鏡をかけ、すごくやさしそうだ。父親にはぜんぜん似ていない。

「お宅の猫たちが父を助けてくれたことがまだ信じられないんです、あまりに突飛な話で」マーカスが軽く笑った。

「でしょうね、アルフィーとジョージがどういう猫か理解するには、少し時間がかかるのよ」ポリーが説明した。「でもアルフィーは不思議な猫で、どうやらジョージも同じことをするように教育してるみたいなの」ぼくを撫で、頭をポリポリ掻いてくれた。これをしてほしかったんだ。

マーカスが前に乗りだして撫でてくれた。ぼくはたちまちマーカスが好きになった。心のこもったやさしい撫で方だ。

「どうやって感謝すればいいかな」マーカスが言った。「いくら賢くても、お礼の手紙は読めないでしょう?」クレアたちが笑い、ぼくはマーカスの人物像リストにユーモアのセンスを加えた。

「魚を買ってあげて、いつも喜ぶから」クレアはまだくすくす笑っている。「おいしいおやつでもいいわ」

「ミャオ!」それもいいな。

「わかりました、そうします。それにしてもこのリスト、いろいろ本当にありがとう」

「お礼なんて言わないで。もっと早くお父さんのことに気づいて手を貸せたらよかったと思ってるのよ」クレアの言葉を聞いたマーカスの顔に暗い表情がよぎった。

「罪悪感でいっぱいなんです。でもあのころはいろいろあって。妻が浮気したのに父に離婚を認めてもらえなかったし、再スタートしたくて自分の会社を売却したあとは、やらなきゃいけないことが山ほどあった。いまも状況に変わりはないけれど、コンサルタントとしては……。とにかく一度にいろんなことが起きて、ぼくはくだらないプライドを捨てられなかった。父もぼくも意地っ張りで、それがぼくたちの最大の欠点とはいえ、もっと父に目を配るべきでした。無事でいるのを確認するべきだった。父になにかあったら、自分を許せなかったと思います」

「なにもなかったじゃない。これからお父さんとの関係を修復すればいいのよ」ポリーが核心を突いた。ぼくの家族の女性陣はみんなすごくやさしい。

「じゃあ、独身なの？」クレアの質問に、ぼくはしっぽをひと振りした。クレアもぼくも縁結びが大好きだが、いまはタイミングが悪い気がする。

「そうですが？」マーカスがいぶかっている。

「気にしないで、クレアは縁結びが好きなの。でもクレア、身近にマーカスの相手になりそうな人はいないでしょ？」ポリーが問い詰めた。

「ええ、まあね。シルビー以外は」

「わたしたちと話そうともしない人よ」

「シルビーって？」マーカスが戸惑っているのも無理はない。でも、悪いアイデアじゃない。もちろん、シルビーが完全に正気を失っていなければだが。

「いまは誰かの心配をするのはやめて、あの家を整えることに集中しましょう。お父さんの退院はいつになりそう？」とポリー。

「一週間後になると言われました。それまでに掃除をして家具をいくつか調達しないと。改装もしたいけれど、そんな時間があるかどうか。庭や外壁の塗り替えもあるし」悩んでいる。

「そのためにわたしたちがいるのよ。ポリーとわたしで手伝ってくれる人を集めるわ。片づけはもう始めてるの」クレアが言った。「まだ完全には終わってないけれど、一週間あればかなりできるわ」

「いろいろありがとう」

「まずはペンキを塗り替える。手伝ってくれる男性をふたりつかまえてあるの。それにいつでもカーペットを敷ける状態になってるから、あなたは色だけ選んでちょうだい。あとは家具ね。買わなきゃいけないものもあるけど使えるものもあるから、さしあたってあるものですませればいいわ。庭はお父さんが退院するまでに少しきれいにしておく。ただ、ちゃんときれいにするには時間がかかるかもしれないし、外壁の塗り替えは最後になるわ」

「さっきも言ったとおり、費用は払わせてください。あなたたちの手間賃も」

「マーカス、ご近所だからやってるのよ、水臭いこと言わないで。でもこれから行くホームセンターでの支払いはまかせるわ」ポリーが言った。

「子どもたちのお迎えはわたしが行って、おやつをあげておくわ」クレアが申し出た。

「そうすればゆっくり買い物できるでしょう？」

「おふたりと猫たちとご主人たちがいなかったら、どうなっていたか」マーカスが考えたくないというように首を振った。

「もうその心配はしなくていいのよ。エドガー・ロードの仲間なんだから。それにしばらくお父さんと暮らすようだけど、留守にしても近所にわたしたちがいると思うと安心できるでしょう？」クレアがにっこりした。

「ほんとに助かります。友だちとはちょっと疎遠になってるんです、離婚やらなにやらで」悲しそうな顔をしたが、すぐ笑顔になった。もうひとりじゃないとわかったんだろう。

ぼくはひげを立てた。打ち解けた会話と心遣いですっかり疲れてしまった。ぼくは久しぶりに安らかとも言える眠りについた。

誰かに頭を舐められ、夢から覚めた。しぶしぶ目を開けると、ジョージが見おろしていた。ジョージのことを忘れるところだった、いや、忘れていた。最近ずっと眠れていなくて、最後に熟睡したのがいつか思いだせない。

「パパ」前足を伸ばして伸びをするぼくにジョージが言った。

「無事に出られたんだね？」よかった。眠りこけてわが子を忘れるなんて親にあるまじき行為だが、うまくいってよかった。ジョージは無事だ。

「うん、すごく楽しかったし、出るのもすんなりいったよ。スーザンからあまり離れないようにしてたんだ、こっちのおしゃべりは聞こえないけど、帰るのがわかるぐらいの距離に。ハナに直接会って、大声を出さなくても聞き取れる話ができてすごく嬉しかった。家もすてきだったよ。あまり物がないのは、日本ではもっと狭い家に住んでて〝ミニマリズム〟とかいうものをしてたからなんだって」熱弁を振るっている。こんなに勢い込んで話すのは、タイガーが病気だと知ってから初めてだ。「それに、スーザンは明後日また来るんだ。週に二回来るんだって。シルビーはあまり掃除が得意じゃないみたいで、ハナをひとりにするのも心配してるから、スーザンに週に二度二時間来てもらってるんだ！　だからそのときハナに会えるんだよ」こんなに嬉しそうな姿は久しぶりだ。

「で、どうだった？」有頂天な気持ちに水を差したくないが、好奇心がうずく。

「うん、さっきも言ったとおりすてきな家で、スーザンもやさしかった。ハナはたいてい魚をもらってるんだって！　それにお米も食べるから、ぼくもちょっと食べてみた」

「お米？　どうだった？」お米は食べたことがない。

「まあまあだった。いつも食べてるもののほうが好きだけど、ためせてよかった。でもハナはやっぱり寂しがってた」

「そうか」ここからが本題だ。

「ハナは日本での暮らしに満足してたんだ。ひとりぼっちになることはあまりなかったし、いつもまわりに誰かいた。シルビーやコニー。それに家にはいつも家族の知り合いが大勢来てた。でもいまはほとんどひとりぼっちで、シルビーとコニーが家にいてもあまりしゃべらないし、しゃべるときは怒鳴り合いになるんだ」

「ぼくたちが思ったとおりだったんだね？」ぼくは首を傾げて同情を示した。

「うん。でも、ぼくたちが予想もしてなかったこともあった」

「どんな？」いやな予感がする。

「アレクセイがコニーのプレゼントを買うために働いてるって言ってたでしょ？」

「ああ」じれったいが、ジョージはいつも前置きが長い。

「アレクセイはフランチェスカにちょっと嘘をついてたんだ。昨日コニーにスマホを買ってあげて、コニーはそれを枕の下に隠してて、話さずに書く例のやり方でアレクセイと話してる」

「メールのこと？」本格的にいやな予感がしてきた。

「そう、メールしてるんだ。だから字が読めないハナには話の内容がわからない。部屋のドアを閉めてひとりになったときだけ、連絡を取り合ってるみたい。もちろんコニーのママは気づいてない」

「ジョージ、いやな予感がする。ほかには？」

「シルビーはしょっちゅう泣いてる。すごく寂しくて、どうすればいいかわからないんだ。あの家はいま幸せじゃないけど、中はぴかぴかだよ。スーザンは掃除がとってもじょうずなんだ」

Chapter 27

「ごみばこに会って、なにか知らないか訊いたほうがよさそうだな」ジョージから聞いた情報をゆっくり噛みしめたぼくは、またやきもきしてきた。

「そうだね。でもぼくは疲れちゃったから、家でサマーとトビーを待ってるよ。今日も忙しかった」ジョージがあくびをした。

「たしかにそうだな。それにもしなにかあればごみばこが知らせに来るはずだから、たぶんなにもないんだろう」これからはるばる出かけていくのはぼくも気が進まない。

どうするか迷いながら、ジョージと一階へ向かった。キッチンに入った瞬間、猫ドアを叩く音がした。急いで猫ドアから外に出ると、ごみばこがいた。

「噂をすればだね」ぼくは言った。「ちょうど会いに行こうか迷ってたところだったんだ。アレクセイがコニーに電話を買ったってジョージが聞いてきたから」

「ああ、もう知ってたのか、そうなんだ。すぐ知らせようと思ったが、忙しくてちょっと遅くなってしまった。冬はネズミどもが普段より必死になる」

「それでも来てくれて嬉しいよ。電話のことがばれたらたいへんなことになる」不安でひげが立ってしまう。アレクセイとコニーは危ない橋を渡っている。思い通りにならない恋がどういうものか知っているし、若ければ特にそうだけど、それにしてもこれはまずい。

「いや、それどころじゃすまない」ごみばこが言った。

「どういう意味？」全身の毛が逆立った。

「ゆうべ、裏庭でアレクセイが電話してた。コニーと家出するつもりだ」

　タイガーが見ていたらどう思うだろう。いささかアイデアも尽きてきたので、たまり場で作戦会議をすることにした。ごみばことジョージと一緒にたまり場へ行くと、ネリーとエルヴィスとロッキーがいたので助かった。おやつの時間の前で、まだ暗くもなっていないちょうどいいタイミングで、みんなと会えたのが嬉しかった。作戦を立てる必要がある。それもすぐに。それにはみんなも一緒に考えてもらうしかない。

「ごみばこが聞いた内容によると、どうやら今夜遅く家出するつもりらしいんだ。みんなが寝たあとに」ぼくは状況を説明した。

「たいへん」ネリーが不安そうに肉球を舐めている。「気に入らないわ」

「かわいそうに、あの子たちは一緒にいたいだけなんだ」エルヴィスが言った。「テレビで似たような話を観たことがあるから、責める気になれない。親にも責任がある」

ジョージが不安そうにちらりとぼくを見た。

「アルフィーは別だ、もちろん」もちろん違う。ジョージとハナを引き離すどころか会えるようにしてあげた。まあ、ふたりはただの友だちだけど。それにシャネルに近づくなと警告したが、あれはシャネルがジョージを嫌っていたからだ。アレクセイとコニーのことは全力で応援している。でも家出はだめだ。家出してもなにも解決しない。しかも夜のロンドンは危険がいっぱいだ。

「まあ」ロッキーが言った。「打つ手はひとつしかないだろうな」

「なに？」ぼくはせかした。解決策があるなら知りたい。いまは頭がこんがらかって、なにも思いつかない。

「とめるんだよ」ロッキーが答えた。

「そんなの言われなくてもわかってるよ」口調が少しとげとげしくなってしまった。「でもどうやって？」

「怒らないでよ、アルフィー。力になろうとしてるだけなのに」ネリーがむっとしている。

「ごめん、悪かったよ。いてもたってもいられなくて、つい」

「だがロッキーの言うことにも一理ある。とめさえすればいいんだ」なにやら考え込んでいたごみばこの瞳がきらりと光った。そうか。

「ごめん、ロッキー。きみの言うとおりだ。待ち伏せして、フランチェスカたちが起きてしまうとアレクセイが不安になるぐらい大騒ぎするか、本当に起きてくるまで大騒ぎすれば、家出をあきらめるしかない」頭がまたまわり始めた。

「いいアイデアだね、パパ。でもコニーはどうするの？」ジョージがもっともな質問をした。

「ハナに頼めるか？　ガラス越しに話すしかないだろうけど、事情を説明してコニーをとめられるか訊いてみて。できればぼくたちが家に入って協力したいけど、ハナに任せるしかない。みんな、改めてお礼を言うよ。最高の友だちだ。アレクセイとコニーも感謝してくれるといいけど」

「それはないと思うよ。家出を邪魔されるんだから」ジョージが穿《うが》った指摘をした。

「いまはそうでも、これはふたりを危険な目に遭わせないためなんだ」

「外は危険だ。思春期の子にも、たいていの猫にも」ごみばこが言った。「正直言って、家出したふたりがどうなるか考えるとぞっとする。アレクセイにはまだ生き残る技術が身についていない」

「ぼくも今夜ごみばこと一緒にアレクセイをとめるよ。ぼくを見たら計画を嗅ぎつけられたと気づいて考え直すかもしれない」

ちょっと腹が立っていた。アレクセイは分別のある子なのに、夜中に家出するなんて浅はかもはなはだしい。そんなことはさせない。みんなと計画を相談するうちに、トミーが劇のために計画を思いついたときのことがいやがおうでも思いだされた。アレクセイは協力すると言った。なんの問題もないみたいに。機嫌がよかったのは、このばかげた家出作戦のせいに違いない。そう思うとおもしろくない。

家族をばらばらにはさせない。アレクセイとコニーを家出させるわけにはいかない。たしかにいまの状況はあんまりだし、年相応のつき合いを許されるべきだけど、こんなかたちでシルビーの気持ちを変えようとするのは間違っている。シルビーが知ったら、どれだけお金がかかろうと、コニーを遠くの全寮制の学校に閉じ込めてしまうかもしれない。

ジョージと家へ帰るあいだに落ち着きを取り戻したぼくは、計画の成功を確信した。一緒に行きたいと言うジョージには、おまえがいないとトビーが心配すると言っておいた。いつもと違って今回の計画に危険はないが、どんなときも手違いは起きるものだし、ジョージが自宅のベッドで安全に眠っているとわかれば心配事がひとつ減る。理想的な結末は親が気づかないうちにアレクセイとコニーをとめることだ。そうすればふたりも自分たちの愚かさに気づいて振る舞いを考え直すだろう。ハナの家へ行くジョージと途中で別れ、家に帰った。

またマーカスが来ていた。眼鏡の片方のレンズにペンキがつき、ジョナサンとビールを飲みながら笑っている。ふたりはうまが合うようで、マーカスはエドガー・ロードの願ってもない新顔になりそうだ。もっとも、つい最近シルビーに対しても同じように思ったけど。

ふたりの会話をゆっくり聞いている暇はなかったが、いくらか聞き取れた。ハロルドは順調に回復しているけど、きちんと薬の管理ができると医者が確信するまで退院できないらしい。急いで食事と毛づくろいをすませるあいだに聞き取れたのはそれだけだ。そのあと、ジョージをベッドへ行かせ――ハナにはちゃんと情報を伝えられたらしい――ごみばこのところへ向かった。疲れ果て、これから始まる長い夜を思うとさらに疲労感がつのった。アレクセイたちが何時に家出するつもりなのかわからないけど、おとなが寝るのを待つならかなり遅くなるはずだ。考えるだけでぐったりしてしまう。

裏庭ではごみばこが仕事に励んでいた。夜がいちばん忙しいのだ。庭は真っ暗で、光るのはひと握りの星と、ごみばこが退治を担当している図々《ずうずう》しいネズミの目だけだった。「あいつらを片づけるあいだ、ひと休みしてたらどうだ？」疲れを訴えるぼくにごみばこが勧めてくれた。ぼくはありがたく裏口の前で丸まり、少しだけ眠ることにした。

ごみばこにつつかれてはっと目覚めたぼくは、裏口から出てくるアレクセイを見て飛び起きた。黒いジーンズに黒いパーカを身につけ、黒いリュックを持っている。リュックは軽そうだから、あまり中身は入っていないのだろう。ぼくとごみばこは目配せを交わし、アレクセイの前に出た。

アレクセイがぎょっとしている。「アルフィー、ここでなにしてるの？」

「ミャオ!」ぼくは声を限りに叫んだ。それを合図にごみばこも大声で鳴き始めた。

「しーっ、頼むから静かにしてよ」アレクセイはそう言ったが、無視した。抱きあげられても鳴きつづけてもがき、やむなく軽く引っかいたら地面に落とされてしまった。あまりいい経験とは言えなかった。そのあいだもごみばこはひたすら鳴きつづけ、かなりの声量の持ち主だとわかった。レストランの上の部屋で明かりがつき、アレクセイもそれに気づいた。店のスタッフが窓からようすを見ている。幸い、トーマスとフランチェスカはまだ気づいていないらしい。

「頼むから静かにしてよ、ママとパパが起きちゃう」声に必死さが聞き取れるが、黙るつもりはない。

「ニャー!」何度も鳴きつづけた。

「わかったよ」アレクセイがいきなり裏口の前に腰をおろし、スマホを出した。ぼくたちは鳴くのをやめた。「もしもし、ぼくだけど」

コニーの声は聞き取れない。

「ハナがきみをつまずかせようとした? ハナがお母さんを起こした? それで、お母さんはなんて? そう……じゃあ、いまはバスルームに閉じこもってるんだね。ぼくのほうもアルフィーがここにいて、ぼくを見るなりごみばこと大騒ぎしたから、もうすぐ親が起きてきそうだし、隣に住んでる店のスタッフはもう窓から外を見てる。まだぼくには気づいてないと思うけど……うん、そうだね。今夜はやめておこう」がっかりしているが、アレクセイのためだ。「メールするよ。明日学校で別の作戦を考えよう」狙った結果とはちょっと違うが、少なくともこれでふたりは安全だし、家出もさしあたって中止になった。

「アルフィー、なんでここにいるんだ？」電話を切ったアレクセイに訊かれた。「コニーに会おうとしてるのを知ってたの？」眉をひそめている。「まさかね。知ってたはずない。友だちのごみばこに会いに来ただけに決まってる」うなずいている。そう思いたいなら思わせておこう。

「アルフィー、家まで送ってやるよ」アレクセイが家の中に戻るのを見届けたあと、ごみばこが申し出てくれた。トーマスとフランチェスカを起こさずにすんでよかったが、少し意外でもあった。ごみばことあんなに大騒ぎしたのに目を覚まさないなんて、ちょっと心配だ。あれで起きないなら、なにをしても起きない気がする。

「もう出てこないと思う？」家とベッドが恋しくてたまらないが、アレクセイを失いたくない。

「ああ、念のために二、三分ようすを見よう。でもこれで終わりじゃない」

「地面に耳をつけていないとね」あくまでたとえで、本当にやるつもりはない。

「そうだな。でもいまはお互い疲れてる。長い一日だったからな。今夜はゆっくり寝て、考えるのは明日にしよう」

「はあ、ほんとに疲れを取りたいよ。数日後には子どもたちのクリスマスの劇があって楽しみにしてるんだ。それがいくらか気休めになるかもしれない」エドガー・ロードへ向かいながらトミーの計画を話すと、さすがのごみばこも大騒ぎを予想しているようだった。それが心配なのだ。大騒ぎになりかねない。いまの自分にこれ以上なにができるのか、ぼくにはわからなかった。

Chapter 28

クリスマスの劇が一大イベントなのはわかるが、朝食はその話でもちきりだった。サマーはすっかり興奮し、自分はまさに星《スター》なんだと言いつづけた。星役の子はほかにも大勢いるとトビーがつぶやいたが、エマ・ローパーと手をつながなきゃいけないのがいやで言葉数が少ない。ふたりともトミーの計画には一切触れず、サマーもこれまでで最高の劇になると言うだけで秘密を守っていることにぼくは感心した。劇は放課後に行われるので家族は全員観に行けるし、もちろんトミーとアレクセイも来る。

家出を阻止してから数日がたち、アレクセイとコニーは計画を少し延期したようで、アレクセイもごみばこが聞きかじったかぎり家出の話はしていない。これでいくらか余裕ができたので、劇とクリスマスに集中できる。ジョージとのぎくしゃくした関係は改善したものの、タイガーのいない初めてのクリスマスはジョージにとってもぼくにとってもいたたまれないものになるだろうから覚悟がいる。それにこの二週間のストレスもある。いろんなことがありすぎた——タイガーのこと、ハロルドのこと、ジョージとぼくのこと、ジョージをハナの家に入れること、そして家出の阻止。猫の手に余るほどいろいろあったから、疲れが残っている。なんとか頑張ってはいるけれど、悲しみはいまも消えず、様々な感情でくたくただ。

自分が自分じゃない気がする。なにかが欠けていて、なにをするにも力を振り絞らなきゃいけない気がする。クリスマスが近づいているこの季節を楽しみたいのに、タイガーのいない初めてのクリスマスが怖くてたまらない。愚痴はこぼしたくないけれど、思いっきり泣き叫びたい。でも、もちろんそんなことはできない。

トミーのばかげた計画で気が紛れるのがありがたかった。どうやって成功させるつもりなのか詳しいことはまだわからないが、今回ぼくはやきもきせずにすむ。ぼくの計画じゃないから、言われたとおりにするだけでよくて、はっきり言って気晴らしになる。一日休みをもらうようなものだと考えよう。ここ数日の騒ぎや、タイガーを失ってからずっと抱えている胸の痛みを思うと、ぼくには誰よりも休みが必要だ。

ありがたいことに、なにより休養が必要なぼくにとって今日は本物の休日になった。クレアはハロルドの家へ行き、マーカスを含めたほかのみんなが作業にあたっているあいだ、新しいカーペットを敷くのに立ち会うことになっている。ジョージはハナに会いに行った。アレクセイとコニーは学校で、アレクセイにはあとで会えるはずだから、さしあたって心配ない。

睡眠不足を解消する前に、仲間にちょっと会いに行った。習慣でバーカー家にも寄った。タイガーがいなくなってから猫ドアに鍵がかかっているので中には入れなかったけど、立ち寄ってようすを見たほうがいい気がした。バーカー夫妻を見かけたら親愛の情を示そうと思っていたら、むしろふたりのほうからぼくに近づいて撫でてくれて、タイガーがいなくなったことを切実に感じているのが伝わってきた。それはみんな同じだ。もうすぐクリスマスだというのに、通りに面した窓から見たかぎりバーカー夫妻はクリスマスツリーすら飾っておらず、それがふたりの悲しみの深さを物語っていた。気の毒でたまらなかった。ふたりの気持ちは痛いほどわかる。

ぼくはバーカー夫妻もリストに加えた。自分を元気づけることもできないときにどうやってふたりを元気づけたらいいのかわからないが、とにかく心配だった。タイガーがいたらきっとぼくになんとかしてほしがるだろうから、タイガーのためにできるかぎりの手は尽くそう。でも時は刻々と進み、問題は増えつづけ、ぼくは深い悲しみに包まれているから、容易ではない。家に帰ったぼくは、また昼寝をした。

日差しが陰ってきたころ、玄関が開いてアレクセイとトミーがやってきた。幸いジョージもぼくも軽い食事と念入りな毛づくろいをすませ、いつでも出かけられる用意が整っていた。

アレクセイがリビングにいるぼくを抱きあげ、ジャンパーの中に隠した。トミーもジョージに同じことをしている。

「急ごう」トミーがせかした。「鍵を取ったのをママに気づかれちゃう」

「取ったんじゃない、借りたんだ」アレクセイの口調ははるかに冷静だ。

「そうだけど、おとなはそう思わないかもしれないだろ。とにかく急ごう、いい席が取れるように学校で待ってるってママに言ったんだ」

「おまえの計画がしっかり見えるように、いい席を取らないとな」アレクセイが言った。

ぼくもそう思う。コニーの家の前でアレクセイが足をとめ、窓に切ない視線を送った。このあいだの夜のことは、ぼくにもトミーにも話していない。

「だいじょうぶ、そのうちコニーのママも機嫌を直すよ。クレアがそう言ってた」トミーが兄の肩に手をかけ、ジョージを落としそうになった。「おっと、ごめん、ジョージ。気をつけるよ」

「ミャオ」ぼくはアレクセイのジャンパーのぬくもりに包まれたまま注意した。気をつけてくれないと困る。

そのあとの移動は楽しめた。頭を出すだけで見える景色は見晴らしがよく、いつもと違って見えた。足を見たりよけたりしなくても、人間がよく見える。それに車も——何台もの車が通りを疾走していく。ジャンパーの中は暖かいが、頭のてっぺんが寒かった。通りを渡るときはアレクセイとトミーが注意してくれるよう念じたが、ふたりに油断はなかった。散歩中の犬が二匹いて、ベビーカーを押している女の人が何人かいた。子どもたちが幼かったころのクレアたちと同じだ。初めて会ったころ、トミーはまだベビーカーに乗っていた。それがいまはどうだろう。時は過ぎていくもので、誰もが心の傷や悲しみを抱えて生きていくしかないけれど、それでも前に進むしかないんだと改めて思った。

移動しながらありきたりな日常を見ていると、不思議な気分になった。日々の暮らしは、ときにぼくたちにぶつかりながら周囲を過ぎていく。生きるとはそういうことなのだ。アレクセイのジャンパーの中で、ぼくは自分たちがどれほど狭い世界だけに閉じこもっていたか気づくと同時に、広い世界を見るといくらか救われることを知った。これからやろうとしていることをタイガーが知ったら、どう思うだろう。きっとくすくす笑い、ぼくたちはどうかしてると言うだろうけれど、土産話を聞くのをじりじり待つに違いない。ジョージが危ない目に遭わないように気をつけてと言うだろうけど、それ以外はきっとおもしろがったはずだ。あとで頭と心の中でタイガーに話そう。いまタイガーがいるのはそこなんだから。

学校に着いたぼくは、懸命に感情を抑えた。トミーがぼくとジョージにおとなしくしているように言い、ジャンパーのファスナーを閉めた。ジャンパーが膨らんでいるんだから、ぼくたちがいるのは見え見えのはずなのに。真っ暗でなにも見えないが、耳はいいので外のようすはなんとなくわかった。アレクセイがおとなたちに挨拶している。トミーは無言だ。ふたりでクレアが確保していた前のほうの席へ向かっている。アレクセイが端の席に座り――ぼくの存在に誰も気づいていませんように――トミーがトイレに行ってくると言った。トミーも通っていた学校なので、校内に詳しいのだ。ジャンパーに隠れたままのぼくにはなにが起きているのかわからなかったが、足音やせわしなく床を椅子がこする音が補ってくれた。みんな挨拶したり楽しそうにおしゃべりしたりしている。親たちはみんな舞台に立つわが子を観たくてわくわくしている。ぼくたちがその期待を台無しにしないように祈るばかりだ。トミーの計画は突拍子もないものだけれど、すごくおもしろいし安全だ。それにトビーとヘンリーを仲直りさせたんだから、トミーを誇りに思う気持ちに変わりはない。

戻ってきたトミーがアレクセイの隣に座った。反対隣には父親のトーマスが座っている。家族が勢ぞろいしているのが嬉しかった。大きくなって劇に出なくなったアレクセイとトミーと一緒に観られるのが、トーマスも嬉しいのだ。ついこのあいだまでシルビーとコニーも来るものと思っていたが、もちろんそうはならなかった。誰もが友だちになれるわけじゃないのはわかっているけれど、いまだにその理由がわからない。隣の家から漂ってくる孤独感が気になったが、照明が消えて校長先生が舞台に現れたので、その問題はひとまず忘れることにした。いまは劇を観よう。

ジャンパーからこっそりのぞかせてもらった。気づかれるといけないので、あまりきょろきょろしないようにした。でも校長先生がみんなに歓迎の挨拶をしてから――ぼくも含まれていればいいと思う――劇の説明を始めると、ひとり残らず携帯を出し始めた。トミーも出した。みんな写真や動画を撮っている。

音楽が鳴り響き、歌が始まった。ローブをまとってふきんらしきものを頭に巻いたトビーはすごくかわいいが、マリアとつないだ手を放そうとしているのを見たロバが笑いをこらえきれずにいる。星役のサマーはくるくるまわり、舞台の真ん中に陣取っているけれど、あれでいいのかぼくにはわからなかった。すると天使に扮《ふん》したマーサが登場した。本物の小さい天使みたいだ。天使たちが歌い始め、いちばん年上の子がしかめっ面のトビーとマリア役の女の子に話しかけた。

途中で舞台の上がちょっと混乱し始め、先生が出てきて子どもたちを移動させた。キリスト誕生劇のストーリーはよく知っている。サマーは羊飼いに歌を聞かせたらほかの星と一緒に舞台の奥に移動しなきゃいけないはずなのに、手前から動こうとしない。きっとクレアは頭を抱えていることだろう。男の子が大きな声でトビーに「宿屋に部屋はない」と告げた。トビーは心からほっとした顔をしていたが、それが正しい表情なのかわからなかった。

また歌が始まり、トビーが馬小屋へ行くように言われ、ぼくは身構えた。

羊飼いたちが集まると、三人の博士が赤ん坊のイエスに贈り物を渡しに来た。トミーが拳で口をふさぎ、スマホを高く掲げた。アレクセイはぼくの毛に顔をうずめて笑っている。トビーがヘンリーに目配せし、ひとりめの博士がかいば桶《おけ》に近づいた瞬間、大声で叫んだ。

「猫だ。赤ん坊のイエスさまは猫だ」

ジョナサンのうめき声が聞こえた。すると、ジョージが――ふきんにくるまれて眠りこけていたに違いない――かいば桶から飛びだした。

「ミャオミャオミャオミャオ」

観客席からどっと笑い声があがる中、トビーがふきんにくるまれたジョージを胸に抱き寄せた。ぼくはこっそり家族を窺った。クレアは本当に頭を抱えていて、ジョナサンとマットは涙を流して笑っている。アレクセイはぼくの頭に顔をうずめてくすくす笑い、フランチェスカとポリーとトーマスは笑いをこらえきれずに肩を震わせていた。舞台に駆け込んできた先生はどうしていいかわからず、ロバ役のヘンリーは床で笑い転げている。

「この子はジョージよ。赤ちゃんのイエスさまはジョージ」サマーがくるくるまわりながら叫んだ。唯一、マリア役のエマ・ローパーだけは笑っていない。猫を抱くトビーとまだ手をつなごうとしている。

クレアに叱られたジョナサンがちょっと恥ずかしそうにようやく舞台に歩み寄り、トビーからジョージを受け取った。盛大な拍手喝采があがり、もしジョナサンの胸にしっかり抱きしめられていなかったら、ジョージは誇らしそうにお辞儀をしたに違いない。「やったね」アレクセイがトミーに言い、ぼくはふたりとハイタッチした。みんなが喉から手が出るほど求めていた楽しい時間を過ごせた気がした。

ぎゅうぎゅうになってソファに座らされた子どもたちの前に、おとなが整列した。ジョージはどこにいればいいか迷ったあげくソファの肘掛けにちょこんと座り、ぼくはもちろんおとなたちの列につらなっていたが、本当は自分も叱られる立場なのはわかっていた。「トミー、あなたのアイデアなの？」フランチェスカが腕を組んで問い詰めた。

笑いがとまらない親たちは、そのまま子どもたちを連れて名残惜しそうに帰っていった。校長先生は憤懣《ふんまん》やるかたない顔で、一生懸命練習してきた劇が台無しになったとクレアたちを責めた。ほかの親たちはこれまでで最高の劇だったと言いに来てくれたが、それで校長先生の怒りがやわらいだのかはわからない。叱られたクレアは恥じ入り、もう二度とヨセフ役はやらせないと言われたトビーが「よかった」と答えたせいで余計に立場が悪くなった。おとなは子どもたちに謝らせた。トミーが立ちあがって責任は自分にあると告げたが、校長先生はかいば桶にジョージがいるのをトビーとヘンリーも最初から知っていたのだから、おとなに教えなかったふたりも同罪だと言った。そういうわけで全員がいささかまずい立場になり、やるだけの価値はあったのに、おとなはとりあえず怒っているふりをするしかなかった。思うに、クレアは本当に怒っていた。ユーモアが通じないことがあるのだ。

「全部ぼくのアイデアだよ」トミーがくり返した。いつも素直に認めるのはトミーのいいところだ。別荘のあるデヴォンの教会にジョージを連れていったときもそうだった。ぼくは留守番をさせられたのをいまだに根に持っているけれど、教会でジョージが片思いしていたシャネルを見かけたせいで、惨憺《さんたん》たる結果になった。ぼくとジョージをカニ捕りに連れていったのもトミーのアイデアで、ジョージはカニに鼻をはさまれるはめになった。おかげでアイスクリームをちょっぴり舐めさせてもらえたけれど、それはまた別の話だ。

「まあ、意外だこと」フランチェスカが精一杯怒った声を出したが、ほんとは怒っていない。クレア以外はみんな真顔を保つのに苦労している。

「でもみんなグルだったのよね」クレアが指摘した。子どもたちはジョージも含めて笑顔の下でちょっと気が咎めているらしい。

「でもあたしを別にすると、ジョージがいちばんよかったよ」サマーが言った。星《スター》の役をしたサマーは生まれながらのスターなのだ。

「誰に似たのかしらね」とクレア。

「ぼくを見るなよ」ジョナサンが肩をすくめている。

「話を戻しましょう」ポリーが割って入った。

「すごくおもしろかった」マットが言った。「それどころか、最高におもしろかったよ。『赤ん坊のイエスさまは猫だ』は名ぜりふだった」

「ええ、そうかもね。でも校長先生はおもしろいとは思ってなかった。腹を立てて、わたしたちを非難してる。ねえクレア、きっとこれからクリスマスの劇のたびにケーキを焼かされるわ」とポリー。

「お菓子なんてつくれないじゃないか」マットが指摘した。そのとおりだ、ポリーはお菓子をつくれない。いつも店で買ったものを焼き型に入れて学校へ持っていっているのをみんな知っている。

「そういう問題じゃないわ」クレアが言った。「そもそも、なんでこんなことをしたの、トミー?」

「だって、トビーはヨセフをやるのをすごくいやがってて、ヘンリーともぎくしゃくしてたから、またふたりに笑顔になってほしかったんだ。だから仲直りさせる計画を考えたんだよ」ああ、ぼくとそっくりだ。「それにアレクセイはコニーとのことで落ち込んでたから、アレクセイも元気になると思ったんだ。ぼくがみんなをそそのかしたんだよ、アルフィーのことも。赤ん坊のイエスをやるジョージを、アルフィーにどうしても見せてやりたかったから」

「そりゃそうだ」ジョナサンがにやりとして首を振った。「なあ、みんな、トミーに悪気はなかったし、特に被害もなかった。みんなおもしろがってたじゃないか。マリア役の子は違うが、猫を産んだばかりだったんだから仕方ないさ」

「ジョナサン」クレアが咎めた。「この子たちは校長先生に謝るべきよ」

「謝るよ」トミーが言った。「手紙を書く。そんな必要はないと思うけど」もごもご言い添えている。

「トビー？」

「ぼくもちゃんと謝る。その価値はあったもん、そうだろ、ヘンリー？」

「うん」

同感だ。その価値はあった。

「あたしは？」マーサが訊いた。「あたしも謝らなきゃいけないの？」

「そうよ」とポリー。「全部知ってたんだから同罪よ」

「わかった」気立てのいいマーサらしく肩をすくめている。

「あたしはいいでしょ？」サマーが言った。

「なんでいいんだ？」とジョナサン。

「あたしはスターだもん、なんでも好きなことをしていいの」

「いいえ、違うわ」クレアがあきれて天を仰いだ。「あなたも謝るのよ」サマーが鼻に皺《しわ》を寄せた。

「ちょっと聞いてよ」アレクセイが言った。しゃべるのは初めてで、スマホを見ながら嬉しそうにしている。

「どうした?」マットが訊いた。

「ジョージが大人気だよ。動画をアップしたら、『赤ん坊のイエスを演じる猫』の視聴が早くも数千回になってる。ジョージ、すっかり有名になってるぞ」拳を突きあげている。

「トミー、おまえがサイトにアップした動画を大勢が見てシェアしてる。お金持ちになれるかもしれない!」

「名案だったな。これでいくらか稼げるかもしれないぞ」ジョナサンが両手をこすり合わせた。

「ジョナサン、これ以上話をややこしくしないで」クレアが釘を刺した。

「いいじゃないか、ネットを使って世界を明るくしたんだから」マットが笑みを漏らした。

ジョージはわけがわからないらしく、肉球を舐めていた。

場の緊張が解けた。子どもたちはクリスマスツリーの前で遊んでいる。おとなはつまみと飲み物を楽しみ、クレアは無数のキャンドルを灯した。白状すると、こんなことは長くは続かない気がする。火をつけるのも吹き消すのもすごく時間がかかるから、しょっちゅうやる気になれないのだ。〝ヒュッゲ〟がなんであれ、クレアの関心は確実に弱まりつつある。それでもキラキラ光る飾りや点滅するツリーのライトやキャンドルの揺らめく炎でクリスマスの雰囲気が高まった。どうしてもタイガーのことを考えてしまう。クリスマスの季節が好きだったこと、ぼくたちもタイガーと一緒にクリスマスを過ごすのが好きだったことを。悲しみというのは不思議なもので、とびきりおかしなタイミングでこみあげてくる。家族といて幸せなのに、急にタイガーを思いだして悲しくなってしまう。幸せなのに、悲しい。まったくわけがわからない。

「たいへん、ジョージに火がついてるぞ！」トーマスが叫んだ。

「ニャー！」ジョージが悲鳴をあげた。しっぽにキャンドルの火がついたらしく、煙が出ている。ぼくはあわてて火を消すものを探しまわった。おとなたちもあわてている。

幸い、アレクセイとトミーがすぐさま行動に出た。アレクセイがジョージをつかんでキャンドルから遠ざけ、トミーがグラスの水をしっぽにかけてから、あちこちに置いてある〝ヒュッゲ〟のブランケットをつかんでジョージをくるんだ。

「かわいそうに、だいじょうぶだった？」クレアの目に涙が浮かんでいる。ぼくは心臓がばくばくしていた。

「ミャオ」ジョージが答えた。痛いけどだいじょうぶという意味だ。

「無事みたいだよ」とアレクセイ。

「トミー、アレクセイ、よくやった」ジョナサンが言った。「でもジョージは獣医に診てもらおう。ぼくが連れていくよ」

獣医は嫌いだが、今度ばかりは賛成だ。

「ぼくが運転する、飲んでないから」トーマスが言った。

「ああ、ぞっとしたわ」とポリー。

「キャンドルはすぐ片づけるわ」クレアが話をしめくくった。

Chapter 29

今日はハロルドが退院してくるので、みんなわくわくしている。でも白状すると、ぼくは元気がない。気持ちが紛れることがたくさんあるだろうけど、きっと改めてタイガーが恋しくなって胸がつぶれそうになるに違いない。しっぽをピンと立てていたいのに、しっぽが言うことを聞かないときがあって、ベッドで丸まって嘆くことしかできない気がする。傷心の日々の中、家族の存在が救いになっていて、特にジョージのおかげでずいぶん救われている。

キリスト誕生劇のスターになり、ハナにも会えるようになってから、ジョージはかなり元気になった。しっぽの一件はまだみんなの記憶に新しいが、毛が焦げて痛い思いをしたことをのぞけば問題ない。獣医に痛み止めの注射をしてもらったジョージは、相変わらずの立ち直りの早さで元気に帰宅した。トビーの話だと、学校じゅうの生徒がジョージに会いにうちへ来たがっているらしく、サマーはチケットを売ろうと言いだした。そんな娘をジョナサンは喜んでいるが、クレアはそれほどでもない。ジョージは有名になったことを冷静に受け止めているけれど、まんざらでもないはずだ。タイガーママが恋しいことや、タイガーの家の前を歩くのが辛いという話はいまもする。気持ちはよくわかる。たまにぼくも知らず知らずのうちにあの家の裏庭に行き、閉まった猫ドアを見つめてタイガーが出てくるのを待っている自分に気づくことがあるが、もちろん出てくるはずがない。あの家を見てタイガーはもういないんだと思うと打ちのめされてしまうから、ジョージの気持ちはよくわかる。一度、あの家のそばまで行ったところで動けなくなり、それ以上進めなくなったこともある。辛いという言葉ではとうてい言い表せない。

校長先生に謝ったあと、子どもたちは通常どおり学期末の最後の週を迎えた。サマーはおとなになったら有名な女優になると宣言し、トビーは女の子が大勢いるから俳優にはなりたくないそうで、誰とも手をつなぐ必要がない宇宙飛行士みたいなものになるつもりでいる。ヘンリーとトビーは親友に戻り、マーサはいつものんびりしたマーサらしく、愛くるしい女の子のままだ。

大勢の人が動画を見たせいで新聞にも載ったジョージは家族でいちばん有名になった気でいるし、事実そうだ。でも、それを敢《あ》えてサマーに言う者はいない。

あれやこれやの騒ぎの中、クリスマスは着々と近づいていた。クリスマス用の食材が買いそろえられ、プレゼントのラッピングが終わり、飾られるクリスマスカードも増えていった。気温もさがり、朝はたいてい霜が降りて誰もが雪の話をするようになっている。毎日タイガーを失った喪失感に苦しんでいても、家族のお祭り気分は伝わってきた。一年で最高の季節だとみんな思っているんだから、たとえ自分にとってはいつもの大好きなクリスマスじゃなくても、みんなから幸せをもらう努力はしている。

大好きなクリスマスになるはずがない。タイガーがいないんだから。去年はデヴォンの別荘でクリスマスを過ごしたからタイガーに会えなかったが、タイガーがここにいるのは知っていた。帰宅したあとは、会えなかったあいだにあったことを夢中で話し合った。タイガーは、クリスマスプレゼントに山盛りの七面鳥とおもちゃとすてきな赤い首輪をもらったと言った。ぼくはデヴォンでギルバートという新しい友だちができたことや、ビーチは凍えるほど寒かったけれどジョージもぼくもめげなかったこと、ジョージが溺れるのをかろうじて防いだ話をした。一緒に過ごすそういう時間が友情と愛を育んでくれるとぼくは信じているので、いまもタイガーに話しかけている。毎晩眠る前にタイガーとおしゃべりする。あくまで一方通行の会話だけど。

「またハロルドに会うのが待ち遠しいな」窓枠に乗って一緒に静かな通りを見つめるジョージは、興奮でじっとしていられないらしい。マーカスが父親を迎えに行っているあいだに、ポリーとフランチェスカがハロルドの家で退院祝いの準備をしている。ぼくたちも招待されたから、ハロルドがもうろせろと言ったり杖を振りまわしたりしなければいいと思う。ジョナサンにはぼくたちを歓迎すると言ったようだから、たぶんそんなことはしないだろう。ジョージは待ちきれないらしく、たっぷり時間をかけて毛づくろいしていた。ぼくもした。見た目にはいつも気を配っている。たとえ胸が張り裂けそうでも、見た目はおろそかにできない。

トビーとサマーを連れたクレアが帰宅すると、間もなくチャイムが鳴ってフランチェスカ親子が到着した。

「ミャオ?」ぼくは挨拶しながら尋ねた。トーマスは?

「トーマスはあとで直接来るわ。仕事を片づけてから」フランチェスカがぼくを撫でながら説明した。でもクレアに言ってたんだと思う。

「とりあえず入ってコーヒーでも飲んで。アレクセイとトミーは、なにか飲む?」コートを振るってコート掛けにかけているふたりにクレアが尋ねた。

「ううん、いい、ありがとう」トミーが答え、無口に戻ったアレクセイを不安そうにちらっと窺った。フランチェスカが首を振り、クレアとキッチンへ向かった。

「どこへ行くの?」なぜかぼくを抱いて裏庭へ出ていくアレクセイにフランチェスカが尋ねた。

「アルフィーが外に出たがってるから、連れていく」アレクセイが足元を見ながら答えた。なんの口実にされているのか見当もつかないが、外になんか出たくない。念入りに毛づくろいしたばかりなのに、風と寒さで努力が台無しになってしまう。でも口には出さなかった。家族がぼくを必要としているときは誰よりもわかるし、いまのアレクセイは間違いなくそうだ。裏口を開けるアレクセイをとめる者はなく、ぼくたちは裏庭に出た。

出た理由がわかった。アレクセイは庭を歩きまわり、コニーの家の中が見える場所を探している。凍えながらながめていたぼくは、塀によじ登ろうとしているアレクセイを見て目を疑った。なにをやってるんだ？　正気の沙汰じゃない。でも若い恋がどういうものか、ぼくにも経験がある。

「ニャー！」やめたほうがいい。たしかにぼくもスノーボールに会いたくて同じことをしたけれど、庭に侵入する猫には寛大でも、相手が人間となると話が別な気がする。

「だめだ」アレクセイががっかりしている。ぼくはため息をついた。今度もぼくがなんとかするしかない。だからアレクセイを狭い庭の端に置かれたテーブルと椅子のところへ連れていった。冬のあいだはカバーがかかっているが、椅子に乗ればなにか見えるかもしれない。「アルフィー、天才だな」アレクセイが椅子をひとつ塀の前に置いて上に乗った。「やった！」喜んでいる。二階の窓の奥にコニーが見える。アレクセイが大きく手を振り始めた。

塀に登ると、嬉しそうに手を振り返すコニーが見えた。アレクセイがポケットからスマホを出して指差した。ぼくは周囲を見渡した。キッチンにいるクレアとフランチェスカは見ていないふりをしているし、頭上ではやかましい小鳥たちが飛び交っている。でもいまのアレクセイとコニーはふたりだけの世界にいる。顔を見ればわかる。窓枠にハナが現れたので前足を振ろうとしたが、バランスを崩しそうになったのでやめておいた。でもハナがひげを立てたのは見えた。アレクセイたちふたりの姿はなんとも微笑ましくて、だからこそかわいそうでたまらなかった。この子たちが一緒にいられる方法を考えてあげないと。十四歳は理性的に行動できる年齢で、頑張り屋のふたりはどこにでもいる普通のティーンエイジャーだ。せめておとながそばにいるときは会わせてあげるべきだ。シルビーへの怒りがこみあげた。

噂をすれば影。

「ニャー！」コニーのうしろにシルビーの姿を見つけ、アレクセイに注意しようとした。しかもシルビーはぼくたちだけでなく、娘がスマホを持っていることにも気づいている。前足で叩いて気を引こうとしたら、よろけてアレクセイの上に落ちてしまった。シルビーを見たショックにぼくが落ちてきたことが加わり、アレクセイがバランスを崩した。

「うわ」アレクセイが叫んで芝生に落ちた。幸い、ぼくはアレクセイの上に着地した。でもひきつった顔のアレクセイがあわてて立ちあがったので、ぬかるみに落とされてしまった。

「ミャオ」文句を言ったのに、アレクセイの耳には届かないらしく、家の表側へ走っていく。ぼくは――もうぜったい最高の見た目とは言えない――あわてて追いかけた。

隣の家の前で、コニーがすすり泣いていた。急に降りだした雨の中、びしょ濡れだ。

「ごめん」アレクセイが声をかけた。

「あなたのせいじゃないわ」ぼくはぐるぐる走りまわった。どうすればいいんだろう？　シルビーが現れ、クレアとフランチェスカも玄関から出てきた。クレアが子どもたちを見ていてとトミーに叫び、全員で立ち尽くした。どうすればいいか誰もわからないらしく、みんなで雨に濡れて震えていた。

「あなたの息子が娘にスマホを渡したのよ。わたしが禁じたのに」シルビーが怒鳴った。額で血管が脈打ち、怒りで顔が赤いのに、泣いていたみたいに顔がむくんでいる。シルビーには支えてくれる人が必要だ。そういう人がいれば、いまの状況にもっとうまく対処できていただろう。でもシルビーには誰もいない。離婚した夫はしらんぷりで、ほかの人間はシルビー自身が寄せつけない。

「アレクセイ、なんでそんなことをしたの」フランチェスカが慎重に口を開いた。「シルビー、わたしはほんとになにも知らなかったのよ。でも解決策がないか話し合わない？　この子たちは一緒にいたがっていて、ふたりともいい子だわ」

「いい子は嘘をついたりしないし、禁止されたスマホを持ったりもしない」

「そうね、アレクセイのことはあとで叱っておくわ。でもこの子たちは会いたいだけなのよ。誰かが付き添うのはどう？」

「大昔じゃあるまいし」クレアがいらないひとことを口走った。すぐに真っ赤になって口をつぐんだが、ぼくもそう思う。

「いいえ、だめよ。そもそも、誰が付き添うの？　わたしもあなたも働いてるのよ。とにかくだめ。コニーには十六歳になったらデートしてもいいと言ったわ」

「でもまだ二年もある！」アレクセイが愕然《がくぜん》としている。まだコニーと手をつないでいて、かわいそうになった。禁じられていなくても愛は辛いものだ。

「なんらかの解決策を考えない？」クレアが言った。「シルビー、この子たちを見て。一緒にいようとしてどこまでやったかを。アレクセイは嘘をつく子じゃないのに嘘をついた。それもみんなあなたがコニーに会わせなかったからよ」

「ネズミや鳥の死骸や枯れた花を玄関先に置いたのも、わたしのせいだって言うの？」

「え？」みんなぽかんとしている。どうやって白状しようか考えているうちに、シルビーが話し始めたので、黙っていることにした。

「ぞっとしたわ。出ていけと言われている気がした」腹を立てている。「なんであんなことをするの？」

「ぼくじゃありません」アレクセイが頭を掻いた。「あなたを動揺させるようなことはしません」

「してるわ。こんなことまでして、どういうつもりなの？　いい加減にしてちょうだい」

ふたりが本当はどこまでやろうとしたか、いまもそれをやろうとしている可能性があるのをシルビーが知ってさえいれば。家出を邪魔しないほうがよかったのかもしれない。ぼくは付き添いつきの家出みたいなものを計画したことがある。一度だけだが、あのときはジョージがさらわれるはめになった。それにスノーボールも家族全員が辛い思いをしていたとき家出した。ぼくはそれには関わっていないけれど、スノーボールは危うく命を落とすところだった。幸い、ぼくがごみばこに頼んで探しだしてもらった。でも、アレクセイたちが家出するのははるかに危険だから、ぜったいだめだ。それにそんなことをしてもシルビーがコニーを閉じ込めるだけだろう。ああ、今回の問題は解決の糸口がなかなか見つからない。タイガーと話せたらいいのに。タイガーはいつも聞き上手だった。しょっちゅう理性の声にもなってくれたのに、ぼくは耳を貸さないことがあった。今回のプレゼント作戦の話を聞いたら、なんて言うだろう。きっと大笑いするに違いない。

「クレア、フランチェスカ、以前も言ったけれど、わたしはコニーが男の子とつき合うのはまだ早いと思ってるの、それだけのことよ。娘は日本でかなり守られた環境にいたし、はっきり言って女子校に転校させたいと思ってる。父親は日本に戻したほうがいいと考えてるわ」表情も声も怯えている。

「でもわたしはいまの学校が好きよ。友だちもできた。転校なんていや」コニーが怒って泣きだした。

「解決策を考えるべきよ、なんらかの方法を。お願い」フランチェスカが息子の肩に腕をまわした。「この子たちはすごく苦しんでる。わたしたちでなんとかしてやらないと」

シルビーは迷っているようだった。娘は泣きじゃくっているし、クレアたちは冷静に話しているし、アレクセイはすごく悲しそうだ。でもようやくわかってもらえたと思った瞬間、シルビーが首を振った。

「いいえ、当分はだめよ。それと、スマホはお返しするわ。娘にはスマホを持たせないと決めたのに、まさかだまされるとは思わなかった。あなたはふたりともいい子だと言ったけど、これでわかったでしょ。ふたりでわたしをだましていたのよ。さしあたって学校で会うのはとめようがないけれど」近いうちにそれも禁止するつもりでいるように腕を組んでいる。「でもほかの方法を考えていると言ったのは本当よ。あなたは」シルビーがコニーに告げた。「いいと言うまで外出禁止」

「どうせいまもそうじゃない」コニーが言い返し、自宅へ駆け戻って力任せに玄関を閉めた。シルビーが改めてアレクセイをにらみつけ、帰っていった。

「アレクセイ、なぜこんなことをしたの」フランチェスカがくり返した。

「だって――」

「だってじゃないわ。嘘をついたことなんてなかったのに、みんなあなたのせいよ」さすがのフランチェスカも腹を立てている。

「ママ、聞いて――」

「いいえ。あなたのためならなんでもするけれど、わたしやシルビーに嘘をついたあなたの力にはなれない。いまは前よりシルビーがまともに見えるし、言ってることにも一理ある。そしてわたしも同感よ」

この騒ぎでせっかくの今日という日に少し水を差されたが、ジョージの興奮がぼくにも影響を及ぼした。ジョージは心からハロルドとの再会を待ちわびていて、辛い思いをしてきたジョージの一日を台無しにしたくなかった。ただ、ぼくがせっかく整えた毛は雨で台無しになり、乾かしてからもう一度きれいに毛づくろいしなければならなかった。ひどく濡れたところはクレアがタオルで拭いてくれた。クレアはそのあと自分も着替え、フランチェスカにも服を貸した。泥まみれのアレクセイはシャワーを浴び――幸いぼくは免れた――そのあいだにクレアがズボンの汚れをぬぐってほかの服と一緒にヒーターで乾かした。やることがたくさんあって、ハロルドの退院祝いに間に合うのかやきもきした。

アレクセイはしょげ返っていた。

「ママ、退院祝いに行かずに家に帰ってもいい?」ズボンと靴下しか身につけていないアレクセイが尋ねた。「そんな気分じゃないんだ」

「行くのよ」フランチェスカが言い渡し、議論の余地はないことを示した。

出発したぼくたちは、途中でポリーの家に寄った。ジョージはトビーに抱っこしてもらえたが、ぼくは歩かされた。幸い雨は降り始めたときと同じようにすぐやんでいた。ハロルドの家へ向かいながら、ぼくは家族のおしゃべりに耳を傾けた。入院しているあいだに何度かジョージとハロルドの家へ行き、作業の進み具合をながめた。あちこちリフォーム中の〈海風荘〉にいたおかげで、家の修繕には詳しいつもりだ。

「そんな、ぼくの庭が」前庭におろされたジョージがショックを受けている。

「仕方ないよ、ハロルドのためにきれいにしたんだ」庭はもうジャングルではなく、すっきり整っている。芝生は刈りこまれ、茂みも剪定《せんてい》され、外壁のペンキの塗り直しはまだだが玄関のドアはきれいになっているから、近いうちにすてきな家になるはずだ。ジャングルを失ったジョージは気の毒だけれど。

ポリーが開けてくれた玄関から中に入ると、まず暖かさを、つづいて明るさを感じた。もう陰気な雰囲気はない。それに照明がすべてついている。壁は真っ白に塗られ、リビングの家具はまともなソファと、クレアとジョナサンが提供した肘掛椅子に替わっていた。新品のカーペットにきちんとコーヒーテーブルが置かれ、大きなテレビが壁にかけてある。ぼくは小走りでほかの部屋も見てまわった。見事に模様替えされていた。シンプルさを保ったまま、家庭的な雰囲気になっている。キッチンは元のままだがきれいに磨かれ、廊下のカーペットは張り替えられていて、ダイニングルームの隅に小さなテーブルが置かれ、狭いけれどさっぱり整った庭を見晴らせるようになっている。ハロルドは大喜びするに違いない。たとえジョージは違っても。

ハロルドのために小さなクリスマスツリーまで用意され、リビングの隅に置いてある。ライトと飾り玉がついたツリーをジョージがじろじろ見ている。

「ジョージ、ハロルドが見ないうちからツリーに登っちゃだめだぞ」

「この家、つまんなくなっちゃった」ジョージが文句を言いながら立ち去った。ぼくはしっぽをひと振りした。子どもなんだから、まったく！

クレアとポリーの指示のもと、マットとジョナサンが「おかえりなさい」と書かれた横断幕を壁にかけた。フランチェスカはトミーとキッチンで食べ物の用意をしているし、トビーとヘンリーとサマーとマーサはリビングで楽しそうにジョージと遊んでいる。シルビーとあんなことがあったあとなので、心がほのぼのした。シルビーとコニーもここにいられたらよかったのに。そうすればふたりも救われたはずなのに、シルビーを説得するのは無理そうだ。ぼくの魅力のとりこにするどころか、ぼくには気づいてもいない気がするから、打つ手がない。それでもなんとかするしかない。このままにはしておけない。アレクセイがかわいそうだ。ただ、プレゼント作戦はもうできない。

リビングに勢ぞろいしていると、いま着いたとマーカスからマットにメールが届いた。

少し前にさらに食べ物を持って到着したトーマスと一緒に全員で待ちかまえていると、片手で杖をつき、反対の腕を息子に支えられたハロルドが玄関から入ってきた。

「おかえりなさい」みんなが一斉に声をかけ、それを見たハロルドの目に涙があふれた。まずい、一日にふたりも泣かせてしまった。

「信じられない」ハロルドがつぶやいた。ぼくはびっくりした。怒っているどころか、感動している。「ここまでしてもらって、感謝してもしきれない。つむじ曲がりのじいさんにこんな資格はないが、家に戻れて嬉しいよ。しかも、こんなにすてきな家に。どうお礼すればいいものか。それに……」

ハロルドがゆっくりかがみこんだので、ぼくはジョージの前に駆けつけそうになった。ジョージをぶつつもり？　すると、ハロルドがジョージを撫でた。まるで別人だ。

「ありがとう、おまえは賢いな、おかげで命拾いしたよ。もう二度と『うせろ』なんて言わないからな」ジョージは喉を鳴らして体をこすりつけている。ぼくへの感謝はないんだろうか。ジョナサンたちを呼びに行ったのはぼくなのに。そろそろ無視されるのに慣れてもいいころだが、たまには感謝されるのも悪くない。

ハロルドにリフォームを終えた家の中を案内したあと、みんなでお茶を飲みながら食べ物を囲んだ。親友になったばかりのジョージは、得意げにハロルドの隣に座っている。ぼくは少し機嫌を直した。たまに正しく評価されないことはあるけれど、ジョージがいればそれでもかまわない。それにジョージには元気づけてくれるものが必要だ。
「しばらくぼくもここで暮らすと父に言ってるんですよ」マーカスが言った。
「その必要はない。それと、離婚のことではすまなかった」入院で本当に別人になってい
る。
「もう終わったことだから、その話はやめよう、父さん。ぼくもあんなふうに仲たがいす
るまで喧嘩するべきじゃなかった。親子なんだから、少なくともクリスマスが終わるまで
ここにいて、そのあとのことはそのとき考えればいい。ぼくが仕事で留守のあいだはヘル
パーさんに来てもらうように手配したから、父さんの世話をしてくれる」
「ぼくたちもようすを見に来ますよ」ジョナサンはハロルドとすっかり仲良くなっている。
どうやらひいきのサッカーチームが同じらしい。
「そうそう、実は、今年は盛大にクリスマスを祝おうと思ってるの、うちで」クレアが言
った。「だからあなたたちもいらっしゃらない？」
ぼくは歓声をあげたくなった。家族の輪に新たなメンバーが加わるのは大好きだ。
「ご親切にどうも」マーカスが答えた。「お邪魔でなければ、ぜひ参加させてください。
料理は苦手ですが」
「たしかに」ハロルドが笑った。「息子は水を燃やせる」みんな笑っていたが、ぼくには
よく意味がわからなかった。シルビーを連れてこられなかったのが残念でならない。シル

ビーとマーカスはどちらも離婚という辛い経験をしていて、どちらも見た目がいいし、歳も近いんだから。ひとりは正気を失っているけれど。それでも、完璧な存在なんていない。ぼくだってそうだ。

「椅子をいくつか持ってきてくれればいいわ」ポリーが笑いながら言った。

「了解」

「パパ、ジョージがツリーに登ってるよ」サマーの叫び声で全員が一気に首をめぐらせると、ジョージがツリーの真ん中あたりでライトのコードにからまっていた。

ぼくはコードをほどいてもらって床におろされたジョージのところへ行って叱った。

「なんで言うことを聞かないんだ?」

「パパは、ハロルドが見るまでツリーに登っちゃだめだって言ったんだよ。もう見たでしょ」

返す言葉が見つからなかった。

Chapter 30

いつの間にクリスマスイブが来たのかわからないが、気づくとその日になっていた。十二月はそうなりがちだ。今年はアレクセイやハロルドのこともあったので、人間の家族にとっては指折りのあわただしい十二月になった。ぼくにとってはなおさらだ。時間が飛ぶように過ぎ、お祭り気分を満喫する余裕も悲嘆に暮れる余裕もあまりなかった。どちらもしたかったたし、いまのぼくには必要なことなのに。でも今日はすべてを忘れて楽しもうと決めている。

クリスマスイブは家族にとって特別な日だ。トーマスでさえ店を休み、しかも二十五日と二十六日は自分もスタッフも家族と過ごすべきだと言って全店の休業を決めた。ただ、クリスマスイブは家族が集まらないから、みんなに会いたければそれぞれの家を訪ねるしかない。クレアとジョナサンは最後の追い込みでおおわらわだ。クレアは作り置きできる料理を用意し、ジョナサンははしゃぎまわる子どもふたりとはしゃぎまわる仔猫一匹を落ち着かせようと必死だが、かなり苦戦している。ぼくも手伝おうとしたが、どうにもならなかった。あきらめたジョナサンは公園を走りまわらせて子どもたちの興奮を冷まそうと考え、マットに電話をすると、マットがヘンリーとマーサを連れてきた。例によってポリーはぎりぎりになってから買い物に行ったらしい。ポリーはなんでもぎりぎりになってからやるタイプで、クレアは逆にとことん計画的に物事を進めるタイプだ。ぼくが食べられるごちそうも、たっぷり忘れずに買ってきてくれたらいいと思う。

今日はタイガーを失った悲しみはいったん脇に置いておこう。ジョージにできるなら、ぼくにもできるはずだ。いまでも恋しいし、クリスマスイブに会いたい相手ではあるけれど、会うことはできない。それでもクリスマスは楽しむものなんだから、精一杯努力しよう。

ハロルドの退院祝いのあと、幸せと悲しみがないまぜになった日々がつづいた。ハロルドとマーカスはすっかり家族の一員になり、まるでずっと前からそうだったみたいに馴染んでいる。マーカスは陽気でやさしく、離婚した奥さんのせいでひどく傷ついているから、シルビーがここまで取り乱していなければぴったりの相手になっただろう。ふたりの仲を取り持とうなんて思わなくてもじゅうぶん問題を抱えているんだから、こんなことを考えるのはやめるべきだ。でもやめられなかった。お隣とまた仲良くなりたいのに、いまのところタイガーとの一方通行の会話ではなんのアイデアも浮かばない。

ほかの仲間からはあまりいいアドバイスをもらえず、さすがのエルヴィスも役に立ちそうなテレビを観ていなかった。なんだかタイガーがいないとひとつもアイデアが浮かばないみたいで、人間を助けてきた実績がタイガーと一緒に消えてしまったようだった。仲のいい仲間やぼくたちの関係にタイガーがぽっかり残した空白はとてつもなく大きくて、誰もがそれを実感していた。タイガーは言うなればぼくたちをつなぐ接着剤のような存在だったから、いなくなると団結するには少し努力が必要になり、そのあいだもなにかが欠けているという意識がつねにあった。

ジョージは予想外にかなり立ち直りつつある。タイガーママを恋しがり、聞いていると涙がこぼれそうになる思い出話をしょっちゅうするけれど、その一方で毎日を忙しくさせている。すっかり仲良くなったハロルドによく会いに行っていて、ハナのときみたいにハロルドとの友情を培えるようにぼくも好きにさせている。新しいソファに並んで座ってテレビで〝すごくむかしの話〟を観たり、紅茶にひたしたビスケットを食べたりしているらしく、そのビスケットはジョージの大好物になった。ぼくは我慢できずに何度かちょっとのぞきに行ってみた。見つからないようにこっそり窺ったハロルドとジョージはすごく楽しそうで、ハロルドも不機嫌だったときとは別人に見えた。不機嫌どころか幸せそうで、ぼくの長年の経験では幸せは人間をいいほうへ変える。だからこそみんな幸せでいるべきなのだ。

ジョージはハナとも会っているが、掃除に来るスーザンがクリスマス明けまで休みを取ったので来週まで会えない。ジョージは外に出てくるようにしきりに勧めているけれどハナは出ようとしないし、そもそも出られない。それでも父親似のジョージにあきらめるつもりはなく、年が明けたらもっと説得に力を入れて、夏までにはハナにすばらしい外の世界を味わわせるように頑張ると言っている。目標ができてよかった。ハナはすごくいい子なのにホームシックになっているようだし、なによりも不幸な人間ふたりと暮らしているのだ。口には出さなくても切なくてたまらないはずで、ジョージが家に入って元気づけることもできなくなってしまったから、またガラス越しの会話をするしかない。

「だってさ、パパ」おとなぶった口調でジョージは言った。「タイガーママに会えないのは悲しいけど、ぼくが寂しい人間や猫と一緒にいることで寂しくないようにしてあげてると知ったら、ママも喜んでくれると思うんだ」

ぼくはやさしくて思いやりのある息子が誇らしくて胸がはちきれそうになった。タイガーとぼくの教育は間違っていなかった。

クリスマスイブは家族の家をジョージと訪ね歩くうちにめまぐるしく過ぎていった。普段は家族のほうが集まるので、大切なみんなに元気を届けるサンタになった気分になれる。ただ、サンタの衣装は着ない。一度クレアに着せられたときは、悲惨な結果になった。

最初にハロルドの家へ行った。窓枠に乗ると、リビングで笑っていた親子がぼくたちを中に入れてくれた。クリスマスツリーはぐらついていて、さすがのジョージももう飛びつこうとしなかったので、ちょっと安心した。ふたりは明日のランチパーティへ持っていく芽キャベツを茹《ゆ》で、ほかにもかなり体によさそうな野菜を用意していたが、どれもあまり猫の心をそそるものではなかった。でもマーカスはいいワインもいくつか買ったし、おとな用のチョコレートと子ども用のお菓子も買ったと話していたので、きっとみんな喜ぶだろう。ぼくたちに目を向けたマーカスが、父親にウィンクした。

「かわいい猫たちにもプレゼントを用意したんだ」マーカスの言葉にぼくの耳がピンと立った。魚だといいな。でもジョージは紅茶にひたしたビスケットがいいと思っているだろう。

「それはいい、この子たちにはメダルをやってもいいぐらいだ」ハロルドの声には愛情がこもっていて、今度ばかりはぼくの存在にも気づいてもらえたとわかって気をよくした。ただ、できればメダルよりイワシがいい。そもそもメダルがなにかもわからない。

間もなく元気いっぱいにハロルドたちと別れ、ポリーの家へ行った。マットは子どもたちにおとなしく映画を観させようとしていたが、子どもたちはそんな気分じゃなかった。ふたりとも興奮してサンタがなにを持ってきてくれるかしきりにまくしたて、いつもはおとなしいマーサまで飛び跳ねている。

「アルフィー、ジョージ」リビングに入ってきたぼくたちを見てヘンリーが顔を輝かせた。

「一緒にあそぼう！」マーサの言葉でマットが負けを認め、首を振った。リビングの飾りつけは見事で、さすがインテリアデザイナーのポリーがやっただけある。ツリーはすごく上品で趣味がよく、それを守るためにポリーが子どもたちに好きなように飾らせたごちゃごちゃしたツリーがリビングの隅に置かれている。目立たないからかまわないとポリーはクレアに言っていたが、ジョージは飛びついてもいいツリーがすっかり気に入り、めちゃくちゃにして子どもたちを笑わせた。ぼくもマットも暗澹《あんたん》たる気分になったが、ポリーは自分のツリーに触らなければ子どもたちのツリーになにをしてもかまわないと言った。今度ばかりはジョージも言うことを聞き、ポリーのツリーには近寄ろうともしなかった。というか、近寄る者はひとりもいなかった。マットさえ。

マットとポリーは飾りつけがすごくじょうずで、家の外側にライトをつけ、狭い前庭のあちこちにトナカイが置いてある。クレアも真似をしたいとジョナサンに頼んだが、ジョナサンは自分はきっと梯子《はしご》から落ちてしまうし、やろうとしてもうちのほうが大きいからライトをつけるには十二月いっぱいかかると言って断ったので、わが家の外側には飾りつけがない。ジョナサンがクレアを言い負かしたのはあれが初めてで、自分でやる気がないクレアは、サマーとトビーはポリーの家の飾りつけをながめればいいと言っている。

二階からおりてきたポリーは、珍しくちょっとおろおろしていた。

「セロテープがなくなったの」ポリーが言った。「まだラッピングしなきゃいけないものがたくさんあるのに」いかにも無計画なポリーらしい。

「店はどこも閉まってるぞ」マットもあわてている。「子どもたちが――」

「だめよ」ポリーがさえぎった。「まだ足りない」

「ミャオ」ぼくは声をかけた。クレアはいつも予備をストックしている。引き出しにいっぱいセロテープが入っていて、切らしたためしがない。

「そうね、アルフィー。急いでクレアにもらってくるわ。子どもたちの相手をひとりでできる？」マットに訊いている。

「どうかな。もうふたりともチョコレートの硬貨を山ほど食べてしまったし、できる気がしないよ」こんなに打ちのめされたマットの顔は初めて見た。「なんだったら、セロテープはぼくがもらってこようか？」逃げだせると思って笑みを浮かべている。

「いいえ、わたしが行ったほうがいいと思う」ポリーが答えた。「それに、クリスマスキャロルのコンサートまでにまだやることがたくさんあるし、あなたはどうせジョナサンと一杯飲むつもりでしょ」ポリーは正しい。マットならきっとそうする。がっかりした表情で、まさにそのつもりだったのがわかる。

コンサートと聞いて、元気が出てきた。クリスマスイブには毎年教会で子ども向けのコンサートがある。ジョージとぼくは教会に入れてもらえないので、フランチェスカたちがコンサートの前かあとにうちに来るはずだから、少し会えるはずだ。ごみばこにも会いたいけれど、時間がない。クリスマスイブは誰にとっても忙しいのだ。

小さなツリーはジョージのせいでほとんどぺしゃんこになってしまった。それを元どおりに直すマットと子どもたちを残し、仲間に会いに行った。メリークリスマスを言うために集まっていたみんなと、明日いちばん楽しみなことを話し合った。

「食べ物」ぼくの言葉は本心だった。「それと大好きな人間が勢ぞろいすること」

「ぼくは包装紙が好き」ジョージはまだ包装紙にじゃれる遊びを卒業していない。

「あら、わたしは一日じゅう次から次へとお客さんが来て、みんなにちやほやしてもらうのが大好きよ」とネリー。

「おれはたっぷり眠れるのが好きだな。うちの人間はずっと出かけてるから、クリスマスはゆっくり昼寝できるんだ」ぼくは同意しかねたが、ロッキーが幸せならそれでいい。

「おれは女王のスピーチが好きだ」エルヴィスが宣言した。「毎年テレビでやるんだ。女王が出てくると、みんな黙って真剣に耳を傾ける。あれがなければクリスマスじゃない」

みんなどう言えばいいかわからなかった。ぼくは聞いたこともなかった。それでもとにかく短いながらも楽しい時間を過ごしていると、毛になにか落ちてきた。

「参ったな、雨だ」

「違うよ、パパ、雨じゃない。雪だよ！」ジョージが言った。「見て」みんなで空を見あげると、たしかに雪が降っていた。舌を突きだして雪をつかまえるうちに、クリスマス気分が一層盛り上がった。

「タイガーが雪を降らせてくれたのかしら」大粒の雪を頭で受けたネリーが言った。

「かもね。タイガーは雪が大嫌いだったから」ぼくは笑った。

家まで歩くあいだジョージはずっと舌で雪をキャッチしようとして前を見ていなかったので、電柱にぶつかってしまった。

「いたっ！」

「ちゃんと前を見ないと」口ではそう言ったが、雪をキャッチするのはたしかにおもしろい。タイガーの家の前で、自然に足がとまった。家の中は明かりがついているが、バーカー夫妻はタイガーのいないクリスマスをどう過ごしているのか気になった。窓の向こうにはいまなおツリーが見当たらず、飾りつけもわずかだが、元気でいてほしい。できれば直《じか》に確かめたいが、タイガーがいなくなってから猫ドアは閉まったままだし、冷え込む戸外に夫妻が出てくるとも思えない。

「タイガーママはいまいるところで幸せにしてるかな」出し抜けにジョージが言った。

「うん」ぼくは答えた。「おまえがいないから天にも昇るほど幸せってわけじゃないだろうけど、もう苦しい思いはしてないよ、きっと」

「会えないのは悲しいけど、もう苦しくないならよかったよね。パパ？」

「ん？」うまくしゃべれない。

「愛って、信じてあげることだよね？」

「そうだね」喉が詰まってそれだけ言うのがやっとだった。本当にそうだ。

わが家の猫ドアをくぐったとたん、ぬくもりに包まれた。みんな降りだした雪にそわそわしている。

「積もったらどうするの？」クレアはパニックだ。「みんなが家から出られなくなったらたいへんだわ」

「歩いてこられる距離だし、ハロルドに助けが必要なら、ぼくが迎えに行ってマーカスと連れてくるよ。だから心配するな、きっとだいじょうぶさ。だいじょうぶどころか、きっと最高のクリスマスになる」ジョナサンが言い聞かせた。「ぼくたちにはすばらしい子どもがふたりいて、すごい猫たちがいるし、親友も大勢やってくる。それでじゅうぶんじゃないか」

「そうね。ごめんなさい。でもシルビーとコニーも来てくれたらもっとよかったのに。寂しいクリスマスを過ごすと思うと、気の毒で仕方ないわ。特にコニーが」

「その願いをかなえるには、クリスマスの奇跡でも起きなきゃ無理だよ。サンタにもさすがに難しいと思うな」

そんな奇跡を起こしてあげたいけれど、なにも思いつかなかった。アレクセイたちの家出をごみばこと阻止したのが正しかったのか、いまだに疑念を抱く自分もいるが、心の底ではほかに選択肢はなかったと確信している。家出なんて危険すぎる。これからも考えつづけるしかなさそうだ。あるいはクレアのように、奇跡を祈るか。

フランチェスカ一家がクリスマスキャロルのコンサートの前にうちに立ち寄るころには、考えるのに疲れきっていた。それなのに、アレクセイにすぐさまみんなと離れたところへ連れていかれた。抱きあげられたぼくは、アレクセイに不審の目を向けた。今度はなにをするつもりだ？　コニーを探すのはもうやめてほしい。でもアレクセイが向かったのは庭ではなく、二階だった。

「ねえ、アルフィー。ぼくが家出しようとした夜、きみはごみばこに会いに来てただけだってわかってるけど、あそこにいてくれてよかったよ」みんなに聞こえないトビーの部屋で、アレクセイが言った。

「ニャー」違うよ、家出をとめようとしたんだ。

「いいアイデアだと思ったんだ。きみとごみばこが大騒ぎしたせいで家出を中止したあと、ぼくは改めてじっくり考えたし、コニーもよく考えた。それで、家出なんてとんでもないって気づいた。ふたりともたいしてお金を持ってない。ぼくは貯金のほとんどを使ってコニーのスマホを買っちゃったしね。それに、ぼくの歳じゃまともな仕事に雇ってもらえない」

「ミャオ」ぼくはあきれて天を仰いだ。正気とは思えない。

「そもそも危険すぎる。でもコニーがあんまり悲しそうだから、少しでも元気にしてあげたかったんだ。それなのに状況は前より悪くなって、コニーはスマホも持たせてもらえないし、彼女のママはぼくを嫌ってる」

「ニャー」たしかに。

「それで、思いついたんだ。今度のはきみも賛成してくれるんじゃないかな」

ぼくは前足で耳をふさいだ。いやな予感がする。

「だいじょうぶ、ぼくたちに危険は一切ない。今夜ぼくはコニーと隠れようと思ってる。明日の朝、目を覚ましたみんなはぼくたちがいないことに気づいて心配するだろうけど、ぼくたちが出ていって、ここまでするほど一緒にいたかったんだと言えば、親たちも許すしかなくなる」

「ニャー！」そんなのぜったい反対だ。クリスマスの朝にそんなことをするなんてだめに決まってる。とんでもない。最悪だ。

「スマホがないのに、どうやって連絡を取り合ったのかって思ってるんだろ？　頭を使ったんだよ。コニーと仲のいいソフィはぼくとも友だちで、同じ通りに住んでる。ソフィがコニーに会いに行って、ぼくが書いたメモを渡してくれたんだ。コニーのママは、これっぽっちも疑わなかった。よく考えただろう?」

すっかり悦に入っている。頭を引っかいて分別を埋め込んでやりたいところだが、手荒なことはしたくないし、なんの解決にもならない。そもそもアレクセイを引っかくなんてできない。よっぽどのことがないかぎり。

「ソフィがコニーから預かってきたメモには、ぼくの計画どおりにすると書いてあった」目が輝いている。

「ミャオミャオミャオ」こんなひどい計画、聞いたことがない。アレクセイは行方不明になることでみんなのクリスマスの朝を台無しにしようとしている。ジョージが行方不明になったときの気持ちは忘れられない。最悪の気分だった。アレクセイは両親とトミーとシルビーにあんな思いをさせるつもりなの? たとえ一時間でも耐えがたいから、クリスマスが台無しになってしまう。とことん台無しに。

「きみなら賛成してくれると思ってたよ。それに、隠れてるのはちょっとのあいだだけだから、安心して」

「ニャ?」どうやって阻止すればいい? 酷使された頭がフル回転し始めた。

「ここの物置に隠れるのがいちばんいいと思うんだ。そうすれば、この家の庭にいるだけになる。アラームをセットして、あまり長く隠れていないですぐにぼくたちが無事だってわかるようにする。警察に電話するといけないからね」それを懸念してわずかに表情を曇らせている。

たいへんだ。ぼくは前足で目をふさいだ。警察にはすぐ連絡するに決まってる。まずい。ぜったいまずい。このとんでもない計画をなにがなんでも阻止しないと。でも、どうやって？

Chapter 31

これで今年のクリスマスイブの予定が完全に狂ってしまった。みんながコンサートに行っているあいだ、暖かい部屋でジョージとのんびりするつもりだったのに、そんなことしている場合じゃない。またしても家族が巻き起こそうとしている波乱を阻止しなければ。アレクセイはまだ子どもだから大目に見てやりたい気持ちもあるが、こんなひどい計画は聞いたことがない。これまで耳にした計画はいくつもあるし、計画を立てたことも何度もあるけれど、クリスマスを台無しにするものはなかった。

なんとかしなければ。

ジョージに話すか迷ったが、なんでも話してほしいと言った手前、隠し事はするべきじゃない気がした。だから少し控えめな表現で伝えたのに、愕然としていた。ガラス越しにメリークリスマスを言いに行ったとき、ハナはコニーたちがなにをするつもりかぜんぜん知らなかったらしい。ジョージには、ぼくがごみばこに会いに行っているあいだ、家を守っていてくれと言った。大事な役目を与えることで、どうにか留守番するのを納得させた。

ぼくはちょっと腹が立っていた。家族とのんびりクリスマスイブを過ごすのを楽しみにしていたのに。でも生きていれば思い通りにならないことだってある。

疲れて足がだるくても、行くしかない。雪が激しくなり、滑りやすい場所もあったので注意して進んだ。不安がつのり、毛が凍りつくように感じられた。なんとかするしかないし、思いつく作戦はひとつしかない。ごみばこは裏庭のゴミ容器のそばで横になっていた。どうやらネズミはどこかに逃げたらしい。

「アルフィー、どうかしたのか?」ごみばこが起きあがって伸びをした。ぼくと同じで疲れているようだ。

「うん、クリスマスイブで雪も降ってるし、今日はいろいろ忙しかった。でもアレクセイがうちに来て、今夜コニーと家出すると言ったんだよ」

「よりによって、なんてことだ」

「うん。でも不幸中の幸いと言えるかわからないけど、うちの物置にしばらく隠れるだけですますつもりでいる。少しのあいだ親を震えあがらせれば、親たちも間違いに気づいて、少なくともシルビーは気づいて、つき合うのを許してくれると思ってるんだ」つっかえながら一気にまくしたてた。

「おまえが考えそうなことだな」ごみばこが言った。あまり喜べない。

「まあね、普通のときなら賛成したかもしれないけど、クリスマスになにかしようとは思わない。クリスマスは、その、とにかくクリスマスなんだ。めちゃくちゃにするなんて間違ってる」だんだん興奮してきた。「朝、目を覚ましたフランチェスカたちが、アレクセイがいないことに気づいたらどうなるか想像してよ。大騒ぎになる。シルビーだって同じで、シルビーはひとりだからもっと大騒ぎになる。クレアとジョナサンに連絡が行けば子どもたちが楽しみにしてるクリスマスの朝が台無しになって、マットとポリーにも連絡が行くだろうから、みんなでふたりを探すためにお祭り気分が吹っ飛んでしまう!」考えれば考えるほどひどい話だ。

「たしかにまずいな」ごみばこは冷静すぎるときがあるが、いまのぼくは頭に血がのぼっているから、このほうがいいのかもしれない。「じゃあ、このあいだみたいに、おれたちで阻止しよう」肉球を舐めながらごみばこが言った。

「だめなんだ。コニーはうちの物置でアレクセイと待ち合わせしてるんだよ」腹が立って仕方ない。ふいに三人の頭をぶつけて全員を懲らしめたくなった。ふたりを会わせようとせず、ひどい態度を取るシルビー。ばかげたことを考えているアレクセイとコニー。その気になれば、その理由だって言える。幸せはかけがえのないもので、同時にはかないものなのだ。どうしてそれがわからないんだろう。

「なるほど」ごみばこがもう一方の前足を舐め、近づこうとするネズミをにらみつけた。ネズミはごみばこを見るなり逃げていった。「こんな天気の日は、あいつらを中に入れてやれなくて気の毒な気もするが、仕事だからしょうがない」しっぽを立てている。

「ごみばこ。ちゃんと考えてよ」

「ああ、そうだな。で、どうするつもりなんだ？」憐憫《れんびん》の眼差《まなざ》しを向けられ、ぼくはきつい言い方をしたのを後悔して落ち着こうとした。

「打つ手はひとつしかないと思うんだ。今夜のうちにジョナサンとクレアが気づくように仕向ければ、クリスマスの朝を台無しにせずにすむ」

「いいアイデアだ。で、おれはなにをすればいい？」

アレクセイたちの計画を未然に防ぐ見込みができて、冷静になってきた。

「面倒なことを頼んで悪いけど、アレクセイになにもないように、あとをつけてくれないかな。うちまでとはいえ、夜中に通りを歩くのは感心しない」

「ああ、たしかに。わかった、やるよ。おまえの家に着いたら、猫ドアを叩いてふたりが物置に隠れたのを知らせるから、おまえはすぐ家族を起こせばいい」

「完璧だ。きみみたいな友だちがいて本当によかったよ、ごみばこ」胸がいっぱいになってしまった。たぶん疲れきっていることや怒り、タイガーを失ったこと、クリスマスが台無しになりかねないことが積み重なった結果だろう。

「それはこっちのせりふだ。それにおまえは家族の面倒をよく見てる。よし、とにかくふたりが物置に入ったら教えるよ。ただ、ジョナサンとクレアを外に出すには、かなり大騒ぎする必要があるぞ」

「ああ、それならだいじょうぶ。最近はしょっちゅう大騒ぎしてるからね」それは間違いない。人間はたまに鈍いことがあるけれど、最後には言いたいことをわかってくれる。ハロルドを助けたときもそうだった。いまはただ、それまで起きていられるように祈るばかりだ。へとへとに疲れている。

「それもそうだな。協力して頑張ろう。行き先が庭の物置だろうと、本当にふたりが家出したとわかれば、ショックでコニーの母親も目が覚めるかもしれない。そうなればいいと思うよ、アレクセイはいい子だ」

ぼくはうなずいた。よくわかる。恋はいつもうまくいくとは限らない。ぼくはそれを苦い経験を通して学んだ。

家に戻ると、またしても蜂の巣をつついたような騒ぎになっていて、ぼくは毛についた雪をふるい落とし、芯まで冷えた体をヒーターで温めた。

「アルフィー、どこに行ってたの？　心配してたのよ。こんな天気に出かけるなんて」クレアが言った。

「ミャオ」好んで出かけたわけじゃない。

「でも、いかにもクリスマスって感じよね？　ホワイトクリスマスなんて、ほんとに何年ぶりかしら。子どもたちはコンサートですっかり興奮して、ベッドに入れるのがひと苦労だったわ。でもサンタは子どもが寝てるあいだしか来てくれないと思ってるから、もう眠ってると思う。それと、ジョージはトビーのベッドにいるから心配しないで」

たしかに心配していたが、きっとそうだろうとも思っていた。体が乾いて温まったら、ジョージにおやすみを言いに行こう。

「ジョナサンもわたしも、まだ明日の準備がいろいろ残ってるの。でもすごく楽しみだわ。雪が降ってるし、友だちが勢ぞろいしてランチを食べるのよ。きっとすてきな日になるわ」クリスマス気分が盛り上がっているクレアがまくしたてた。ぼくにもあの気分がうつればいいのに。

アレクセイとコニーが見つかったら、どうなるだろう。どちらの親もわが子に腹を立てて無期限の外出禁止を命じるだろうか。それともふたりがどれほど相手を思っているか悟り、シルビーも態度をやわらげてみんなですてきなクリスマスを過ごせるだろうか。自分がどちらを望んでいるかわかっていた。そしてどちらの結果を予想しているかもわかっていた。

ジョージにおやすみのキスをしてから、猫ドアの前で待ちかまえた。ここにいれば、たとえ眠ってしまってもごみばこが来たのがわかる。タイガーがいたらどうなっていただろう。きっとアレクセイのばかげた計画はいかにもぼくが考えそうなことで、家族は無意識のうちにぼくの影響を受けているんだと言うだろう。だから全部ぼくのせいにされるかもしれないが、事態の修復に努めるぼくを褒めてくれるに違いない。たしかに責任は感じるけれど、みんなの幸せを気にかけるのも限界がある。猫一匹にできることは限られていて、あきらめたくなくてもすべてを解決できないときもある。シルビーとコニーを仲直りさせる方法はいまだにわからないし、ジョージを家の中に入れる方法は見つけたけれど、ハナを外に出す方法もいまだにわからない。ハロルド親子はジョージとぼくのおかげで仲直りできたが、主な立役者はジョージだ。ぼくもそれなりのことはしたけれど、すべて解決できたわけじゃないし、やり残すのは好きじゃない。

クレアとジョナサンがやってきた。

「もう寝ないか？」ジョナサンがあくびをしている。

「いいえ、まだツリーの下にプレゼントを並べてないの。シャンパンを注いでクリスマスイブに乾杯しましょうよ。今日は文句のつけようのない一日だったじゃない？　コンサートではハロルドまで歌っていたし、すごく楽しそうだった」

「ああ、それにマーカスはほんとにいいやつだ」

「シルビーも会えばいいのに。マーカスならシルビーが抱えている悲しみを忘れさせてくれるわ」

「ミャオ」ぼくもそう思う。

「あれ、アルフィー、まだ寝てなかったのか？　なんで猫ドアの前にいるんだ？」ジョナサンが訊いた。「サンタは煙突から入ってくるんだぞ、猫ドアじゃなくて」笑っている。

ぼくはしっぽをひと振りした。おもしろくもなんともない。

「つまらない冗談はやめて。さあ、一杯飲みましょう。そうすればもうひと仕事する元気も出るわ」

「徹夜になりそうな気がするよ」ジョナサンがこぼした。

「サマーとトビーが夜明けに目を覚ましたとき、完璧な状態にしておいてやりたいの」クレアが言った。てっきりジョナサンはまた文句を言うのかと思ったが、クレアの肩を抱いて頭のてっぺんにキスした。

「そうだな。さっさとすませて、本物のサンタが来ないうちにベッドに入ろう」

ぼくはジョナサンに耳のうしろを掻いてもらいながら、ごみばこが早く来てくれるように祈った。

Chapter 32

眠りこんでしまったらしく、猫ドアを叩く音で飛び起きた。頭だけ出すと、ごみばこと目が合った。急いで出た外は凍える寒さだった。

「来てるの？」

「ああ。いかれたアイデアを実行に移した。寒くてアレクセイはずっと震えてたから、コニーもきっと凍えてる。朝まで放っておいたら低体温になってただろうから、おれたちがいてよかった」ごみばこが言った。「とりあえず、ここに来る前にふたりとも物置の中にいるのは確認したが、姿は見られていない」

雪はやんだが、芝生にうっすら積もっていた。ふたりとごみばこの足跡がついている。

「よし。じゃあ始めるよ」ぼくの言葉に、ごみばこがうなずいた。

「しっかり頼むぞ、アルフィー。おれはなにかあったときのためにすぐそばに隠れてる」

ぼくは家の中に戻った。クレアとジョナサンは寝巻に着替え、リビングの明かりを消して寝室へ行こうとしていた。疲労感がずっしりのしかかってきた。でもやるしかない。

「ミャオミャオミャオミャオミャオ」ぼくは大声を張りあげた。そしてぐるぐるまわり始めた。

「うわ、またか」ジョナサンが言った。「今度はなんだ？　勘弁してくれ、アルフィー、クリスマスイブの夜中だぞ。つまりクリスマスの朝ってことで、個人的にはもう寝たい」

「アルフィー、静かにして、子どもたちが起きちゃうわ。あなたももう寝なさい」クレアもジョナサンもへとへとだから、伝わらないのだ。

「ニャーニャーニャーニャー」クレアの足を踏もうとしたが、足を引っ込められたので尻もちをついてしまった。ぼくはまたその場でぐるぐる走り始めた。普段はクレアのほうが察しがいいのに、真夜中だと勘が鈍るらしい。

「なにか伝えようとしてるみたいだな」ジョナサンが頭を掻いている。ぼくは鳴きながら裏口へ走った。

「外に出てほしいのかしら」とクレア。

「こんな天気なのに？　アルフィー、冗談はやめてくれ」

「ミャオ」冗談じゃない。ぼくは猫ドアから外に飛びだし、ふたりが追ってきてくれるよう祈った。すると裏口が開き、二組の目がぼくを見た。

「あなたが行ってよ」クレアが言った。

「でも靴を履いてない」

「わたしだってそうよ」せめてどちらかひとりでも早く出てきてほしい。

「わかったよ、履いてくる」ジョナサンが姿を消し、スニーカーを履いて戻ってきた。

「じゃあ、行ってくる」ちらりとクレアを窺い、外に踏みだした。「なにもなかったら承知しないぞ、アルフィー」

その心配は無用だ。ぼくは物置へ走った。ジョナサンが髪をかきあげ、クレアに振り向いた。

「物置へ連れていきたいらしい」

「中に誰かいるのかしら。不審者かもしれない」クレアがキッチンからフライパンを持ってきた。室内履きなのも忘れてジョナサンに駆け寄り、フライパンを渡している。

「なんでこんなものを？」

「相手を殴る必要があるかもしれないでしょ」

「アルフィーは物置に物騒なやつがいるって伝えようとしてるのか？」ちょっとうろたえている。

「そうは思わないけど、念のためよ」クレアは冷静だ。

「たぶん猫だよ。野良猫がいて、里親を探すことになるだけさ。でなければサンタかも」笑っている。ぼくはしっぽをひと振りした。冗談を言ってる場合じゃない。

「ニャー」いいからさっさと物置のドアを開けてほしい。クレアにひと押しされたジョナサンが、フライパンを持ったままおそるおそるドアを開けた。中で悲鳴があがり、ジョナサンが一気にドアを開け放った。

「なんてこと」クレアがつぶやいた。アレクセイとコニーが埃《ほこり》まみれの古い毛布にくるまって縮こまっている。

「嘘だろ」ジョナサンはまだフライパンを構えたままだ。

「あーあ」アレクセイは相変わらず表現が控えめだ。ジョナサンが首を振ってクレアを見た。

「そうね、フランチェスカに電話してくる」クレアが言った。「あなたのママにも連絡するわよ、コニー」怒っている。「どういうつもりなの、ふたりとも。こんな寒いところで。どうかしてるわ」それだけ言って家へ駆け戻っていく。ぼくも戻りたいが、この場がどうなるのか知りたい。

「なにをやってるんだ、アレクセイ。このばか」ジョナサンは歯に衣着《きぬき》せずにものを言う。ようやくフライパンを持つ手をさげた。

「会うのを許してほしかっただけだよ」アレクセイの声が震えている。デリケートなところはむかしと変わらず、コニーと手をつなぐ姿は歳より幼く見えた。

「そうか。でもこんなふうに家出するなんて、ばかもほどほどにしろ。目を覚ましたママとパパとトミーがおまえがいないことに気づいたらどうなると思う？　それにコニー、きみのママはひとりなんだから、きっと震えあがる。正直言って、おまえたちの頭をごつんとぶつけてやりたい気分だ。こんなに無責任でばかなことをして。とにかく、凍傷にならないうちに家に入れ」

人間の言葉をしゃべれたら、ぼくも同じことを言っていた。

コニーとアレクセイがジョナサンについてしょんぼり家に入ったので、ぼくはごみばこを探しに行った。

「大成功だったよ」ぼくは言った。「どうもありがとう」

「よくやったな、アルフィー。少し寝ろ。明日は忙しくなる」

「みんな来るんだ。きみもおいでよ」ごみばこがひとりぼっちでクリスマスを過ごすと思うと耐えられないが、ごみばこは気にならないのだろう。ひとりでいるのが好きなのだ。

「いや、ネズミどもがわんさと出てくるんだ。クリスマスは普段より食べ物を手に入れていいと思ってるらしくてね。だから休んでいられない」

ぼくはにやりとしてひげを立てた。

「働きすぎだよ」

「お互いさまだ」たしかにそうだ。「じゃあな、アルフィー」

「いいクリスマスを、ごみばこ」ぼくは声をかけた。

「おまえもな。タイガーがいなくなって辛いだろうが、元気を出せ。またな、アルフィぼくは暗闇に消えていく後ろ姿を見送った。

アレクセイとコニーは恐縮しきった顔でソファに座っていた。ジョナサンは行ったり来たりしながら、ふたりがいかに無責任か説教している。どうやら楽しんでいるらしく、実際かなりじょうずにやっていた。ぼくはアレクセイにとびきりの非難の目を向けた。

「なんで物置に来たの?」アレクセイが訊いた。

「アルフィーに連れていかれた」みんなの目がぼくに向いた。ぼくは肉球をしげしげ見つめた。人間は鈍いことがある。

「でも、アルフィーはなんでわかったの?」とコニー。

「ぼくが話したんだ」アレクセイが答えた。またみんなの視線がぼくに向いた。ぼくはひたすら肉球を見つめつづけた。「誰かに言わずにいられなかったんだ。でもアルフィーがそこまで理解するとは思ってなかった」

「アルフィーは猫よ」コニーは困惑顔だ。

「ああ、言われなくてもわかってる」ジョナサンが言下に告げた。「物置で音がするのに気づいて、調べさせようとしたんだろう」みんなが不審そうにぼくを窺う回数が増えている。

「でも、アルフィーは猫よ」コニーがくり返した。「わたしたちがあそこにいるのがわかったはずないわ」

「アルフィーはただの猫じゃないんだ」さすがはアレクセイだ。少なくともこの子はわかってる。「でもさすがに今日のは物音に気づいただけだと思う。ただこの前は――」アレクセイがあわてて手で口を覆った。

「この前？」ジョナサンが目を細めた。沈黙が流れた。「まあいい、話を戻そう」ジョナサンがつづけた。「コニー、ママのことをわからず屋でひどいと思ってるのはわかる。でも、ママにとっていまはちょっと辛い時期なんだ。ぼくはシンガポールで仕事をクビになって帰国せざるをえなくなったことがある。離婚したわけじゃないが、むしろそれより辛かった」

「ミャオ」ジョナサンをクビにするなんて、きっとたいした会社じゃなかったのだ。

「まあ、離婚のほうが辛いかもしれないが、とにかくたいへんで、自分に起きたことをなかなか受け入れられなかった。気が滅《め》入《い》って、誰に対してもあまりやさしくできなかった。アルフィーに対しても」

「ミャオ」たしかにあまりやさしくなかった。現に、何度もぼくを家から放りだした。

「すっかり気が滅入っていたんだ。気が滅入ると、人間はまともとは思えない行動をすることがある」かわいい猫を家から放りだすようなことを。「コニー、いまのきみは被害者だ、それはわかる。でもきみとママにはお互いが必要で、力を合わせなきゃいけない。きみもいろいろ辛い思いをしたのはわかるし、まだ子どもなのも知ってるが、ママにはきみの支えが必要なんだ。誤解しないでくれ、ぼくはきみの味方だ」

そうなの？　そうは聞こえないけど。

「きみには学校があるし新しい友だちもいる。ママはたぶん、ちょっと見放された気分なんだろう。だからきみにはなんの責任もないけれど、わかろうとする努力はするべきだ。そうすればふたりとも楽になる。アレクセイのことも考え直してくれるかもしれない」

前言を取り消そう。ジョナサンの言うとおりかもしれない。

「ジョナサン、ごめん」アレクセイが言った。「どうすればいいかわからなくて、いいアイデアの気がしたんだ」

「とんでもないアイデアだ。アレクセイ、みんなに謝って、二度とこんな無責任なことはしないと約束するんだぞ。心配させてもなにも解決しない」

ぼくは喉を鳴らして賛成した。似たような作戦をいいアイデアだと思ったこともあるが、いまは違う。

寝巻の上にコートをはおってブーツを履いたクレアが帰ってきた。肩を抱かれたシルビーが泣いている。

「あなたのパパもすぐ来るわ、アレクセイ」クレアが言った。「ママはトミーをひとりにできないから、叱るのはあなたが帰ってからにするそうよ。かなり機嫌が悪かったわ」

「ごめんなさい、ママ」コニーがわっと泣きだしてシルビーに抱きついた。

「ああ、コニー。家出するほど思いつめていたなんて。ママが悪かったわ」ふたりが抱き合って泣きじゃくっているところに、トーマスが到着した。

「アレクセイ。どういうことか説明しろ」寝ていたところを起こされ、目に入った最初の服をあわてて着てきたらしい。薄くなった髪がぼさぼさだ。

「ばかなことをしたと思ってる。でもぼくたちはただ会いたかっただけなんだ。みんなに迷惑をかけるつもりはなかった。ぼくたちがどれだけ真剣かわかってほしくて、家出することしか思いつかなかった。でも最初にやろうとしたときは――」

「これが初めてじゃないの？」クレアが驚いている。

「あ」またうっかりしゃべってしまったことを後悔している。懲りない子だ。「うん。でも裏庭に出たら、アルフィーとごみばこが大騒ぎし始めて、パパたちが起きちゃいそうだったから仕方なく中止したんだ。そのあとロンドンは危険だと気づいて、家出なんてばかなことはやめることにした」

「耳を疑う話だ」トーマスがちょっと途方に暮れている。

「それで、家出のふりをしようと思ったんだ。クリスマスの朝、目が覚めたらぼくたちがいないなんてひどいことだっていまはわかるけど、どうしようもなかったんだよ」泣きそうになるのをこらえている。もう子どもじゃないから泣けないと思っているのだ。いくつになっても泣きたければ泣けばいいのに。

「だから朝まで物置で寝るつもりだったのか？」トーマスが問い詰めた。シルビーも返事を待っているが、コニーを抱きしめたままだ。

「そうだけど、眠れなかったと思う。すごく寒かったから」

「最悪の家出だな」ジョナサンがたいして役に立たないことをつぶやき、クレアにぶたれた。

「ごめんなさい」シルビーが言った。「みんなに謝るわ。アレクセイとコニーにも。ふたりにそこまで惨めな思いをさせてるなんて思いもしなかった。でもコニー、ママはひとりで必死だったの。一緒に子育てをしてくれるパパはいないし、ロンドンではひとりも知り合いがいない気がしてどうすればいいかわからなかった。あなたの再出発を邪魔するべきじゃなかった。いまでも男の子とつき合うのはまだ早いと思う気持ちに変わりはないけれど、ルールを守るなら、一緒に解決策を考えましょう。ママから逃げたいなんて思ってほしくない。愛してるのよ」

「守るわ、なんでもする」コニーの瞳に期待があふれた。

「ぼくも守ります」アレクセイが言った。「ふたりきりになれなくてもかまいません」勢い込んでいる。

「でも、お仕置きはするぞ」トーマスの口調に迷いがある。

ジョナサンがトーマスの背中に手をかけた。「なあ、さしあたってここまでにしたらどうだ？　ふたりとも反省してるようだし、厳密に言えばもうクリスマスだ」ぼくはジョナサンに歩み寄って脚に体をこすりつけた。そのとおりだ。「明日は洗い物係でもやらせればいい」ジョナサンが笑った。

「フランチェスカもアレクセイが帰ってくれば安心すると思うわ」とクレア。

「わかったよ。じゃあお仕置きはなしでいい。こんなときどうすればいいかわからないが、そろそろみんな家に帰ってクレアとジョナサンを寝かせてやろう」

「ええ、子どもたちも早起きするはずだし、豪華なランチの用意もあるしね。シルビー、コニー、あなたたちも来ない？」

「とんでもない。せっかくだけど、それはできないわ」シルビーがコニーを押して帰ろうとしている。

「どうしても？」アレクセイが訊いた。

「ええ、予定があるの、ごめんなさい」シルビーがそれだけ言って娘と帰っていった。

「変だな。話が通じるようになったと思ったのに」とジョナサン。

「きっと恥ずかしくて、いまはみんなと顔を合わせる気になれないのよ」クレアがぼくの気持ちを代弁した。「わたしたちとは仲たがいしてたようなものだから、まずは少しずつ関係を改善する必要があると思ってるんだわ。みんなが勢ぞろいするクリスマスはちょっと荷が重いのかもしれない」

たぶんそうなんだろう。心が傷つくのは辛いもので、シルビーは間違いなく心が傷ついている。ぼくもそうだ。でもぼくのほうが理性的に対処できている気がする。家族のおかげだ。

「やれやれ、こういうことは得意じゃないんだ。考えたこともなかったよ」気の毒に、トーマスは困り果てている。「まあいい、アレクセイ、帰るぞ」

アレクセイはコニーに会うのを許され、にこにこしている。トーマスとクレアとジョナサンも結果に満足しているようだし、ぼくも満足だ。まさにクリスマスの奇跡が起こり、どうやらぼくがみんなのクリスマスを救ったらしい。

Chapter 33

くたくたに疲れていても、クリスマスの高揚感は苦にならなかっただろう。でもアレクセイたちのせいでジョナサンが言う〝ばかげた時間〟に起こされたことで、家族が団結した。ジョージは包装紙で遊ぶのが待ちきれず、びりびりと紙を破ってプレゼントを開ける子どもたちのまわりで飛び跳ねている。頭についた切れ端を吹き飛ばす息子を見て、ぼくの胸は愛《いと》おしさでいっぱいになった。メリークリスマス。

誰もがうきうきと笑顔をはじけさせ、クレアとジョナサンが飲んでいるシャンパンにちょっと似ている。朝食にふさわしいようにオレンジジュースを混ぜているようだが、子どもと猫はもらえないらしい。

プレゼントはすぐさま開けられた。大喜びしたトビーは我を忘れ、複雑なレゴの組み立てを手伝うはめになったジョナサンも我を忘れたが、嬉しいからじゃなくて手こずったからだ。さかんに頭を掻いてはクレアに救いを求める視線を送っていた。サマーは山ほど持っている人形の数をさらに増やし、どうやら的確なプレゼントを選べるサンタは世界一目端が利くらしい。包装紙に囲まれて至福の境地だったジョージはセロテープが貼りついて身動きできなくなり、はがしてやらなければいけなくなったが、みんな笑顔だった。ぼくも含めて。大切な相手が楽しそうにしているのを見ていると心がなごんだ。ぼくたちは恵まれている――暖かい部屋で食べ物をもらえ、愛されている。ぼくたちほど恵まれていない猫や人もいると思うと切なかった。でも今日はくよくよしてはいられない。窓枠からはずしたモールが体に巻きついたジョージを助けてやらなければいけない。

こんなぼくたちをタイガーに見せたかった。きっと喜んだだろう。毛の一本一本に至るまでタイガーが恋しくてたまらない。でも「すてきなクリスマスを」と言う声が聞こえてつい笑みが浮かんでしまった。すてきなクリスマスになったけれど、悲しいクリスマスにもなった。それでも生きていれば幸せと悲しみのバランスを取りつづけるしかない。

「さて、シャワーも浴びたし、そろそろ料理を始めるわ」クレアはクリスマスツリーが編みこまれた真っ赤なセーターを着ている。ジョナサンもおそろいを着ることになっていたが、なくしたと言い張っている。でも〝冗談じゃない。こんなものを着ているところを見られるぐらいなら死んだほうがましだ〟とぼやいていたから、どこかに隠したんだろう。いずれにしても、エプロンをつけたクレアはいかにもクリスマスの雰囲気にぴったりだった。ぼくはランチだけでなく、もうすぐほかの家族が来ることにわくわくしていた。

「手伝おうか？」レゴの説明書をまじまじ見ていたジョナサンが救いを求める口調で尋ね

た。料理は好きじゃないのに、レゴで宇宙船をつくるほうが難しいらしい。

「いいえ、あなたはそのままトビーを手伝ってやって」にやりとしている。

「やった！」トビーが歓声をあげ、ジョナサンを食い入るように見つめた。ジョナサンは頭を掻きつづけている。

「ママ、この車、動かし方がよくわかんない」サマーはリモコンでぐるぐるまわすピンクの車ももらったのだ。でもあまり操縦がうまくないからぼくはしっぽを轢《ひ》かれたし、ジョージは何度か危機一髪の目に遭っている。

「ママはお料理をしなきゃいけないの。トビー、少し見てやってくれる？」

トビーはレゴと妹を天秤《てんびん》にかけて迷っている。

「わかった。でもちょっとだけだよ」トビーがそう言ったとたん、ツリーのライトが消えた。

「ヒューズが切れたんだ」ジョナサンがあわてて立ちあがり、リビングの照明をためした。こちらもつかない。「おかしいな。ブレーカーが落ちたのかな」ヒューズボックスのある廊下に出ていく。「いや、落ちてない」不思議そうにつぶやく声にかぶせて電話が鳴った。

「たいへんよ。エドガー・ロード一帯が停電ですって」クレアが耳から受話器を離して悲痛な声をあげた。

「え？」とジョナサン。

「停電したのよ。完全に。これじゃランチをつくれない」クレアが持ったままでいた受話器を見た。「ごめんなさい、ポリー、あわててしまって。かけ直すわ」電話を切っている。「どうする？」ジョナサンが言った。全員が少し暗くなったリビングで呆然《ぼうぜん》と立ち尽くした。食べ物のないクリスマス？　ぼくにとって食べ物はいちばんの楽しみなのに。クリスマスディナーを心待ちにしている。ジョージは愕然とし、トビーは心配そうで、サマーは何事もなかったように人形で遊んでいる。

みんながうろたえる中、ぼくは落ち着いて考えをめぐらせた。今年はすでに一度クリスマスを救ったけれど、また救うしかない。でも長い長い一日だった昨日を過ごしたあと早起きしたから睡眠不足だし、努力を埋め合わせてくれる七面鳥もまだもらっていない。食べ物のないクリスマスなんてありえない。やっぱり猫の仕事に終わりはなさそうだ。

サマーはランチにサンドイッチを食べようと言い、トビーはチョコレートの硬貨を食べたがっているが、もうかなりの数を食べたはずだ。詰め合わせになった箱を見せてみんなに分けてあげるとまで言いだしている。みんなはそれでいいけれど、ぼくたち猫はどうなる？　猫はチョコレートを食べないし、サンドイッチについて言えば、イワシか魚が入っていないかぎりまったく興味を持てない。ぼくはやっぱり昔ながらのクリスマスランチを食べたい。ジョナサンもぞっとした顔をしているから同じ気持ちらしい。それに、ランチを食べに来るみんなをどうすればいい？　エドガー・ロードのほかの住民は？　一大事だ。

また電話が鳴り、クレアが受話器をひったくった。短い会話のあと、電話を切った。

「マーカスからだったわ。手違いがあって電力を緊急停止したみたいだけど、直るのは早くても夜になるんですって」

「やれやれ、クリスマスが台無しだ」ジョナサンがうめいた。

「そんなことないわ。なにか考えればいいのよ」口調は冷静だが、目がうろたえている。

そうだ――クレアたちが黙り込んだとたん、はっと思いついた。停電はエドガー・ロードで起きていると話してたから、フランチェスカ一家が住む通りはだいじょうぶかもしれないし、レストランは今日お休みだから、みんなで食べ物を持って向こうへ移動して、料理して食べればいい。シンプルかつ見事なアイデアだ。さて、それをどう伝えよう。ぼくはクレアとジョナサンを見て舌なめずりした。そしてひと声鳴いて玄関へ走った。

「今度はなんだ？」ジョナサンがにらんできた。なるほど、これじゃ伝わらないらしい。ぼくはジョージを呼んで思いついたことを説明した。

「すごくいいアイデアだね」ジョージが言った。「でも、どうやって伝えるの？」ぼくは頭を絞った。

玄関脇のテーブルに、クレアたちがたまに使うデリバリーのメニューがいくつか置いてある。あれがヒントになるだろうか。ぼくはテーブルに飛び乗ってメニューを床に落とした。

「なにをやってるんだ？」とジョナサン。

「ニャー」なかなかうまく伝わらない。そのとき、あるものが目に入った。ゆうべ急いで帰宅したアレクセイが忘れていったリュックをクレアが玄関の横に置いたのだ。あれなら伝わるはずだ。ぼくはジョージと一緒にリュックに登って大声で鳴いた。

クレアとジョナサンが顔を見合わせている。

「トーマスに電話してみる」ジョナサンが言った。ようやく。「今日は店は休みだし、きっと向こうは停電してない！」まるで自分が思いついたみたいに得意げだ。

ちょっと悦に入るぼくにジョージが鼻を押しつけてきた。

「タイガーママが恋しいけど、世界一頭のいいパパがいてよかった」ぼくはこれ以上ないほど幸せな気分になったが、これ以上ないほど悲しくもなった。ぼくもタイガーママが恋しくてたまらなかった。

すべてが整った。まあ、ここに至るまではかなり大騒ぎだったけれど。フランチェスカが店で用意をするあいだに、トーマスが息子たちと料理する必要があるものを車で取りに来た。ジョナサンとマットは困っているエドガー・ロードの住人すべてに声をかけ、ランチに誘った。一緒に行ったぼくは、タイガーの家族も来るとわかって嬉しくなった。タイガーを亡くしたあげく停電まで起きて不安になっていたようなので、参加してくれてほっとした。

マーカスとハロルドも来ることになり、歩いていくのが無理な父親のために車で行くマーカスがほかにも乗りたい人がいたら乗せてくれることになった。ぼくも乗せてくれるだろうか？　グッドウィン夫妻も参加することになったが、さすがのジョナサンも文句は言わなかった。なにしろクリスマスはすべての人間にとってやさしくなる日なのだ。猫にとっても。だからサーモンにも声をかけたら、ぜひ参加したいと言われた。クリスマスディナーを食べたければそうするしかない。ほかの仲間の姿はなく、みんなの無事を祈るしかなかった。

「ロンドン大空襲のときみたいだな」妻とおそろいのクリスマスセーターを着たヴィク・グッドウィンが持ち寄る食べ物をまとめながら言った。

「ぼくはまだ生まれてなかったのでわかりません」ジョナサンが応えた。

「わたしだってそうだ」とヴィク。それならどうして知ってるんだろう。でもヴィクの話には役に立つものもあった。帰宅するときもまだ停電しているといけないから懐中電灯を持っていくべきだと言ってくれたので、ありったけの懐中電灯をかき集め、各家庭にひとつ行き渡るようにした。

幸い、留守の家やほかに行くところがある家も多かったが、レストランへ向かうために集まった人数はかなりの数になっていた。ジョナサンとマットが先頭を歩き、ポリーとクレアと子どもたちがぼくたちと最後尾を務めた。

「ハナも行ければいいのに」ジョージのひとことで、やり残したことがあると気づいた。シルビーには誰も声をかけていない。たぶん予定があると言われたからだろうが、そんなはずない。

ぼくは隣の玄関の前で、大声で鳴いた。

「いやだ、クレア。シルビーのことをうっかりしてたわ」ポリーが言った。みんな門のところにいるが、ジョージはぼくと一緒に玄関先にいる。

「ゆうべは予定があるって言ってたけど、恥ずかしくて合わせる顔がないのよ、きっと」ゆうべあったことはクレアがもう話したので、マットとポリーも状況を把握している。

「でも予定なんてあるはずないわ」ポリーが門を開けた。「クリスマスなのにふたりきりでいるなら、一緒に来るように説得しないと。真っ暗な中でクリスマスを過ごすなんて、とんでもないわ」

「たしかにそうね」クレアは自信がなさそうだが、みんなと一緒に玄関先までやってきた。ヘンリーが背伸びしてチャイムを鳴らし、全員で聖歌隊みたいに身を寄せた。しばらくすると足音が聞こえ、玄関が開いた。コニーだ。トナカイがついたセーターを着ていて、すごくかわいらしい。ぼくたちを見てちょっとほっとしている。

「こんにちは。ママはいる？　あ、それと、メリークリスマス」ポリーが返事を待たずに家に入っていった。ぼくたちもつづいた。シルビーはキッチンにいて、ジョージがハナに駆け寄って昔馴染みみたいに顔をこすりつけた。

クレアが意外な顔をしている。「いつの間に仲良くなったの？　ハナは一度も外に出ないんでしょう？」答えられる者はひとりもいなかった。

「あら、こんにちは。メリークリスマス」シルビーが挨拶した。ちょっと顔が赤い。

「ねえ、予定があると言ってたけど、どうやら違うみたいだし、停電じゃクリスマスを過ごせないわ。近所の人たちと一緒に食べ物や飲み物を持ってフランチェスカのレストランへ行って、気楽なクリスマスランチを楽しみましょうよ」

「楽しそう」コニーは行きたそうだ。

「無理よ、ぜったい無理」シルビーが泣きだした。

「コニー、子どもたちにリビングのツリーを見せてあげて」ポリーに頼まれたコニーは驚いているようだったが、指示に従った。

「どうして無理なの？」ポリーが尋ねた。

「わたしがひどい母親だったせいで娘に家出までさせたし、やさしくしてくれたあなたたちにもひどいことをしたし、元夫は妊娠した恋人と日本にあるわたしの家でクリスマスを過ごしているのよ。これだけで理由はじゅうぶんでしょう？」むせび泣いている。

そんなふうに言われると、たしかにたいへんそうだ。

「ねえ、前のだんなさんのことは、わたしにもどうしようもない。でもあなたたち親子は仲直りしたんでしょう？」ポリーに言われ、シルビーがうなずいた。「それに、あなたはひどい母親なんかじゃない。娘を必死で守ろうとしてたのはみんなわかってる。でもアレクセイからコニーを守る必要はないのよ。鉢植えの花ぐらい無害な子だから」

「鉢植えの花にたとえるのはどうかしら」とクレア。

「最初に思いついたことを言っただけよ。花みたいだと言いたかったの。アレクセイは繊細な花みたいでしょ？」いったいなんの話をしてるんだろう。「まあ、いまはそんなことどうでもいいわ」さすがのポリーも話が脱線したことに気づいたらしい。

「要するに、わたしたちは気にしてないし、無理もないと思ってるの。あなたは辛い思いをしていて、いろいろ大変だった。でもいまでもあなたと友だちになりたいし、あなたにも仲良くしてほしいと思ってるから、よりによってクリスマスをふたりっきりで暗い中で過ごさせるわけにはいかないわ」クレアが話を本題に戻した。「だから一緒に行きましょう。改めてみんなと仲直りすればいいわ」

「でもきっとフランチェスカはわたしを嫌ってるわ。ひどいことを言ったから、アレクセイにも」シルビーの目に涙があふれている。「平気な顔でお店に行くなんて無神経もはなはだしいわ、そんな資格ない」

「嫌ってなんかいないわよ。それに、謝ればすむことだわ。フランチェスカは根に持たないタイプで、まるで……」ポリーがたとえを考えている。

「鉢植えの花みたい？」クレアが助け舟を出し、みんなが笑った。「シルビー、あなたが来たら、フランチェスカはむしろ大喜びするはずよ。それに、誰のためのクリスマスかわかるでしょう？」

「コニーとアレクセイのためよ」ポリーが敢えて断言した。ぼくとジョージのためでもある――ぼくは心の中でつけ加えた。

「わかったわ。着替えて軽くお化粧してくるから五分待って」シルビーがにっこりした。

「いままでのことをすごく後悔していて、できるものならあなたたちに許してほしいと思っていたの」

「もう許してるわ」ポリーが答え、コニーに嬉しい報告をしに行った。

「また家族が笑顔になってよかった」ハナが言った。「あなたのおかげだってジョージから聞いたわ」

「そうでもないよ」ぼくは謙遜した。

「ぼくたちのおかげさ」ジョージがしゃあしゃあと言い返した。「でもコニーたちも来ることになったから、きみはひとりぼっちになっちゃうよ。真っ暗闇で」期待をこめてひげを立てている。

「ハナ、きみもおいでよ」ぼくは言った。

「でも外には一度も出たことがないし、雪が降ってるし、ゆうべコニーに教えてもらうまで雪のことも知らなかったの」

「うん、肉球が冷たくなって、ちょっとつるつるするかもしれないけど、磨いた床みたいなものだよ」ぼくは説明した。「ハナ、一緒に来なきゃだめだ。そろそろ外に出るようにしないと。きっと気に入るよ、保証する」そうなってほしい。

「でも怖いわ」

「ぼくがついてるからだいじょうぶ」ジョージが言った。

「さあ、コニーたちが自分たちはいまも家族だって思えるようにしてやらないと。きみも家族の一員だ」ぼくは鼻先で玄関のほうへハナを押した。「それにおいしいものもたくさんあるよ。自分を大事にする猫なら、こんなチャンスは逃さない」

「ハナ？」シルビーが玄関の前に座っているハナに気づいた。

「ハナも連れていきましょうよ」クレアが心配そうにぼくたちを見た。ぼくは改めてハナを押した。そうでもしないと玄関に近づこうとしないのだ。

「でも出たがらないと思うわ」シルビーが言った。

「ミャオ」ハナが鳴いた。ぼくの言葉が伝わったらしい。

「一緒に行きたいのかも」とコニー。

「ぜったいそうだよ。ぼくは猫に詳しいからわかる」トビーが言った。

「あたしもわかるよ。この子はぜったい行きたがってる」負けず嫌いのサマーも横から口を出した。

「わかったわ。コニー、キャリーに入れて連れていきましょう。足が冷たくなったらかわいそうだから」シルビーは半信半疑だが、コニーがハナを抱きあげた。ジョージに向かってまばたきすると、ジョージもまばたきしてみせた。思っていたのとはちょっと違うが、いまはこれでよしとしよう。

「おなかがいっぱいでもう動けない」食事を終えたぼくは横になった。

「ぼくも」とジョージ。

「外ってすごく楽しいのね」ハナはそう言っているが、いまいるのは建物の中だ。

「さて、おれはそろそろ仕事に戻るよ」ごみばこが言った。「おれがいないと、うるさいネズミどもが図に乗るからな」

「手伝おうか?」サーモンが礼儀正しく尋ねた。

「いや、気を悪くしないでほしいが、あんたは肉球を汚すような猫には見えない」ごみばこの言葉に悪意はない。でもサーモンは違う。サーモンなら言葉でネズミを自殺に追い込むこともできるだろう。この点は飼い主にそっくりだ。

でも公正を期して言えば、グッドウィン夫妻はかなり節度を守っている。ふたりのジェスチャーゲームは、なかなかの見ものだった。でもお人好《ひとよ》しではハロルドのほうが上だ。ハロルドはひとつも正解できず、それをジェスチャーが下手なせいにした。おとなはみんな大笑いで、涙を流しそうになっていた。

いろいろあったけれど、すばらしいクリスマスになった。食べ物はおいしくて、全員が持ち寄ったせいで量もたっぷりあった。子どもだけで囲んだテーブルは、とてもお行儀がよかった。小さい子はおもちゃを持ってきていて、年上の子が見守っていた。いや、見守っていたのはトミーで、アレクセイとコニーはうっとりと見つめ合っていた。トミーはあきらめ顔だった。どうせどんなにひやかしてもアレクセイたちの邪魔はできなかっただろう。なにしろ隙さえあればテーブルの下で手をつないでいたんだから。微笑ましいかぎりだ。

みんなの脚のあいだを縫って歩いていると、ほのぼのした雰囲気が感じられて嬉しかった。おとなはみんな礼儀正しく振る舞っている。シルビーはフランチェスカに謝ってちょっと涙を流し、誰に対してもやさしいフランチェスカはシルビーを抱きしめてもう忘れようと言った。アレクセイには決してコニーをだましたり傷つけたりさせないと約束したフランチェスカに対し、シルビーはフランチェスカを信じるが、夫に傷つけられたせいで娘に同じ思いをさせたくなかったんだと打ち明けた。そういうことだったのか。心が傷つくと理性的でいられなくなるものだ。ぼくにも経験がある。シルビーは引っ越してきた当初の女性に戻り、クレアの巧みな采配でランチのときはマーカスの隣の席になった。以前はこのふたりが恋に落ちればいいと思っていたけれど、ふたりともいますぐ新しい関係に飛び込むようには見えなかった。ハロルドは体調がよさそうだったが、犯罪増加の原因に関してはヴィク・グッドウィンと少し意見が合わず、ジョナサンが話を濁すはめになった。でもそれ以外はみんな仲良くやっていた。

バーカー夫妻がタイガーに献杯したときは喉が詰まり、タイガーがいなくなってどれほど寂しいか語る夫妻の話を聞いて胸がいっぱいになっているジョージに顔をこすりつけた。ジョージと一緒に夫妻の脚に体をこすりつけて同じ気持ちだと伝えると、わかってくれたようだった。でも、年が明けたらシェルターから猫を引き取るつもりでいるのは寝耳に水だった。猫がいないと落ち着かないので、おとなの猫を引き取るつもりらしい。

タイガーのかわり？　なにを考えてるんだ？

「タイガーのかわりは見つからないわ」ミセス・バーカーが言った。よかった。「仔猫のころから飼っていたタイガーは、子どものいないわたしたちにとって子ども同然だった。寂しくてたまらないけれど、暖かくて住み心地のいい家があるんだから、住むところが必要な子を助けてやってほしいとタイガーも望んでると思うの」

たしかにそうだ。タイガーならきっとそう思う。ふたりを誇りに思うだろう。そしてぼくはあの猫ドアから知らない猫が出てくるのに慣れなければ。辛いだろうけれど、その猫を心から歓迎しよう。タイガーならそうしてほしがるに決まってる。

日が落ちてきたので、お酒を飲まずにいたマーカスが父親とバーカー夫妻を乗せて帰っていった。片づけはみんなで手分けしてやった。フランチェスカはそのままでいいと言いつづけたが、グッドウィン夫妻は聞く耳を持たず、しきりに指示を出してみんなをこき使った。ぼくが挨拶をしに裏庭へ出ると、ごみばこはせっせと仕事に励んでいた。

「いいクリスマスになったな」ごみばこが言った。

「うん。タイガーがいたらもっとよかったけど、それをのぞけばうまくいったよ」悲しい笑みが浮かんだ。「それに、まだゆうべの疲れが取れてない」誰もあの話をしなかったのが嬉しかった。ちょっと意外でもあったけれど、クリスマスは楽しいことだけ話す日だ。

「タイガーもおまえがやったことを褒めてくれるさ」ごみばこが言った。本当にそうだったらいいと思う。

「ミャ――――！」振り向くと、ハナがおそるおそる外に足を踏みだしていた。ジョージがそばで励ましている。雪はもう解け始めて積もってもいないのに、寒く感じるらしい。まあ、寒いのはたしかだ。

「できたじゃない」ジョージが褒めている。「ちゃんと外に出られた！」

「そうね、できたわ。忘れられないクリスマスになった」ハナが言った。「でも、いつもこんなに寒いの？」

「ううん、もうすぐ暖かくなるから、もっと外に出てみればいいよ」ジョージが言った。

「そうすれば一緒に散歩できる」

「楽しみだわ」ハナがしっぽを振り、急いで建物の中に戻った。

「また来た！」ごみばこが叫び、ゴミ容器のうしろにいるネズミに飛びかかった。

「メリークリスマス、タイガー」ぼくは夜空を見あげていちばん明るい星に向かってつぶやき、エドガー・ロードの家へ向かった。

Chapter 34

クリスマスは一年で最高の季節だ。同時に辛い思いをする人も大勢いる。ツリーやプレゼントや幸せそうな人々や食べ物や高揚感に囲まれていると、物事が順調に進まない人間もいることに気づくいいきっかけになる。猫も例外ではない。それが今年のクリスマスでぼくが学んだことで、ジョージにもそう伝えた。タイガーのために心の中で祈ったり、おなかがいっぱいになったり、タイガーが恋しくて一緒に悲痛な叫びをあげたり、プレゼントをもらってはしゃぐ子どもたちをながめたり、今年のクリスマスは本当にいろんなことがごちゃまぜだった。それでもぼくたちは恵まれている。ジョージにもそれをしつこく言い聞かせたので、最後にはもうわかったからお説教はやめてと言われてしまった。思春期のジョージがたまに戻ることがある。でも、たぶんぼくがくどくど言いすぎたんだろう。

クリスマスは終わった。ジョナサンが言うように、準備に何カ月もかけたのに、終わるのは一瞬だ。たとえそうだろうと、クレアは一瞬だからこそ手間暇をかける価値があるんだと言っている。たしかに今年のクリスマスはその価値があった。みんなが力を合わせ、友情が生まれ、怒りが消え、おせっかいなグッドウィン夫妻でさえ仲間に加わったんだから、まさに理想的だった。でも、この教訓をジョージに伝えるのは来年に持ち越そう。

停電は帰宅後間もなく直り、玄関に入るなり寝てしまいそうだった子どもたちとジョージを寝かしつけてから、クレアとジョナサンとぼくはリビングでゆっくりくつろぎ、静けさとツリーでまたたくライトを堪能した。いつのまにかソファで眠ってしまったらしく、目を覚ましたときはまだ夜が明けていなかったのでのろのろベッドへ向かった。ほろ苦いクリスマスだったが、このほろ苦さがしばらくつづくのはわかっていた。

大晦日《おおみそか》は、うちで忘年会と新年会を兼ねたパーティをする。クレアは何カ月も前から計画していて、ジョナサンまで楽しみにしていた。子どもたちは全員うちに泊まりに来ることになっていて、ポリーやフランチェスカたちはもちろん、シルビー親子も来るし、ハロルドもマーカスと歩いてくるはずだ。バーカー夫妻も早めにシェリーを飲みにちょっと寄ると話していたが、夜中までは起きていないだろう。グッドウィン夫妻も来るが、大晦日は犯罪率が高いから見張りを休めないと言われたらしい。ジョナサンが双眼鏡を貸すからカーテンの前で見張っていればいいと言うと、いい考えだと喜んだが、自前の双眼鏡を持ってくることになった。うちの双眼鏡を信用できなかったんだろう。ジョナサンは冗談を言っただけで、ほんとは双眼鏡なんてうちにはないけれど、グッドウィン夫妻にはばれずにすんだ。ジョナサンは予定のない同僚も何人か招待し、クレアは読書会の女友だちにパートナーと来るように声をかけた。かなり盛大なパーティになりそうだ。でも、いまのぼくにはパーティが必要かもしれない。すばらしかっただけでなく悲しかった一年に別れを告げ、新しい年を迎えるために。来年がいい年になりますように。

念入りに毛づくろいしたジョージが現れた。

ぼくは息子に顔をこすりつけた。

「なに、パパ。いまハナの家に行ってきたんだ」会わずにいられないようだが、ぼくが知るかぎりふたりはただの友だちだ。シルビーとコニーがまた家族同然になったので、どちらかが気づけばジョージは家に出入りできるようになり、ふたりも気にしていない。コニーは猫ドアをつけようと母親をそそのかしているらしいので、これからもジョージはハナに会えそうだ。ぼくもジョージもその日が待ちきれずにいる。通える家がもう一軒増えたらすてきだし、ジョージにとってはなおさらだ。通い先は多いに越したことはない。ただ、シルビーたちはハナを外に出していいのかまだ迷っていて、ハナ自身も迷っているので、ジョージが説得に努めている。ハナを外に出すのがジョージの来年の目標だ。

「どうしてた?」

「元気だったよ。でも今夜は来ない。わくわくすることがいっぱいあったから、夜は家で静かに過ごしたいんだって。わかる気がする。ハナはすごくおとなしい子で、静かにしてるのに慣れてるんだ。ぼくたちみたいなロンドン生まれに、ちょっとびっくりしてるみたい」

「無理もない」ぼくは真顔で言った。たぶんそうなんだろう。ハナは静かな暮らしに慣れていた。はっきり言って、ぼくはもう静かな日常を思いだせない。

「今年は辛い年だったけど、終わり方はよかったよね？」ジョージが言った。

「そうだね。それにおまえはよく頑張ってる。すごく誇りに思うよ」本心だ。

「こう考えるようにしただけだよ。タイガーママなら、ぼくらしく生きてほしがるって。いつもママの声が聞こえるし、ママはきっと……」

「きっと？」

「パパに幸せでいてほしいと思ってる。いまは違っても、幸せでいなくちゃだめだよ。ママなら悲しみにひたってばかりいないで、時間を最大限に活《い》かしてほしがるよ。それにパパも言ったじゃない。大切な存在はいつも心の中にいるって。だからママはぼくの心の中にいるんだ」

「ぼくの心にもいる」胸がいっぱいになった。本当に賢い子だ。

「じゃあ、ぼくたちはだいじょうぶだね。でも、パパ？」

「なんだ？」

「できればもうガールフレンドはつくらないでね。誰ともつき合わずにぼくのパパだけでいてよ」

「そうだね。わかった」ガールフレンドがほしいとは思わない。これまでに二度恋ができただけで運がよかったし、それでじゅうぶんだ。

「よかった。新しいママはいらないもん」

「新しいママはできないよ。おまえにはタイガーママがいる、たとえぼくにガールフレンドができても。でもガールフレンドはつくらない。おまえの面倒を見るのに忙しくて、それどころじゃない」ぼくはひげを立てた。

本当にそうだろうか？

パーティはかなり盛り上がった。音楽が鳴り響いているが、近所の住民はみんなうちにいるから苦情の心配はない。ぼくはみんなのあいだを歩きまわって雰囲気にひたり、ジョージとの約束を守ってパーティを楽しんだ。

グッドウィン夫妻は最高級の双眼鏡とノンアルコールの飲み物を持ってカーテンの前に陣取っている。なにも起きていないのに、万が一に備えて監視をつづけているのだ。バーカー夫妻はソファでシェリーを飲みながらハロルドとおしゃべりしていて、話に夢中のハロルドはビールを片手に杖を振りまわしている。幸せそうで、もうぜんぜん不機嫌じゃない。ポリーとマットはクレアの友だちと踊っているが、はっきり言って、へたくそだ。トーマスとジョナサンはマーカスと話に夢中で、さかんに笑ったり相手の背中を叩いたりしている。手伝うと言って聞かなかったシルビーは、キッチンでクレアと食べ物を盛りつけたり飲み物を補充したりしているし、フランチェスカもとうぜんその輪の中にいる。冗談を言い合って笑い声をあげる三人は、元どおりの気の置けない関係に戻っている。

ぼくは二階の子どもたちのようすを見に行った。トミーはゲームに興奮して寝ようとしない年下の子たちに付き添っていた。トビーとヘンリーはカバにボールを食べさせるゲームに夢中で、マーサとサマーはトランプで遊んでいるが、ふたりともルールをわかっていない。トミーはそんなふたりにいらいらしながらも、喧嘩の仲裁や大声で指示を出す合間に何度もｉＰａｄを盗み見ていた。それでもみんな楽しそうだ。普段はクレアがぜったい許さないお菓子や炭酸飲料をこっそり持ち込んでいる。どの子も甘いものの摂《と》りすぎで興奮ぎみだ。ジョージもいて、ちやほやされたりみんなの邪魔をしたりしていてかわいらしい。アレクセイとコニーも年下の子の面倒を見ることになっているのに、階段の踊り場で手をつないでしゃべっていた。トミーに手伝ってと言われるたびに、「すぐ行く」と答えている。

「アルフィー、ぼくはぜったいガールフレンドなんかつくらないよ」トミーが言った。サマーが服の下にトランプを何枚か隠していたのが発覚したのをきっかけに始まった喧嘩を仲裁したばかりだ。「アレクセイみたいに腰抜けになるなら、つくらないほうがましだ」

「ミャオ」そのうち考えが変わる。とはいえ、腰抜けになったトミーは想像できなかった。

一階と二階を往復するうちに夜が更け、フランチェスカが一緒にカウントダウンをしようとアレクセイたちに声をかけた。幸い、年下の子たちはすでにダウンしていた。トビーとジョージとヘンリーは同じ部屋でぐっすり眠り、マーサはサマーの部屋の二段ベッドで寝ている。ぼくはおとなたちに合流した。

「そろそろカウントダウンが始まるぞ」ジョナサンが宣言した。「十、九、八、七」みんなが口をそろえた。「六、五、四、三、二、一。ハッピーニューイヤー！」歓声があがった。夫婦はキスしている。マーカスは父親をハグし、シルビーもハロルドをハグし、それからマーカスがシルビーをぎゅっと抱きしめて頬にキスした。シルビーが頬を赤らめている。クレアもそれに気づいた。

姿が見えないアレクセイとコニーを探しに行くと、廊下のヤドリギの下でキスしていた――どちらにとってもファーストキスに違いない。つねに誰かが付き添うというルールにも限界がある。でもぼくは嬉しかった。ふたりにも、みんなにも、やさしい気持ちになった。

元からの友人も新しい友人も抱き合い、《オールド・ラング・サイン》という不可解な歌を歌い始めた。タイトルの意味はわからないが、古くからの友だちに関する歌詞が聞き取れたから、旧友を忘れてはいけないという意味なのだろう。でも、もっといい伝え方をすればいいのに。毎年歌っているのに、誰もあまり歌詞の意味を理解していない。それどころかほとんどの人が歌詞を知らない気がする。

みんな幸せそうに楽しく過ごしていて、ぼくの助けが必要な家族もいないことに満足し、新鮮な空気を吸いに外に出た。

一気に冷気に包まれた。うっすら雪が積もり、冷たい空気がすがすがしい。タイガーとよくやったように月を見あげると、空が晴れ渡っていた。ぼくたちは一緒に月をながめるのが大好きで、今夜みたいにはっきり見える満月がタイガーは好きだった。タイガーもどこかで見ているだろうか。ジョージが来たのが気配でわかった。

「寝てたんじゃなかったの?」ぼくはジョージに顔をこすりつけた。

「トミーが新年になったって言ってるのが聞こえたから、パパにハッピーニューイヤーを言いに来たんだ」

「ありがとう。ハッピーニューイヤー」

「ぜったい幸せになってね、パパ」

「約束する」そのとき、夜空にひとつ星が現れてウィンクした。見たこともないほど明るい星だ。

「わあ、タイガーママがいるよ。ママが言ったとおりだね」ジョージが言った。

「タイガーはずっとぼくたちと一緒だ。ハッピーニューイヤー、タイガー」ぼくは言葉を風に乗せた。

「パパ、新年の抱負を言ってよ」

「抱負なんて言葉、よく知ってるな」

「クレアはお酒を減らして、ジョナサンは文句を減らして、サマーはもっとあっと驚くような子になるんだって。トビーは女の子に近づかないつもりでいる」

「そうか、じゃあ言うぞ。まず、とことんおまえの面倒を見る。立派な猫に成長するように。ふたつめ。これからもタイガーを恋しく思うし、忘れない。三つめ。人間を引き合わせる方法や仲たがいさせない方法を考えるのはぜったいやめない。もちろん猫に対しても。最後に、毎日を精一杯生きる。おまえの抱負は？」

「もう体に火がつかないようにすることかな」

ぼくは笑い声をあげ、いい抱負だと言った。そしてぴょんぴょん家に戻っていくジョージの後ろ姿を見送ってから、ぼくもあとを追った。雪に足跡をつけながら、幸せと悲しみに、愛と孤独に、生きていれば避けられない、正反対の感情に包まれた。そして新しい年の始まりと、大好きだったみんな、いま大好きなみんな、これから大好きになるみんなに思いを馳せた。

Alfie
George
Tiger

謝辞

またアルフィーの物語を書くチャンスをくださったすべての方に感謝せずにはいられません。わたしと家族にとってアルフィーはとても大きな存在になっているので、この子の活躍をまたご紹介できて夢のようです。

いつものように、友人と家族は執筆を応援して力を貸してくれました。ありがとう。みんなのことが大好きです。国内外でアルフィーのためにサポートと努力を続けてくださっているエージェントの《ノースバンク・タレント・マネージメント》にも感謝します。

出版社の《エイボン》は最高の仲間です。編集からマーケティング、販売に至るまですばらしいのひとことで、仲間にしていただけて幸運だと思っています。ヴィクトリア、ケイティ、サバ、エルク、そして販売やアルフィーを世に出すことに力を貸してくれたすべての方々も、忘れてはならない存在です。

幸運にもアルフィーはすっかり国際的な猫になりました。日本、イタリア、スペイン、オランダ、ロシアの出版社のみなさん、一連のアルフィーの作品に対する奮闘と尽力に感謝したい気持ちでいっぱいです。アルフィーに心を寄せてくださる海外の読者のみなさんに格別な感謝を言わせてください。もちろんイギリスのすばらしい読者にもお礼を申しあげます。みなさんがいなければアルフィーも存在せず、そんなことは考えられません！　読者の方々に読みたいと言っていただけるかぎり、このシリーズを書きつづけます！

訳者あとがき

アルフィーの物語は早くも五作めになりました。二〇一五年にシリーズ一作めの『通い猫アルフィーの奇跡』をご紹介して以来、みなさまのご支援のおかげで順調に新作をお届けできることを嬉しく思っています。

アルフィーたちがデヴォンにある別荘で過ごした前作『通い猫アルフィーと海辺の町』からおよそ一年後となる翌年の秋、空き家になっていた隣に新しい住人シルビーとコニー親子が越してきます。通い先が増える期待に胸をふくらませるアルフィーは、シルビーたちが猫を飼っていると知っていっそう喜びました。しかもハナという名のその猫は、初めて見るエキゾチックな三毛猫だったのです。けれど友だちになろうとようすを窺ううちに、お隣は人間も猫もあまり幸せそうに見えないことにアルフィーは気づきます。離婚が原因で長年暮らした日本から帰国したばかりのシルビーは、傷心と日本への郷愁で落ち込んでいるし、娘のコニーも父親のみならず慣れ親しんだ学校や友だちと別れたせいで元気がありません。ハナはそんなふたりを慰めようと頑張っているのになかなかうまく行かず、そのうえ日本でずっと室内飼いだったせいで外に出てこないので、直接会うこともできなかったのです。

シルビー親子とハナを笑顔にする方法をあれこれ思い悩む一方で、アルフィーは別の悩みも抱えていました。最近ジョージがやけに素っ気ない態度を見せるようになったのです。どうやら思春期を迎えたアレクセイも同じらしく、スマホを持って部屋にこもる時間が増えた息子に母親のフランチェスカは切なさを感じているようでした。

おとなへの階段をのぼっている子どもを信じて自由を与えてやりたい気持ちと、心配や寂しさのはざまで葛藤するアルフィー。そんなこんなでただでさえ悶々とする日々のなか、信じがたい大事件が起こります。とてつもないショックを受け、ベッドに突っ伏して涙に暮れたい気持ちを抱えながらも、アルフィーは仲間たちに支えられて気力と体力を振り絞り、今回もみんなのために奮闘します。

悲しみを乗り越えたアルフィーは、果たしてその先になにを見るのでしょうか。

本書では二〇一七年に叶った著者の来日がさっそく生かされ、日本生まれの猫が新たにメンバーに加わります。また、二〇一九年十月に本国で出版された最新作『A Friend Called Alfie』では、かねてからアルフィーが目の敵にしている犬までメンバーに加わるようで、今後の展開が楽しみでなりません。

人間だろうと猫だろうと、みんなに幸せでいてほしいと一途に願うアルフィー。その気持ちは作品を飛びだして現実世界にまで及んでいるのかもしれません。シリーズ一作めの『通い猫アルフィーの奇跡』のあとがきにも書きましたが、『奇跡』を訳しはじめたころ、わたしは生まれたばかりの仔猫四匹と母猫を保護し、翻訳作業をつづけながら里親を探していました。ちょうど訳了するころ親子すべての引き取り先が決まり、新しい家族を探す猫の話を訳している最中に起きた事態に不思議なシンクロを感じたものです。

あれから四年。本書の翻訳に取りかかったある雨の朝、道端でずぶ濡れになって震えている仔猫と目が合ってしまいました。またしても始まった里親探しは難航し、「アルフィーがいたら、きっと力を貸してくれただろうな」と思っていたら、なんと訳了が近づいたころ素晴らしい里親さんに巡り合うことができました。

偶然かもしれませんが、ふたたび家のない子に優しい家族を見つけられたのはアルフィーのご利益だと信じたい気持ちです。みなさんにもアルフィーのご利益がありますように。

二〇一九年十月

中西和美

訳者紹介　中西和美

横浜市生まれ。英米文学翻訳家。おもな訳書にウェルズ〈通い猫アルフィーシリーズ〉やプーリー『フィリグリー街の時計師』(以上、ハーパーBOOKS)、ハークネス『緋色の夜明け』(ヴィレッジブックス)などがある。

ハーパーBOOKS

通《かよ》い猫《ねこ》アルフィーの約束《やくそく》

2019年11月20日発行　第1刷

著　者　レイチェル・ウェルズ

訳　者　中西和美《なかにしかずみ》

発行人　フランク・フォーリー

発行所　株式会社ハーパーコリンズ・ジャパン
東京都千代田区大手町1-5-1
03-6269-2883(営業)
0570-008091(読者サービス係)

印刷・製本　中央精版印刷株式会社

定価はカバーに表示してあります。

Printed in Japan
ISBN978-4-596-54126-0